獻給想死的你

死にたがりの君に贈る物語

綾崎 隼
AYASAKI SYUN

涂紋凰—譯

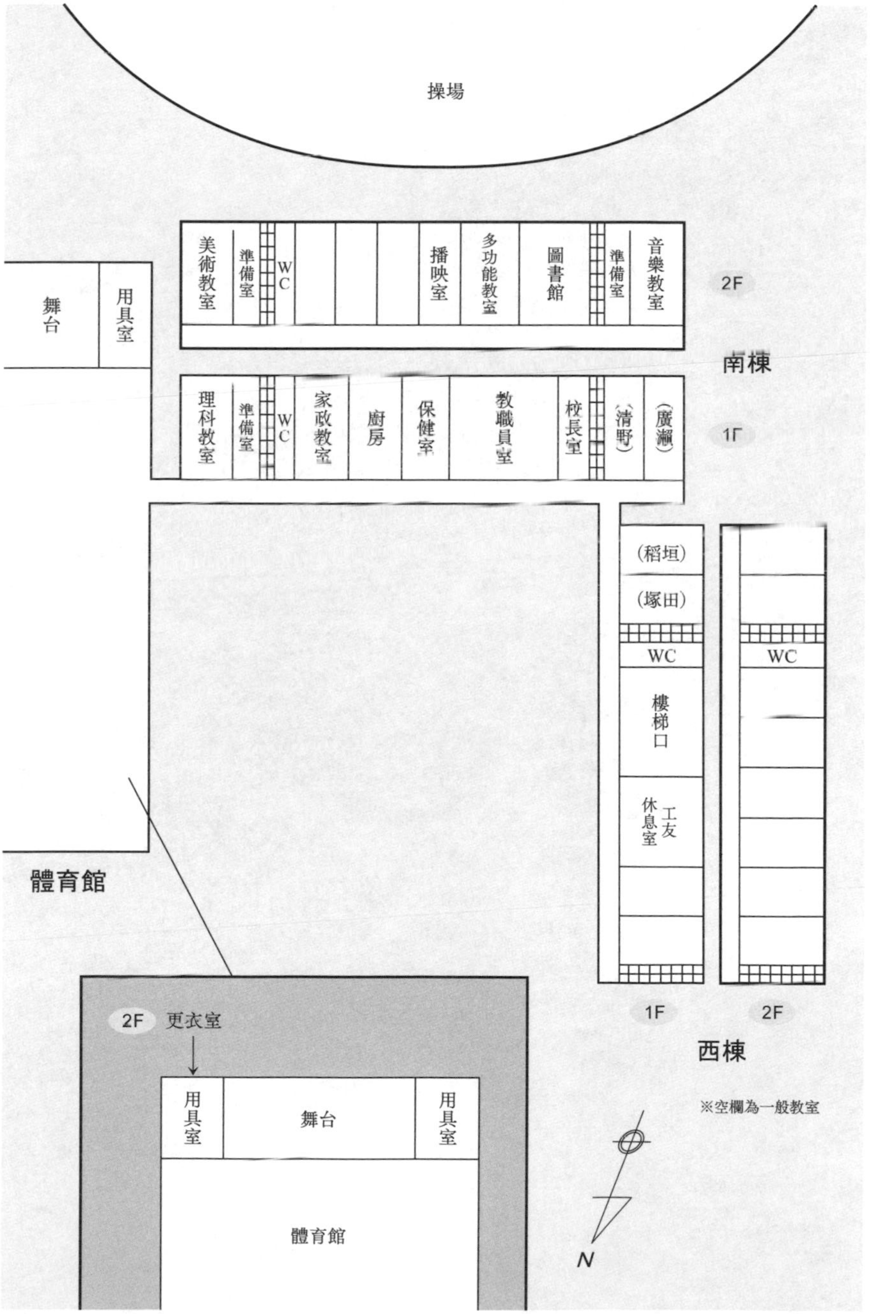
操場
美術教室
準備室
WC
播映室
多功能教室
圖書館
準備室
音樂教室
2F
舞台
用具室
南棟
理科教室
準備室
WC
家政教室
廚房
保健室
教職員室
校長室
(清野)
(廣瀨)
1F
(稻垣)
(塚田)
WC
樓梯口
休息室
工友
WC
1F
2F
西棟
體育館
2F
更衣室
用具室
舞台
用具室
體育館
※空欄為一般教室
N

「校舍図製作 bookwall」

目次

CONTENTS

登場人物

CHARACTERS

塚田圭志◆26歲／主辦人／杉本敬之的表弟
稻垣琢磨◆24歲／研究生／曾經是童子軍
廣瀨優也◆21歲／大二生／主角
清野恭平◆18歲／高三生／目前逃離育幼院

山際惠美◆26歲／賦閒在家
佐藤友子◆23歲／打工族
中里純戀◆16歲／高中退學

上田玄一◆大樹社．文藝編輯部的部長
杉本敬之◆美作里奧的責任編輯
山崎義昭◆美作里奧的第一任責編

序幕

1

『本文由家屬代筆，謹此傳達訃聞。美作里奧於二十六日清晨，因心臟衰竭去世。我們對一直以來支持美作的各位讀者，由衷表達感謝之意。真的非常感謝大家。』

這是在社群網路上擁有超過三十萬人追蹤的人氣小說家美作里奧暌違一年的發文。發文瞬間就傳開來，僅僅一個小時，作家的名字和相關詞彙就已經登上熱搜排行榜。

美作里奧在三年前出道，是從未公布年齡性別的蒙面作家。

擁有十幾歲到二十幾歲等年輕狂熱粉絲的出道作品《Swallowtail Waltz》系列甚至推出真人版電影和黃金時段的電視劇與動畫。作品僅僅五集，累積發行量就超過四百萬冊，每一本都是暢銷作。

美作里奧這個名字不是現在才成為全球熱搜冠軍。一年前發行的第五集中，作者安排主要角色【吉娜】死亡，當時她的死就引起軒然大波。

每次電視劇或動畫上映，主要角色【吉娜】就會衝上熱搜，而她竟然在動畫播映期間，被作者寫死了。

原作者本人的社群和作品官方社群都湧入批評聲浪，作者坦承「我本來就打算讓她在這裡結束生命」的發言讓爭議甚囂塵上。

之後，動畫製作人不得已只好舉辦記者會道歉，但在記者會上製作人表示：「事前不知道吉娜會死，如果知道的話就不會通過這個企劃。」這席話反而火上澆油。因為這下大家都認為，美作里奧為了自己的作品，不惜欺騙跨媒體製作的工作人員，把吉娜給殺死了。

因為事情鬧得太大，導致動畫破天荒暫時中斷播映，播完最後一集之後，官方宣布中止原訂繼續拍攝的第二季動畫。

系列作品出版到第四集的時候，官方預告總共會有六集。最後還剩下一集，粉絲也希望能夠早日看到最後一集，但是美作里奧此時已經成為大眾攻擊的箭靶，在這場風波之下中斷寫作。

儘管官方網站有公告最後一集的出版日，但是那些宣傳訊息不知不覺間默默消失，作者個人的社群媒體也全面停止更新。

一年之後，毫無音訊的美作里奧突然身亡。

粉絲們永遠都讀不到故事的結局了。

接著，在傳出美作里奧死訊的隔天早上，

醉心於該系列作的十六歲少女從自家陽台跳樓自殺。

2

在傳出美作里奧死訊兩天後的早上十點。

大樹社文藝編輯部的部長上田玄一穿著西裝，站在綜合醫院的入口處。

今天剛好是上田的五十四歲生日。自紅海時代就任職於出版社，至今已經三十年，在編輯這一行嘗盡酸甜苦辣，但是在漫長的歲月中還未曾遇過這麼嚴重的危機狀況。儘管如此，上田還是明確知道今天自己應該做什麼。他單手提著東京都內高級和菓子店的禮盒，等著編輯部的晚輩過來會合。

在入口處站了五分鐘。

二十六歲的編輯杉本敬之，眼鏡下方掛著連黑框眼鏡都藏不住的黑眼圈。他身為美作里奧的責任編輯，這兩天應該沒什麼睡。

上田認為只要能把工作做好，對時尚或髮型其實沒什麼好要求的。自己早在很久以前就放棄打扮，但也不是不能理解年輕人的心情。話雖如此，這種時候應該要稍微注意一點不是嗎？

最近杉本經常戴著浮誇的紅框眼鏡。染成霧棕色的頭髮長及肩膀，還有身上穿戴的衣服、鞋子、獨特的手錶，都是上田無法理解的奇特時尚。

這兩天編輯部的狀況如字面所示，真的是亂成一團。應該根本沒有時間或餘裕去剪頭髮。以他日常的打扮來說，這應該已經算好的了。雖然西裝好像有點過緊，但是領帶倒是罕見地選了沉穩的花色，長髮也紮成一束，總算是打理成清爽整齊的模樣。

在這種必須誠摯道歉的場合，旁邊如果站著一個輕浮的長髮年輕人，真的會很鬱悶。無論如何，在這種小小編輯根本無法做什麼的場合負起責任，就是身為部長的工作。

杉本是分發過來才第二年的年輕編輯。在這種需要敏銳判斷的局面之下，不可能做到完美。

搭電梯來到病房樓層時，確認附近沒有人之後，上田拉住邁出步伐的屬下。

「杉本，我再提醒你一次，絕對不能說出不經大腦的話。」

從喉嚨發出的語調，僵硬到連上田自己都嚇一跳。

「是，我知道。」

「你應該也有話想說吧。你有辯解的資格，不過，今天我希望你先忍住。我們當壞人沒關係。盡量不要觸怒對方的父母，總之我們低頭就對了。」

抵達病房門前，門板上有寫著患者姓名的名牌。

『中里純戀』

住在東京都內的十六歲少女，在美作里奧的死訊公布那天，從自家公寓的陽台跳樓。

雖然因為房間在四樓，櫸樹又剛好成為緩衝，在幾個偶然之下，她最後只有奇蹟似的輕傷，但墜落時重擊頭部，所以已經昏睡好幾個小時。

一年前從高中退學的純戀，一直處於閉門不出的狀態。對一個沒有夢想也沒有希望的少女來說，最喜歡的小說家過世，實在是令她大受打擊。

純戀醒來之後，她母親陷入半瘋狂狀態，盛怒之下打電話給大樹社抗議。告訴出版社的人，從昏睡狀態醒來的女兒一臉生無可戀的樣子說：

「如果讀不到《Swallowtail Waltz》，活著也沒有意義。」

因為系列作還沒結束作者就死了，所以沒辦法出版完結篇，責任並不在出版社。然而，少女的父母認為作品本身就具有誘導死亡的力量，忿忿不平地堅信女兒是在小說的教唆之下才會自殺。

第五集主要角色【吉娜】死亡，就是可以佐證的事實。而且，死去的女主角，就是純戀最嚮往的角色。

所幸少女是自殺未遂。目前並沒有任何媒體知道這件事。不過，如果週刊雜誌知道這件事，報導十六歲少女追隨作者跳樓自殺，那麼包含自殺行為在內，整個事件都會變成大問題。

雖然少女的身體狀況很重要，但也必須安撫少女父母的憤怒。

提著表示誠意的禮盒，上田敲了敲病房的房門。

走在屬下前面的上田踏入病房之後，視線和額頭上包著繃帶的少女相對，少女留著短鮑伯髮型，身材很嬌小。她應該就是中里純戀吧。

不知道是不是對訪客沒興趣，純戀只是看了一眼上田和杉本，就馬上望向窗外。出版社事前聯絡過，會在這個時間來拜訪。雖然沒有馬上就被掃地出門，但是純戀的父母就連收下禮盒的時候都一直瞪著上田和杉本。

「發生這種事真的很遺憾。昨天接到您聯絡之後，我們編輯部就馬上開會討論了。我們應該要考量書籍對青春期孩子的影響再出版才對。敝公司全體人員都深刻反省這一點。」

上田一邊說著沒有靈魂的話一邊低頭致歉，杉本也跟著鞠躬。

說實話，純戀的事情固然使人同情，但是出版社不至於要對自殺未遂負責。不只編輯部沒有錯，《Swallowtail Waltz》這部作品本身也沒有錯。即便如此，今天處理的方針就是先低頭請求對方父母的原諒。

因為出版社無論如何都不能讓少女自殺未遂這件事在媒體上曝光。

接下來最糟糕的狀況，就是少女出院之後，再度嘗試之前未完成的自殺，然後還真的死了。

中里純戀和她的父母都沒有注意到，**如果那天少女真的死了，那就無論如何都沒辦法挽救了。**

昨天情緒激動的母親，今天看起來還算平靜。不但收下禮盒，也允許兩人之後再來探視。

少女包著繃帶的樣子看起來很痛，但所幸沒有會留下後遺症的重傷。或許之後可以大事化小，最後小事化無。

雖然還有一個大問題沒解決，但看樣子可以避免最糟糕的狀況了。走進病房十分鐘之後，上田開始有這些想法，但是……

「純戀，妳如果再出現自殺的念頭，我絕對不會原諒妳，知道嗎？」

聽到母親嚴厲但充滿愛的話語，少女馬上冷笑出聲。

「什麼？妳那是什麼態度？妳知道妳這樣草率對待生命，造成多少人的困擾嗎？編輯那麼忙，還為了妳特地到醫院探病。」

看來編輯部的誠意，她的父母已經充分了解了。憤怒的矛頭從作品轉向女兒愚蠢的選擇。

「要是再做這種蠢事，我絕對饒不了妳。」

「我又沒做蠢事。」

少女用毫無抑揚頓挫的聲調，低聲自言自語。

「人最不能做的事情就是自殺。」

「可是又不是只有我想尋死。」

悲壯的話語從毫無血色的嘴唇吐出來。

「如果沒辦法讀到這本書的續集，那活著也沒什麼意思。大家都這樣說啊。」
「不要說這種亂七八糟的話。妳不是沒朋友嗎？」
「就算沒朋友，我也知道大家都這麼想。」
「實在太丟臉了。妳不要再說這種蠢話了。」
「說蠢話的人是妳。因為媽媽根本不讀書，所以才會不懂這個世界。」
「世界？高中輟學，不去工作一直關在家裡，妳又懂什麼？」
「我懂啊。只要有智慧型手機，就什麼都能懂。」
純戀滑了滑放在病床邊的手機，然後遞給母親。
「這是美作里奧的粉絲專頁。」
「綠淵國中？這不就是一間學校的官網嗎？」
「綠淵國中是《Swallowtail Waltz》裡面的一所廢棄學校，所以粉絲專頁才會用這個名字。這是需要認證的封閉社團，成員都是這部作品的鐵粉。妳看看專頁裡面的發文，說想死的人不只我一個。」
《Swallowtail Waltz》是大樹社的代表作。編輯部很早就知道粉絲專頁的存在。
屬下杉本在轉調到文藝編輯部之前，好像就已經是該粉專的常客。他曾經說自己在成為美作里奧的責任編輯之後，為了確認粉絲的反應而修改暱稱加入粉專。
在純戀的催促下，看過粉絲專頁的父母臉色一沉。
『我也好想死。』

『如果看不到最後一集，那我還不如去死一死。』
『繼續待在這個作品永遠無法完結的世界也沒用。』
『我如果死了，能變成【吉娜】嗎？』
粉絲專頁裡面充滿簡短又悲愴的發文。
《Swallowtail Waltz》的故事在描述一群曾經放棄生命的年輕人。故事充滿「死亡」的味道，而這也是小說吸引人的地方。
如果是昨天的話，上田就算看到這種發文大概也不會當真。年輕人變心的速度很快。這些發文充其量只是一時的情緒抒發，在封閉社團裡面誇大其辭而已。大家往往會把這種言論想得很簡單。
然而，作品擁有的力量已經超越上田的想像。美作里奧孕育出的小說，強烈到會讓年輕人決心輕生。
「這個名叫美作的作家，真的是這麼厲害的人嗎？」
純戀的父親一臉半信半疑的樣子這麼問。
他們不知道也很正常。美作里奧的作品已經發行超過四百萬冊。雖然是暢銷作家，但只發表過《Swallowtail Waltz》系列作。這類型的作家，通常是書名比作家筆名還要紅。
「老師是這幾年銷售最暢銷的作家之一。三年前才出版第一集，但馬上就蔚為話題，不到一年就銷售超過一百萬冊。」

「銷售一百萬冊很厲害嗎？」

「現在在文藝圈內，一年可能都出不到一本暢銷書。在電影版和戲劇版推波助瀾之下，續集的銷售狀況也沒有減緩的趨勢。」

「可是，賣得好的書不見得就是好書吧？」

純戀聽到母親這樣說，露出生氣的表情。

「您說得沒錯。實際上，對新書的評價一直都是有好有壞。不知道是不是內容太過令人震驚，甚至有讀者上傳燒書的影片。」

「妳看，這果然是一本很無聊的書啊。」

「您曾經看完無聊的電視節目之後，打電話去電視台抗議嗎？」

「我才不會刻意做這種事，又不是閒得發慌。」

「這種反應很正常。小說也一樣。如果內容無趣，不要繼續讀就好了。明明不讀就沒事了，可是《Swallowtail Waltz》有一種魔力，無論好壞都強烈吸引讀者的魔力。我也不覺得這是一部能夠獲得大眾認可的傑作。但是，我可以斷言這部作品抓住很多年輕人的心。」

「那個叫美作的作家，死前沒有寫完最後一集嗎？我覺得我女兒和那些在粉絲專頁上面嚷嚷著想死的孩子都有錯。但是，只要你們出版最後一集，事情不就解決了嗎？」

看到上田的眼神示意，杉本往前站一步開口說：

「老師似乎寫了開頭。不過出版第五集之後，因為受到廣大讀者批評，老師就沒辦法繼續寫下去了。」

「看吧，所以我才說活著也沒意義了。」

完全沒把剛才的諄諄告誡放在心上的女兒，又脫口說出想自殺的話，瞪著純戀的母親眼中泛著淚水。

「妳跳樓這件事不知道讓我們多傷心……」

「你們只是覺得女兒自殺會讓自己沒面子而已吧。我高中退學的時候，妳不是說過嗎？要是沒生妳這種女兒就好了。」

「那只是一時氣話……」

「騙人。妳不是對我很失望嗎？不會讀書，沒有專長，也沒有朋友。妳不是對我很失望嗎？我死了妳還比較輕鬆吧！」

「不要說這種蠢話！痛得要死才生下的孩子，有哪個媽媽看到孩子死掉會開心……」

「有啊，就是妳。」

純戀的母親哭了起來，身邊的父親也眼眶含淚。

純戀應該看得到父母的表情，但還是毫不猶豫地繼續說下去。

「我一直覺得，為什麼像我這種垃圾會被生出來。根本不知道自己到底是為了什麼而活。但是，讀了《Swallowtail Waltz》之後，我第一次覺得，如果世界上有這麼有趣的書，那就繼續活下去好了。我想活到看完這本書的時候。但是，美作里奧死了。我沒辦法看到續集了。在這種世界活著也沒意義。」

3

上田也不清楚，那天探病到底是成功還是失敗。

那天當然是真的想確認少女的身體狀況和精神狀態，但最大的目的還是安撫她的父母。至少以當初的目的來說，應該算是有達成任務。因為純戀父母的憤怒，看起來已經轉向不懂事的女兒身上。

然而，這一連串的事情，絕對不會就這樣結束。

上田一出醫院就扶著額頭坐在巴士站的椅子上。

「杉本，我就直說了，狀況非常不妙。」

「是，我也這麼想。」

坐在身邊的年輕編輯，有氣無力地回答。

美作里奧英年早逝的消息非常轟動。即便作家逝世，已經知道故事沒有結局，公布過世的消息之後，系列作又再度掀起一波爆發式的購買潮。明明已經有電影版、戲劇版、動畫版問世，版權部還是一直接到來自國內外的授權提議。

「如果那孩子自殺成功，最糟糕的狀況頂多就是絕版。雖然對粉絲來說很不負責任，但是無論如何我們都不會出版最後一集。應該銷售的數量都已經達標，就算絕版也不會造成什麼致命的打擊。」

「我覺得問題不在這裡。」

「是啊，無論如何，說這種話都太草率了。你就當作是我發牢騷吧。」

上田擦了擦額頭上滲出的汗水。

「雖然美作老師把死亡描寫得很美，但是並非教唆人自殺。這部小說的本質是要大家向前看不是嗎？」

「我是這麼解讀沒錯。」

「譬如說，看了格鬥漫畫的孩子，對朋友暴力相向，那也只能歸咎於那個孩子沒有判斷能力。問題在於父母和學校沒有教導何謂善惡，把錯推到故事上，只能說是在找碴。評論有好有壞，就表示故事本身獨具意義。」

「我也希望是這樣。今天見過本人之後我就確定了。她因為最後一集不會出版感到絕望，所以才想自殺。這充其量只是她自己軟弱才引發的問題。錯在她身上，應該要糾正她的想法才對。」

杉本外表華麗，乍看之下有點輕浮，但其實是個耿直的年輕人。工作上非常細心，讓人不覺得是新人編輯，也很清楚自己的立場。

「我認為出版社不需要為這種追隨作者自殺的行為負責。但是，但是啊……」

上田一臉焦躁的樣子，用力抓了抓頭髮。

「她就是那個每週都寫很長的粉絲信給老師的人對吧？」

「對，就是那位中里純戀小姐。她對作品是真的有愛。」

「既然如此，你應該已經知道問題的本質了。美作里奧的死並不尋常，要是媒體知道真相，那就真的完蛋了。」

中里純戀的父母已經完全放棄她了。放棄期待，也放棄理解。沒有值得信賴的家人，沒有朋友，未來也沒有希望。

不久的將來，或許她會再度自殺。

上田沒有搭上發車的巴士，不知道在那裡抱著頭多久。

「我真的不知道該怎麼做才好。」

上田開口承認自己束手無策後，杉本緩緩站了起來。

「老師是個非常難相處的人。很少有人這麼符合『怪咖』這個詞。山崎先生把責任編輯的工作交給我之後已經過了兩年，這段時間和我們也只透過電子郵件往來。我連老師是男是女都不知道，就這樣做著編輯的工作。」

「是啊，做了三十年編輯，我還是第一次見到對出版社也不露面的作家。聯絡窗口一直都是老師的父親，但我甚至懷疑那是老師刻意準備的替身。」

「要不是知道當初拍電影版時有紛爭，山崎先生曾衝到老師家堵人，我可能也會這樣懷疑。」

「嗯，以前的確發生過這種事。就是因為那件事，才換成你當責編吧？」

「對。我無法接受《Swallowtail Waltz》絕版，也無法接受作品繼續被中傷，所以這兩天我一直在思考。」

杉本從口袋拿出手機，打開粉絲專頁「綠淵國中」。

「我認為現在需要的就是結局。無論是悲劇還是喜劇結尾，就算虎頭蛇尾也無所謂。被這個故事拯救的粉絲，需要的是結局。」

「但是，我們不就正因為這樣才感到困擾嗎？」

「我有一個想法。」

說這句話的杉本敬之，露出前所未見的表情。

「雖然作者已死，但有一個方法，或許能讓大家讀到故事的結局。」

◆第一話◆

在你死了之後

Chapter.01

1

自從青春期之後，我就覺得自己總是很憤怒。

我無法饒恕的對象究竟是自己還是這個無可救藥的世界？雖然不知道答案，但這些無法消化的憤怒，一直在心中燃燒著。

我，廣瀨優也，在成為大學生的同時，也開始一個人生活。獲得難以想像的自由之後，我甚至覺得自己已經無所不能，但那不過是膚淺的誤解而已。

大學不像高中時代那樣有固定班級，連聽講的座位都不是固定的。我本來就不是那種能隨意和他人搭話的社交型性格，反之，別人也不會來和我搭話。因為不跟任何人說話，當然也不可能交到朋友。

不到兩個月，我就不再去上課，一直關在家裡。

只有在冰箱空了的時候才會外出。除此之外的時間，我不是在看書就是玩遊戲。

因為沒參加考試，所以根本不可能拿到學分。即便如此，按照校規還是能自動升上大二。然而，照這樣下去，明年春天我就得留級了。

如此一來，我沒去上學的事情，就會被父母知道。要是他們知道我這兩年一個學分都沒拿到，會有什麼反應呢？

雖然一點也不想想像父母的表情，但是我已經可以預見即將到來的未來。

我一定會被強制退學，然後在毫無後盾的狀態下遭到整個社會放逐。既怠惰又空虛的生活，即便升上大二也絲毫沒有改變。

再這樣下去，我這個人一定會墜入無底深淵吧。我抱著這種想法過日子，五月中的時候，封閉社團「綠淵國中」上傳來一封訊息。

綠淵國中是前幾天突然過世的傳說作家，美作里奧的會員制粉絲專頁，我是從創立的時候就參加的骨灰級成員之一。

作品廣受歡迎，讀者以年輕人為主，擁有爆炸性的人氣，我也沉迷於美作里奧《Swallowtail Waltz》的系列作之中。

發電子郵件過來的是一個叫作塚田圭志的二十六歲男性。他的暱稱是「Makki」，我在專頁裡的公布欄或聊天室裡面見到過好幾次。粉專上經常發生論戰，雖然這種時候他總是和大家保持一定的距離，但仍然是社團的核心人物之一。

我這個人本來對別人沒什麼興趣，但這次狀況不同。因為塚田先生告訴我一件對粉絲來說非常震驚的事實。

按照他的說法，他的表哥就是大樹社的編輯，而且還是美作里奧的責任編輯。就像朋友的朋友一樣，冷靜想想，他和美作老師就是毫無關係的人，但我實在無法忽略這段訊息。

「我想召集綠淵國中的粉專成員一起生活，然後重現故事裡的世界。由我們這些粉絲，一起尋找故事的結局，你覺得如何？」

塚田先生的訊息裡，寫著這樣令人難以置信的提議。

2

美作里奧是令和時代的代表性作家，這一點應該沒有人會反駁。《Swallowtail Waltz》既是出道作也是代表作，一出版就讓美作里奧成為人氣小說家。

由於故事的節奏很快，又得到年輕人的大力支持，作品也受到「沒有深度」、「根本不是文學」等批判，然而，無法接受新世代故事的，總是那些遠離潮流的舊時代人類。

美作里奧無論在市場上還是作品評價上，都確立了穩固的地位。不是漫畫、動畫、電影或者遊戲，而是靠小說的力量、文字的力量，讓年輕人為之著迷。

《Swallowtail Waltz》的舞台背景是一個為了建水庫而變成廢村的聚落。因為地方政府發生醜聞，導致水庫計畫中斷後，居民也沒有再搬回來，村莊就這樣靜靜地被世界遺忘。在那之後經過十年的歲月，聚落中心的廢校「綠淵國中」開始聚集一群年輕人。

同樣對人生感到絕望的十三名年輕人，想要遠離世俗，決定在廢校過著自給自足的生活。每個登場人物都有悲慘的過往，但是在艱困又平穩的團體生活中，漸漸敞開心房、化解心結。

然而，寧靜和安穩並沒有持續下去。

大家發現這群人之中有背叛者【猶大】的存在之後，所有人陷入疑神疑鬼的狀態，導致團體逐漸崩毀。

每一集都有夥伴離開，在最新的第五集中，最後一幕是最受歡迎的主要角色【吉娜】以非常殘酷的方式死亡。她的未來只有無可挽救而悽慘的死。

在【吉娜】死了之後，整個團體只剩下七人，美作里奧究竟為他們安排了什麼樣的結局呢？對少女見死不救的背叛者【猶大】到底是誰呢？

粉絲引頸期盼著最後一集，但現在永遠都看不到結局了。

『暌違五年出現評審 致讚賞的得獎作品！』

我被書腰上煽動的文字吸引，出版日當天就在書店拿起第一集。

讀了五分鐘之後就深深著迷，發現有需要認證的粉絲專頁也馬上申請加入了。讀完第一集之後，我還看完所有寫了讀後感或劇情討論的部落格。不過，加入粉絲專頁之後，我就不再到處瀏覽了。

在發現綠淵國中之前，身邊都沒有人能夠理解我對這部小說的熱愛。雖然我有推薦給兄弟和高中同學看，但不僅沒獲得共鳴，還被潑了一頭冷水。然而，在粉絲專頁裡就不一樣了。這裡的每個人都充滿熱情，非常投入在美作里奧撰寫的故事之中。

聚集在這裡的都是素未謀面的陌生人，彼此都不知道本名或年齡。即便如此，大家都一樣醉心於這個故事。

美作里奧絕對是個天才，但也正因為如此，故事極度錯綜複雜。要準備一個所有人都能接受的結局，應該是不可能的任務。無論誰是【猶大】，無論動機是什麼，讓【吉娜】那樣慘死，一定會招來批評。

即便是醉心於這個故事的我，看到最後一集的結局可能也會感到失望。原本預告半年後出版，後來宣布無限期延期，當時雖然覺得不安，但是也決定接受所有結局。因為我認為只要是美作里奧準備的答案，無論結局是什麼我都甘心接受。結果，因為作家過世，故事在未完結的狀態下就被迫斷尾了。

因此，我二話不說，立刻同意塚田先生的提議。

和第五集結束時留在廢校裡的人數一樣，用七個人來描繪那個故事。準備相同的環境模仿故事，一起找出結局。不用冷靜思考也知道，塚田先生的提議非常古怪。以大人的角度來看，應該是會引起一陣冷笑的愚蠢行為吧。

不過，既然有我能做的事，那我就想試試看。

無論最後會抵達什麼樣的世界，我都想試一試。

我只是真的很想知道故事的結局而已。

3

整個企劃的舞台背景，選在山形縣一個沒人聽過的村落廢校。

昭和年代後期，村落因洪水而受到毀滅性的災害，後來全村規劃為疏洪池所以強制廢村。那裡至今仍保存著校舍，居民遷村結束之後，因為行政上的問題導致計畫中斷。

計畫破滅後，好像有部分村民回到故鄉，但後來因為發生頻繁地震導致邊坡滑動，這個致命的一擊讓全村居民決定完全遷出。

與小說情節如出一轍的聚落，就位在深山之中。

下午兩點。

我在離目的地還很遠的無人車站下車，搭乘事前預約好的計程車。在只有稀疏民宅的產業道路上行駛了四十分鐘。

進入緩上坡的山中，計程車在一個除了道路之外，連路燈這種人工建造物都沒有的地方停了下來。

望向窗外，鬱鬱蒼蒼的茂密樹林間，有一條灰暗的砂石路。

「抱歉，比你早到的那位客人，我也是在這裡讓他下車的。」

壯年司機一臉歉意地回頭看我。

「汽車不是開不進去啦。不過接下來的路經常有落石，這裡也沒有人打理，之前同事的車曾經在這裡爆胎了。」

「到村落要走多久啊？」

「你的行李還挺多的。不過，就算慢慢走，一個小時也能到。這裡不會迷路，走起來與其說是登山，還不如說是健行。」
從今天開始就是六月了。這個時候日照時間算長，應該能趕在太陽下山前抵達，不過山路上有可能發生各種狀況。最好儘快出發，時間上才會比較有餘裕。
「這一帶沒有手機訊號對吧？」
「你們途中會經過一條河對吧？回到河邊的話，就會有訊號了喔。萬一有什麼事，可以打給我。搭長途車的人可是大客戶啊，我會開開心心地來接你。」
「謝謝。我朋友已經先來了，所以應該沒問題，不過萬一有什麼狀況，我會打給你的。」
「好。半夜十二點之前，車行應該都會有人。你可要注意安全啊。雖然沒聽說過這附近有熊出沒，不過，有時候就算是碰到山豬也會受重傷喔。」
「這裡有野生的山豬嗎？」
「當然有啊，這裡山豬可多了。」
「如果抓到了，能不能吃啊？」
我只是老實說出想法，卻引來司機一陣苦笑。
「小哥，你有辦法抓山豬嗎？」
「沒有，我什麼都沒準備，而且山豬要怎麼抓啊？」
「如果目的是要驅除有害野獸，一般會用獵槍或陷阱。用陷阱抓比較簡單，但是無論用哪一種方式都需要狩獵執照喔。」

「設陷阱還需要執照嗎？那捕獵這個選項可能有點不切實際耶。我本來還覺得這是很好的蛋白質來源。」

作品中有提到捕山豬的場景，但實際上可能會違法。不過，對那些被社會放逐的登場人物來說，法律根本有和沒有一樣就是了。

「是說山豬吃起來是什麼味道啊？你有吃過嗎？」

「和鹿一樣，山豬最近也是知名的獵物。但是，山豬沒有特別好吃。雖然一樣都是山豬，但是山豬又分為三種。狩獵時期獵殺的山豬、被當成有害野獸驅除的山豬、為了供人食用而飼養的山豬。好吃的當然是最後那一種，但是很多人說肉質硬到咬不斷，也有人說腥味很重。當地還有一句話說『有害山豬很難吃』。被驅除的山豬並不是精心挑選後才被殺的，或許本來就不太適合食用吧。」

雖然距離當作據點的廢校有一段距離，不過廢村的最深處有日本三大急流之一的一級河川「最上川」的支流。雖然地圖上沒看到標示，但是連接該支流下游的小河就在校舍後方，看樣子應該可以輕鬆確保水源。

既然有兩條河川在附近，應該可以期待河裡會有魚能當作蛋白質來源。

想要用故事裡的模式生活。

大家才會同意這個提議，紛紛前往廢校集合。

塚田先生在信中提到他會以負責人的身分，提前一天抵達現場。不過這個據點光是要前往都很困難，或許會有參加者在中途後悔折返。最糟糕的情況，可能只有我跟他兩個人。如果是這種情況，就稱不上是團體生活了。雖然腦海裡浮現幾種不妙的可能性，但既然都來了，就算覺得不安也沒有用，只能隨機應變了。

我付完車資，一腳踏入森林的時候，馬上聞到樹林潮濕的味道。

沿著林道前進十分鐘左右，便看到有砂土崩塌的痕跡。不過，砂土看起來好像有人整理過。

這裡雖然是廢村，但其實行政機關並沒有完全捨棄這片土地嗎？還是說，有哪個先經過的參加者，為了後面的人而先幫忙整理了呢？

一邊避開幾乎覆蓋道路四處延伸的茂密樹木，一邊走了四十分鐘左右，砂石道路的兩旁出現石牆。再繼續往前走，就看到像是民宅的建築物。

聽說直到四十年前，行政機關決定強制廢村之前，這一帶住了大約五十戶，人口有超過三百人。然而，現在連個人影都沒有。

一開始出現的房屋幾乎都倒塌了，現在只剩下白色的牆壁。屋頂的瓦片大幅度彎曲，上面爬滿茂密的苔蘚。深處的民宅也差不多，天花板的裝飾合板整個剝離，變得像窗簾一樣。

我在好奇心的驅使下踏入廢屋，結果馬上就有兩隻蝙蝠飛出來。看樣子這裡已經變成人類以外的動物巢穴了。

在看上去像是廚房的空間裡，還留著餐桌和火盆，地上散落生鏽的電鍋和空的燒酒瓶。

我抱著一線希望，檢查了手機，結果和期待相反，手機並沒有任何信號。

從破損的玻璃門望向對面，就可以看到地板已經裂開，榻榻米也整個下陷。我可不能在這種地方受傷，還是不要再繼續往裡面走比較好。

按照事前拿到的地圖，我們要集合的學校就在這片充滿廢屋的區域後面。

面對未來的不安與期待，我感受到心臟改變了跳動的頻率。

4

穿過石牆綿延的聚落之後，可以看到比其他民宅大很多的建築物。

「學校還滿大的。」

我不禁自言自語起來。

據說以前生活在這個村子裡的所有國小、國中學生，都是在這所學校上學。兩層樓高的校舍，和一般印象中的學校差不多。建在操場深處的校舍有裸露的鋼筋混凝土，和途中看到的那些廢屋不同，看上去很堅固牢靠。

這是一棟四十年前功成身退之後就被丟在這裡的建築物。

屋頂的柵欄已經腐朽，有些看起來隨時都會脫落。校舍乍看之下堅固，但還是不要隨便靠近外牆比較保險。

我撥開隨處生長的雜草走入操場，往校舍前進。
靠近校舍之後，就能明確看到腐朽的部分了。腐蝕嚴重的窗框，看樣子不是鋁窗，而是木製的窗戶。
就在我盯著校舍的外觀時，一樓的窗戶敞開，可以看到一對二十歲左右的男女。
「嗨！你就是廣瀨對吧！」
在我報上姓名之前，一名留著短髮、長相白淨的男子對我舉起右手。站在一旁戴著眼鏡的女子也笑著對我揮手。
這次企劃的參加者有四名男性和三名女性。既然對方毫不遲疑地叫出我的名字，可能表示我是最後抵達的男性成員。
「從那個角落轉彎就有出入口。穿著鞋子進來沒關係！」
我按照對方的指引，一進入校舍就知道對方為什麼要我穿著鞋進去。整個校內到處都是灰塵，視線範圍內到處都有大到令人毛骨悚然的蜘蛛網。就算他沒說穿著鞋子進來，我也不會想要脫鞋。
沿著走廊轉彎之後，看到角落躺著三台堆滿灰塵的手風琴。我有一種誤闖舊時代幻想世界的感覺。現在真的是令和時代嗎？
幸好校舍是Ｌ型的單純構造，所以不會迷路。
我抵達剛才看到那兩個人的教室。因為門上的牌子，我才知道那是以前的「教職員室」。

穿過敞開的門，就看到室內有六名男男女女。

看樣子我不只是男性成員中最慢抵達的人，還是所有成員裡面最晚到的。

「抱歉，我晚到了。」

「沒關係。天氣這麼熱，你一定很累了吧。來，卸下行李，坐吧。」

在短髮男子的引導下，我坐到椅子上。

教職員室整理得很乾淨，彷彿剛才到處都是灰塵的走廊其實是幻境。或許是先抵達的成員打算把這裡當成據點，所以早早就打掃乾淨了。

「嗨，你好。我是塚田圭志。從今天開始，要請你多多指教了。」

果然，那個短髮的白淨青年就是主辦人塚田先生。

我算是一般體格，相較之下塚田先生高我一個頭。身高怎麼看都超過一百八十公分。

他笑著伸出手，我伸手回握。擁有大手掌的他，握手的力道也很重。

「初次見面，我是廣瀨優也。現在是大二生，請多多指教。」

「既然全員都到齊了，為了廣瀨小弟，就請大家再自我介紹一下吧。」

聽到塚田先生這麼說，原本分散在寬廣教職員室裡的成員便聚在一起。不同年齡和性別的七個人，光看服裝也知道，大家的個性都不一樣。成員中最醒目的應該是那個金髮女子吧。她穿著休閒襯衫，駝背讓她的眼神看起來不好惹，一邊的耳朵還戴著三個耳環。
雖然在塚田先生的引導下，大家都圍成一圈，但只有她和大家保持一段距離。另外兩名女性分別是剛才從窗戶向我揮手、看起來二十幾歲、戴著眼鏡的黑長髮女子，還有看上去像個高中生的鮑伯頭少女。
「那就從我開始順時針繞一圈吧。我是塚田圭志，今年二十六歲。我的表哥杉本敬之是美作里奧老師的責任編輯。就某種層面的意義上，我好像比各位更親近老師，但其實只是一個鐵粉而已。直到兩個禮拜前，我還在東京都內的服飾企業上班。」
「你該不會為了這個企劃辭掉工作吧？」
「雖然不想讓別人覺得我是因為老師才辭職，不過這才是實話。一想到再也讀不到自己最喜歡的小說結局，就覺得勉強繼續一份不怎麼喜歡的工作到底有什麼意義，想想真的很不值得。所以，為了稍微接近答案一點，我才想出這次的企劃。反正我已經辭掉工作，也做好在這裡生活幾個月的心理準備了。」
「你真的想到很不得了的點子呢。」
用沉穩的語調說這句話的人，是那個戴眼鏡的黑髮女子。
「我聽到這個企劃的時候，嚇了一大跳。心想在現實世界，真的能實現在廢校生活嗎？」
「嗯，會覺得不安也很正常。雖然說是廢校，但擅自闖進去也還是違法行為。絕對不能因為我們這些粉絲，讓作品蒙羞。所以我事前已經和自治團體聯絡過了。」

「啊，所以你有取得相關機關的同意了。那對方是怎麼回覆你的啊？」

「自治團體的回答竟然是『我們會當作沒看到，默許你們進去』。我原本已經做好被罵的心理準備了。不過，對方說只要不是犯罪行為就隨便我們使用。但是如果發生什麼意外，他們也不會負責。」

「那在這裡生活真的沒問題囉。」

「作品中沒有任何人取得自治團體的同意。雖然擅自進行計畫比較接近故事內容，但要是有個萬一，作品一定會受到指責。」

二十六歲的他，看樣子還是分得清現實與虛構的界線。

雖然我認為現代的孩子不可能持續這種荒野求生的生活好幾個月，但如果有這樣的男人當首領，那在廢校的生活說不定會意外地順利。

「那下一位就是妳囉。」

在塚田先生的引導下，剛才有回話的那名黑髮女子點了點頭。

她的長相，該說有點狸貓相嗎？鏡片後的眼睛，眼角有點下垂，而且始終保持著微笑，感覺是個容易親近的人。

「我是山際惠美。我今年也二十六歲，所以算是成員裡面最年長的。出生於東京的八王子市，現在是個家裡蹲。因為每天都在家無所事事，覺得很討厭這樣的自己，才會答應塚田先生的提議。而且我父母也一直趕我離開家裡，這個時間點也算是剛剛好吧。」

不同於穩重的形象和現況，她把來龍去脈解釋得非常清楚。和塚田先生並列最年長成員，就表示這個群體之後可能會以他們兩個人為中心。

「那下一位就是純戀妹妹囉。」

山際小姐把大家的焦點轉向坐在她身邊那個身材嬌小的鮑伯頭少女。

今天氣溫和濕度都偏高，她還穿著長袖的帽T，真的不熱嗎？

「我是中里純戀，今年十六歲。」

坐在原地接話的少女，說話的聲音小得驚人。

「嗯？就這樣？」

坐在少女旁邊，體格健壯的男子這樣問。他頂著一頭自然鬈，身高和塚田先生差不多，但是肌肉更為發達。

「十六歲的話還是高中生對吧。不用上學嗎？」

面對自然鬈男子的疑問，少女的表情明顯不悅。

「我沒去上學。去年就退學了。」

不知道是不是只想說必要的資訊，少女冷淡地回應。

這裡聚集的都是美作里奧的狂熱粉絲。雖然都是同好，但被一群年長男性包圍，少女似乎顯得有點膽怯。

「唉呀，大家都有各自的苦衷嘛。抱歉，問了奇怪的問題。下一個就輪到我了吧。」

自然鬈男子直接接著說下去。

「我是稻垣琢磨，目前是研究所二年級的學生，今年二十四歲。我在橫濱讀大學，但是老家在滋賀。說有琵琶湖的那個縣，可能比較好懂吧。」

稻垣先生的體格精實，說他是職業運動員我也會相信。感覺好像有固定從事什麼運動的樣子。

《Swallowtail Waltz》的故事主角是一群在現代社會無處容身的人們。登場人物各自擁有自己的黑暗面。至少直到今天為止，我都認為一定有很多支持這部作品的年輕人，像我一樣懷抱著鬱悶的封閉感。

可是，他們也是這樣嗎？塚田先生和山際小姐，看起來具有高度社交性。稻垣先生對我和中里露出的爽朗笑容，也不像是硬擠出來的。

「其實我找工作一直失敗，正在煩惱以後該怎麼辦的時候，就受邀參加這個活動。雖然我也不想說這種話，怕被當成不識趣的傢伙，只是就現實情況來說，我們這群人不太像作品中的角色。就算模仿故事，我也不覺得能找到結局。不過，我和大家一樣，也很喜歡《Swallowtail Waltz》。我真的很喜歡這個故事，甚至覺得被這個故事拯救，所以才會選擇參加，就算只能得到一點啟發也無所謂。」

「研究所的課沒問題嗎？」

「這個問題輪得到廣瀨小弟問嗎？你剛才說你是大學生對吧。」

「啊……因為我幾乎沒去上課……」

「原來如此。嗯，難免也有這種情形嘛。」
稻垣先生若無其事地笑著說。
「剛才說過，我找工作失敗了。找工作的時候，最好的一張牌就是應屆畢業對吧。所以，我在想其實也可以選擇留級。學費是我自己在付，所以就算留級也不會對別人造成困擾。因此，我打算待到這個企劃結束，如果實際上開始生活，感覺真的可以持續下去的話，我就會向研究所申請休學。」
「他也有童軍活動的經驗喔。」
像是在回應塚田先生的話，稻垣捲起袖子。
「校舍後方有小河，村落邊緣也有最上川的支流。釣魚的工作就交給我吧。按照我事前的調查，周邊似乎也有雉雞和山豬。我想挑戰用陷阱捕獵，製作獵物料理。」
計程車司機說過，用陷阱捕獵也需要執照。擅自捕獵算是犯罪行為，但這個村落除了我們之外就沒有別人了。只要不危害到他人，應該不必刻意潑他冷水吧。
「大家都帶了大量的米和麵條吧。校舍後面有水源，我也找到一些可以採收的野菜。目前的問題就是確保蛋白質來源。最快的方法就是釣魚，所以等大家安頓好，我需要男生一起來幫忙。」
身為研究生，自己付學費，又有童軍活動的經歷，怎麼想都覺得稻垣先生是活在另一個世界的人類。

雖然我自認比任何人都了解這部作品的優秀之處，但說實話，連稻垣先生這樣的人都如此著迷，實在很令人震驚。

因為臭著一張臉的金髮女子和只會在必要時說話的少女，感覺比較像這部作品的粉絲。

「接下來輪到我了對吧？」

最後一位男性成員是個長相偏中性的少年，他的五官非常漂亮，就算說他是藝人我也會相信。

「我叫作清野恭平。現在十八歲，就讀高三，出生在千葉。」

「雖然本來就覺得你年紀小，但沒想到你也是高中生啊。」

稻垣先生驚訝地說。

「學校沒問題嗎？如果沒去上學的話，父母一定會有意見吧？」

「我父母無所謂，因為我在育幼院生活。」

「原來如此，我不知道狀況就擅自追問，抱歉。不過育幼院這種機構，外宿應該需要取得院方同意吧？」

「我是偷偷離開的。」

聽到清野的回答，稻垣先生一臉傷腦筋的樣子看了塚田。

「這樣不太好吧？這次為了不給別人添麻煩，不是還特意取得行政機關的同意了嗎？成人也就算了，幫助未成年的青少年離家出走，那不就像作品裡出現的【假面】

一樣，只是性別不同罷了……」

「我沒打算回育幼院，所以房間裡的行李全部都處理掉了。這次企劃結束之後，我打算找個工作，然後自己獨立生活。我在育幼院有留紙條說自己決定接受親戚的幫助獨立生活。出發前也告訴高中的班導，說我會轉由親戚照顧。畢竟我不能給大家添麻煩。」

「你安排得很周到。不過，你親生父母呢？如果聯絡不上你這個未成年的孩子，應該就會開始找人了吧？」

「他們不是會做這種事的人。而且，有很多人未成年也已經獨立生活了。滿十八歲之後大部分的事情都能自己做。」

「只是靠自己過日子可不輕鬆。雖然我也不想說教，但是要融入社會，意外地很困難呢。」

聽到彷彿了悟一切的這番話，清野的眼神發出銳利的光芒。

「稻垣先生想融入社會，卻喜歡美作里奧？」

「這話聽起來真是刺耳啊。不過，我認為喜歡作品的心情和對現實低頭是兩回事。我想等你長大就會懂了。」

「如果那樣才叫作大人，那我一點也不想變成大人。無論誰說什麼，我都不會回去。在最糟糕的日子裡，只有《Swallowtail Waltz》是唯一的救贖。我想親眼確認，美作老師沒能寫完的故事結局。」

「放心吧。我不會趕你走。」
主辦人塚田先生用沉穩的聲音這樣說。
「我們是一群直到昨天為止都不認識的陌生人。但是，都因為被一個故事吸引而聚集在這裡。規則在那本書裡面都有寫，我不會挽留想走的人，也不會趕走任何人。」
我再次在腦中整理聚在這裡的成員。
主辦人是剛離職的上班族塚田圭志，二十六歲。
賦閒在家的山際惠美，二十六歲。
高中退學的中里純戀，十六歲。
擁有童軍活動經驗的研究生稻垣琢磨，二十四歲。
離開育幼院的高三生清野恭平，十八歲。
接著是關在家不出門的大二生，也就是我本人，廣瀨優也。
剩下最後一位是和大家保持一段距離，坐在地上的金髮女子，看起來是個很輕浮的人。塚田先生回頭看她，她才開口說話。
「我是佐藤友子。目前在打工。」
「方便問妳幾歲嗎？」
「啊？幾歲都無所謂吧？」
和外表給人的印象一樣，說話也沒什麼禮貌。雖然這麼說很失禮，不過她看起來不像是會讀書的人。

「如果不想說也沒關係，我有看過身分證明，所以知道佐藤小姐的年齡。」
「啊……是這樣說沒錯。」
「佐藤小姐不透露年齡，那我就不會告訴別人，放心吧。」
塚田先生事前有要求參加企劃的人要出示能證明身分的文件。我是用電子郵件寄出學生證的照片。
「我也沒有要刻意隱瞞。我今年二十三歲。這樣就好了嗎？工作就別問了。我的工作沒什麼值得稱讚的地方。」
佐藤突然說出這句話之後就再度沉默。
感覺她應該是個很會惹麻煩的人，不過這下所有人的自我介紹總算結束了。
為了追尋無法放棄的故事結局，用自己都覺得愚蠢的方法，從這天開始了七個人的奇妙團體生活。

5

在廢校的生活，一如預料由主辦人塚田先生和戴眼鏡的山際小姐為中心展開。
出生在無論生存還是飲食都不需要辛苦勞動，輕輕鬆鬆就能吃飽喝足的現代日本，在安逸的環境下過著怠惰的日子，這樣的年輕人真的有辦法過這種幾近自給自足的生活嗎？我心中的不安，有些真的發生了，但也有些是杞人憂天。

作品中描述，在生活上軌道之前，經常發生無可避免的問題。最一開始的問題就是確保糧食，第一集剛開始就出現第二個放棄的人，也是因為糧食的關係。

我們的目的是透過模仿在廢校團體生活，一起尋找故事的結局。因此不需要刻意體驗角色在剛開始的時候經歷過的辛勞。大家事前都接到通知，要各自帶自己拿得動的物資，所以大家都準備了大量能存放的食物。

我帶了大量的罐頭，其他成員也盡可能帶了乾麵和白米等食材。其中，抱著其他想法的人就是山際小姐。她似乎很擅長做菜，所以帶了很多鹽、味噌等調味料。

當作據點的校舍後方有小河，已經確保隨時都有飲用水。

稻垣先生一早就抵達，在村落裡面到處逛過，據他所說，附近大概有二十幾種可以當作食材的野菜和果實。他也帶來釣魚的工具，確認過河裡有魚。

系列作品的開頭，描述群體裡發生的問題和紛爭很多和食物有關。不過，我們目前還不用擔心食物的問題。雖然帶來的食物可能馬上就會吃完，光靠釣魚或許很難持續取得蛋白質，但是真的遇到這種情況我們也能到附近的村子採購。

畢竟我們不是在逃的犯罪者，也不需要躲著誰，所以食物的問題還是可以靠金錢解決。就在這樣的平靜氣氛下，我們開始團體生活。

男生們第一天的工作就是打掃出一個能舒適居住的空間。

雖然說是廢校，但這裡還是一所學校。掃把、掃帚、水桶樣樣都有。抹布就使用山際小姐從廢屋收集來的布料。

我們模仿故事情節，讓女生住二樓，男生住一樓。

南棟的二樓有一間很大的音樂教室，山際小姐決定把那個教室當成女生成員的起居據點。音樂教室內連著一個上鎖的準備室，裡面有很多架子。不知道是不是為了防噪音，教室裡的窗簾比一般的還要厚很多。無論就防偷窺或方便性的角度來看，這個房間都很適合當作女性的居住空間。

相較之下，在一樓生活的男生們都使用各自獨立的一般教室。備用品有課桌椅、講桌，還有放打掃用品的櫥櫃。相較於音樂教室這種特殊教室，感覺沒那麼可靠，但是比起大家集中睡在大教室輕鬆多了。

在塚田先生的指揮下，我和高中生清野一起在決定當作居住空間的教室大掃除。除了稻垣先生之外的男生們，忙著打掃各教室的時候，另外三個女生負責準備晚餐。餓著肚子沒辦法戰鬥。飲食和每天的活力密切相關。女生馬上跟著擁有豐富野菜知識的稻垣先生出門採集。

必須趁日落之前完成所有工作。

打掃完當作居住空間的教室之後，馬上接著做下一件事。

我們把一樓保健室裡的棉被和體育倉庫裡的墊子搬到各教室裡，準備讓大家當成床鋪使用。

除了棉被和器械體操用的墊子之外，跳高用的軟墊光靠三個男生沒辦法搬到二樓。所以採完野菜之後準備要在廚房做晚餐的女生也一起來幫忙。

不知道是不是因為保管在沒有陽光的陰暗倉庫，跳高用的軟墊保存狀態好到令人難以置信，山際小姐很快就說：「從今天開始，我要和純戀妹妹一起睡在這張軟墊上。」

不知道山際小姐是以什麼為判斷基準，她只會喊我和清野、純戀三個人的名字。身為主要人物的她，言行也影響其他人，起搬運軟墊的時候，我和清野也自然而然地以名字稱呼純戀。

我們逐漸打成一片，但金髮的佐藤在工作的時候，幾乎不會和別人對話。她頂著一張臭臉，最後說了一句：

「我要用保健室的床，然後睡在美術教室。」

她說完之後，就把保健室的床拖到音樂教室對面的美術教室。

塚田先生提議女生睡在同一個房間是為了安全著想。話雖如此，一天二十四小時都面對面，應該沒辦法徹底放鬆。反正有好幾個空教室，佐藤一個人單獨行動也沒什麼問題。考量她的個性，這也算是理所當然的判斷。

打掃完佐藤要使用的美術教室之後，陽光已經變成橘色。在沒有電的地方，能活動的時間有限。

剩下的時間就留給大家各自打掃自己的房間。

我分配到的教室還有桌子，不知道為什麼，桌上放著紅色的假花。所有的東西都崩壞腐蝕，只有那朵彷彿被時間遺忘的人造花沒有褪色，真的很諷刺。

打掃好當作個人房間使用的二年一班教室之後，我把體育倉庫裡的器械體操用軟墊搬進來。雖然比不上一般的床，不過如果很難睡的話，明天再來稍微加工就好了。

作品中有提到收集枯葉鋪在軟墊下，可以有補強效果。這個季節綠意盎然，模仿這個做法倒也不壞。

打掃整頓完當作自己房間使用的教室之後，我坐在剛鋪好的床上，

腦海中自然而然地浮現六名成員的臉。

得知所有成員的性別和年齡後，我發現一件事。

我們都沒有被告知自己扮演哪個角色。不過，塚田先生一定是按照第五集結束時，還留在廢校的七個人選擇參加者吧。

作品中最有名的角色就是喜歡泰迪熊的十七歲少女【吉娜】。話雖如此，她只能算是主要角色，並非真正的主角。故事裡的敘述者是十七歲的少年【陽斗】。

十四歲時就失去父母的【陽斗】由叔叔扶養，但是叔叔沒讓他上高中，而是叫他去工作。打工賺來的錢都被當作生活費徵收，沒有能夠自由使用的金錢。故事就從每天被壓抑到快要崩潰的他，決定離家出走開拓自己的未來那一幕開始。

不知道是不是單純的偶然，【陽斗】的遭遇和離開育幼院的清野很像。就算不

是百分之百，塚田先生安排的【陽斗】一角，一定就是清野吧。外表俊秀的他，的確很適合擔任主角的角色。看到清野的那一瞬間，我就有這種想法了。

決定離家出走的【陽斗】，前往小時候全家旅行時曾去過的水庫，在那裡發現少女【吉娜】跨過寫著禁止進入的柵欄。

就在她跳下水庫的時候，背後出現兩名大人。

那兩個男人說：「要救救那個女孩才行！」雖然搞不清楚狀況，但【陽斗】還是和那兩個人一起救了少女。

這就是第一集裡的第一話。

在第二集當中，兩名男人分別自稱【烏鴉】和【老鼠】，但是【陽斗】比起奇妙的名字，更震驚於【烏鴉】的長相。因為他是震撼全日本的某事件當中的中心人物，電視上數度出現過他的身影。

我還清楚記得，那個讓人毫無喘息空間的故事，一開始就讓我為之折服。節奏快速的文章，讓【陽斗】的過往、【吉娜】無以名狀的魅力、【烏鴉】和【老鼠】背負的重擔深深進入我的心中。光是讀小說，就讓頭腦變得一片混亂，這還是人生第一次體會到的感覺。

在讀完第二集的時候，我就完全成為《Swallowtail Waltz》的俘虜了。

提議團體生活的塚田先生一定就是以作品中擔任領導者的【烏鴉】為藍本。

如果【陽斗】是清野，【烏鴉】是塚田先生，那麼第五集結束時還留在廢校的兩名男性成員就是【陽斗】的好友——大學生【代亞】和擁有豐富野外求生知識的研究生——叢林手工藝家【假面】。不多想的話，我應該是【代亞】，而稻垣先生就是【假面】吧。

【代亞】身體虛弱，雖然力氣不大體力也不佳，但是頭腦聰明，在作品中一直是主角的一大助力。如果是以【代亞】為藍本，那還算不錯。應該不能說不錯，而是我承擔不起這麼重要的角色。雖然不像他那樣有知識、有智慧，但是我會盡我所能做自己力所能及的事。

6

當我帶來的太陽能提燈開始亮起來的時候，山際小姐前來通知晚餐已經準備好了。

我跟在她身後進入廚房，看到幾個小時未見的稻垣先生。

他說有想嘗試的東西，所以在女生採完野菜之後，仍然和我們分開行動。他帶著釣竿，或許是為了取得食材前往河邊了吧。我的預測只答對一半。

晚餐後，稻垣先生親口公布令人開心的驚喜。

「今天做了很多重勞動，大家一定流了很多汗吧。我有準備洗澡水，吃完飯帶你們過去。」
山際小姐和純戀反射性地對看一眼。
那可能是我第一次看到純戀的笑容。
「洗澡水是什麼意思？你在民宅裡面找到還能用的浴缸嗎？」
「雖然沒有確認過，但是建築物本身就已經太老舊，要用民宅裡面的浴缸還是太危險了。我重新整修的是校內的浴室。」
「學校裡面有浴室嗎？」
「西棟工友休息室的宿舍裡面有一間浴室。」
「宿舍？」
「畢竟是山裡的村落啊。這裡沒有可以租屋的地方，所以為了短期派遣到學校的老師而在校內建了宿舍。」
塚田先生在稻垣先生說明後接著補充。
「裡面有燒柴火加熱的浴盆，我想只要稍微修理一下應該就能用。所以就請稻垣幫忙查了一下。」
「沒錯。結果，一如塚田先生的預期，澡盆可以用。以前的東西構造很簡單，所以意外地非常堅固。雖然外觀不怎麼樣，澡盆也很窄，但至少還可以用。」
「那水呢？」
「當然是用水桶從後面的小河提過來的。」

「什麼……你一個人提……那要來回走好幾趟吧？」
「我沒有乖乖走好幾趟啦。我收集了教室裡打掃用的水桶。工友休息室有推車，搭配家政科教室裡的木板，改良成一次可以搬十二桶水的構造。反而是校舍到小河這段運送的路比較難規劃。中間有坡道，也有石頭階梯。如果這條路能修整好，那女生也可以用推車搬運河水。所以明天開始，就會讓有空的男生幫忙修整這條運水的路線。」
「謝謝你。真的好開心喔。我還想說，為了做菜每天都要去取水好幾次。我們真的要好好感謝稻垣先生，對吧？」
在山際小姐的引導之下，純戀也一臉敬佩地點點頭。
「我不在的時候，大家也幫我準備食物、打掃房間啊。彼此彼此啦。」
「我原本完全放棄可以洗澡的想法。想說晚上河水那麼冷，頂多只能用毛巾擦擦身體，所以真的有點想哭。」
看起來很開心的不只有山際小姐。雖然佐藤還是面無表情，但是聽到可以洗澡之後，純戀、清野都面露笑容。
「如果女生洗完之後，覺得不排斥的話就留著洗澡水讓我們男生洗，不能接受就把水放掉也沒關係。大家一起幫忙，重新取水也不需要花太多時間。」
「這麼做太不好意思了，沒關係的。對吧？妳們兩個也沒問題吧？」
山際小姐這樣說之後，純戀輕輕點了點頭，但是……

「什麼？好噁心。不要把我跟妳混為一談。」
佐藤立刻否決這個提議。
「我就算在女生之後洗澡也覺得噁心。別人用過的洗澡水那麼噁心，怎麼可能接著泡澡。」
「可是，洗澡水要來回好幾趟才能裝滿澡盆……」
「關我什麼事。我本來就沒有要你們讓我洗澡啊。我會自己去河裡洗澡，這樣就夠了。」
直到剛才為止都很和平的氣氛，在她發言之後，全場瞬間凍結變得很沉重。
「那佐藤小姐就第一個洗吧。之後換純戀妹妹和我洗，洗完之後再把水放掉。這樣就可以了吧？佐藤小姐也出了一身汗，最好泡個澡消除疲勞。」
「我已經說過不用了。」
「妳不用客氣，生理上的抗拒沒辦法靠理性控制。如果妳不想用他人用過的洗澡水，那也只能這樣了。妳第一個洗的話就沒問題了吧？我們之後洗就好了。」
見面後的幾個小時，山際小姐一直特別照顧不打算融入大家的佐藤。把軟墊搬到二樓的時候，山際小姐很積極找佐藤搭話，身為二十六歲的最年長成員，山際小姐一直想讓女生團結一致，然而……
「裝好人。」
佐藤用不屑的口吻這樣說。

「如果想在男人面前裝乖，那就滾回東京裝。」
這個人為什麼能這麼輕易地咒罵周圍的人呢？
聽到她的諷刺，這下就連山際小姐都笑不出來。
「……我知道了。那吃完飯就讓純戀妹妹第一個洗，之後再換我。我不會放掉熱水，所以男生就可以接著洗。」
「ＯＫ。那就這麼辦吧。」
山際小姐說完之後，稻垣先生接著說。
「我有準備木柴，可以一直加柴火。不需要在意時間，慢慢泡個澡恢復疲勞吧。」
山際小姐和稻垣先生的應對，充滿成熟大人的風範。沒有追究佐藤的態度，讓事情能繼續進行下去。
「我們今天都剛見面。不想用他人用過的洗澡水，這種心情我可以理解。而且這畢竟是幾十年都沒有用的澡盆。如果漸漸不覺得排斥，想泡澡的時候隨時都可以告訴我。」
儘管稻垣先生笑著結束話題，但佐藤的表情還是一如既往。
雖然不知道她到底在糾結什麼，但是她的態度打從一開始就很奇怪。當然，如果想到她扮演的那個人物角色，就能理解她的行為了。只是我覺得不管怎麼說，這樣也太過分了。

7

第一天有一件事，讓大家相視而笑。那就是大家都帶著類似的太陽能提燈或手電筒。

到廢校集合的【陽斗】，為了方便夜晚活動，第一次採購的時候就是到居家用品店買手電筒。讀過那段故事之後，我也準備了緊急狀態下可以當作行動電源的手電筒。

我在分配到的二年一班教室裡，獨自盯著提燈的燈光。

夜晚的校舍，光是這樣就令人毛骨悚然。一直在這裡生活的話，會不會自然而然地習慣夜晚的學校呢？

只是鋪著軟墊的小床，比家裡的床墊硬太多了。我雖然試著用體育倉庫撿來的沙包袋當枕頭，但實在太沒有彈性，導致脖子馬上痛了起來。

話雖如此，我睡不著應該不是床或枕頭的問題。

雖然不知道原因，但是身體深處一直很亢奮。難道是因為要親自用自己的肉體描繪重要的小說嗎？感覺今晚沒辦法就這樣睡著。

今天走了將近一個小時的山路。抵達校舍之後，也忙到太陽下山。身體應該已經疲憊不堪，但腦袋卻很清醒。

【陽斗】和大家會合的第一天晚上，也有這樣的心情嗎？

我拿起帶過來的其中一本《Swallowtail Waltz》，重新讀了起來。

我還清楚記得，第一次拿起這本書那天，被開頭那段【陽斗】的人生故事深深吸引的感覺。不過，最讓我覺得有趣到渾身一顫的，還是三人救出【吉娜】之後，得知【烏鴉】真實身分的時候。

倫理學上有一個課題，那就是一九六七年菲利帕·福特提出的《電車問題》。「在軌道上行駛的列車失控，如果繼續前進會撞死五個人。你剛好在這條軌道的轉轍器前面，可以切換軌道救這五個人。然而，有一個人正在另一條軌道上工作，如果你切換軌道，他就一定會死。那你會怎麼做？」

我是因為《Swallowtail Waltz》才知道「為了救五個人而殺害一個人，這種做法究竟是對是錯？」這個難解的問題。

美作里奧在作品中提到倫理學上的問題，而且由其中一個角色給出答案。群體領導者【烏鴉】一年半前在船上陷入類似電車問題的窘境，為了拯救八個陌生人，他選擇犧牲自己的女友。

雖然拯救了八個人，但是刻意奪走女友性命的【烏鴉】在事件後，因為有殺人嫌疑而遭到逮捕。

不過，被他拯救生命的八個人，並沒有保持沉默。就連失去女兒的女友父母，都直說這是英雄般的行為，使得【烏鴉】突然一夕爆紅。

因為輿論的關係，【烏鴉】在二審的時候逆轉情勢獲判無罪，但檢察官繼續上訴，將案件送到最高法院。

然而，廣受全日本矚目的案件，迎來意想不到的結局。在公審開始之前，【烏鴉】突然銷聲匿跡。

話題人物是逃亡還是被什麼人滅掉了呢？他的長相和名字接連幾天都出現在談話節目中，就連很少看新聞的【陽斗】都知道這號人物。

【烏鴉】為什麼在公審途中消失，直到第五集都沒有交代原因。

另一方面，他在山中廢校打造一個群體的原因，讀者是打從一開始就知道的。因為【老鼠】也曾經遭遇類似的困境。

【老鼠】原本是實習醫生。他一年前遇到一名患者因為身體疾病遭受難以忍受的痛苦，受這名患者所託，開了鎮定劑和肌肉鬆弛劑，使得委託人離世。

雖然這是患者的要求，但是沒有留下明確的遺書，患者也沒有立即死亡的危機，在種種狀況累積之下，【老鼠】因為受囑託殺人罪的嫌疑而被通緝。他現在仍然是在逃的通緝犯。

【老鼠】相信自己的行為是在拯救患者。然而，現代社會不能由自己決定正義。他拒絕在法庭上抗爭，也拒絕承認自己的決定有錯，所以選擇消失。

集結像【烏鴉】和【老鼠】這樣，不能斷定是犯罪的年輕人，打造出一個社群。這就是《Swallowtail Waltz》的舞台背景。

每個登場人物都有悽慘的過去和秘密，肉眼所見的世界、耳朵聽到的故事不見得都屬實。喜歡泰迪熊的少女【吉娜】的死亡真相。背叛者【猶大】的真實身分。【烏鴉】逃亡的動機。留下好幾個充滿魅力的謎團，讓粉絲一直期待最後一集。

在大家應該都已經入睡的時間點，我一個人離開教室。

在【烏鴉】的邀請下，來到社群和大家集合的【陽斗】，第一天晚上就在屋頂眺望星空。這裡是沒有住宅燈火的廢村。而且，今天是萬里無雲的好天氣，又接近新月。只要到屋頂，應該就能看到美麗的星空。

我買來的手電筒，按照說明書的內容，好像可以持續使用約六個小時。我已經事先把手電筒裡的太陽能板充飽電，所以應該不用擔心會走到一半沒電。

雖然一個人走在夜晚的校舍很恐怖，但是無論如何都無法克制想冒險的心情。

為了不吵醒夥伴，我輕手輕腳地朝樓梯走去。

雖然在這個時間到女生起居的二樓不太好，但是直接上屋頂應該就沒關係了吧。

藉著手電筒的燈光，我謹慎地沿著樓梯往上走。通往屋頂的那扇門呈現半開的狀態，樓梯間散落著枯葉。

我彎著腰走到屋頂。

先深深吸一口氣才抬頭望向夜空，滿天星斗一如我預期地進入眼中。

大家都說在都市看不到星星，這句話說得的確沒錯。

我這輩子從來沒有看過這樣的星空。有些人看到漂亮的花會感動，看到美麗的夕陽會覺得著迷，但我沒有這種細膩的情感。我知道自己是個不解風情的人，但是看到這片星空我感受到渾身顫抖的感動。

躺在沒有打掃過的屋頂，運動服應該會髒掉吧。不對，在這樣的星空下思考這種問題實在太蠢了。

我攤開雙手，就這樣在屋頂躺下。

視線範圍裡都是星空，感覺自己好像要被吸進純白的銀河之中。在我想著一些不著邊際的事情兩秒鐘之後，一道光閃過。

是流星！這輩子第一次看到流星！

直到現在，心裡仍然有點迷惘。像我這樣的人，來參加這個企劃真的好嗎？不過，這個選擇可能真的沒錯。就連滿分的星空和流星，都歡迎像我這樣的人。

「是廣瀨吧。你在做什麼？」

男子的聲音突然傳到耳中，讓我整個背後都寒毛直立。

撐起上半身回頭一看，手裡拿著手電筒的人是高三生清野。不知道為什麼，他另外一隻手握著中式炒鍋。

「清野也來看星星嗎？」

「不是……哇，怎麼回事！好猛喔！」

抬頭望向夜空，清野當場就愣住了。

「很美吧。正因為周遭沒有燈火，所以才能看得這麼清楚。」

「啊，流星。」

「今天沒有流星雨對吧，可是剛才我也看到好幾次喔。」

「我第一次看到流星。鄉下真是太厲害了。」

「你說你不是來看星星，那為什麼上來屋頂？」

「我聽到腳步聲，看了一下走廊，發現手電筒的燈光消失在樓梯那裡，所以我想一定有人走上三樓。三樓不是只有女生嗎？我想如果發生什麼不好的事就糟了，所以才跟上來。」

原來如此。所以才拿著中式炒鍋當武器啊？

「我可以坐在你旁邊嗎？」

「坐吧。雖然兩個男生一起看星星有點奇妙就是了。」

「是嗎？我覺得這樣很青春，很有《Swallowtail Waltz》的感覺耶。」

「你是會憧憬這種東西的人喔？」

「對啊。我也很期待七名男女一起生活的日子。」

「你不是一直都在育幼院生活嗎？那不就是團體生活了？」

「我們是男女分開在不同棟。建築物之間是有上鎖的，所以沒辦法通行。在育幼院裡面會見到女生的時間，頂多只有吃飯的時候。是說我也沒有特別想要見誰啦。」

「這樣啊。」

「育幼院裡幾乎沒有自由。在小孩被送到育幼院的時候，就表示父母有各種問題，這種家庭的孩子，就算沒有理由也經常會被懷疑。」
「那不就是偏見嗎？」
「不好說。根據統計，問題兒童的比例還是偏高吧。高中生即便十八歲也還是有門禁，零用錢用在哪裡也要報告，其他育幼院的情況我不清楚，但這些對我來說都很痛苦。所以我一直覺得，高中就退學去找工作自立還比較輕鬆。」
「那你之前怎麼沒有這樣做？」
「可能是因為【吉娜】後悔了吧。她不是好幾次都說，當初要是沒有從高中退學就好了。」
「原來你是【吉娜】的粉絲啊？」
「這裡有人不是【吉娜】的粉絲嗎？」
這個問題一秒就能回答。
「沒有。」
「對吧。不過，佐藤小姐我就不知道了。」
白天打掃的時候、吃晚餐的時候，清野都沒什麼說話。
不過，現在卻驚人地長舌。之前可能只是太緊張而已。
「啊——我現在才想到。我真笨。【陽斗】也是第一天晚上在屋頂看星星對吧。所以你才會來嗎？」
「答對了。不過，我覺得塚田先生預設的【陽斗】應該是你喔。」

「我雖然想過他會按照最後留下的七個人篩選參加者，但是應該沒有完全套用角色吧。」

「【陽斗】是清野，【烏鴉】是塚田先生。【克萊爾】是佐藤小姐。我一看到大家，馬上就有這種想法。」

「佐藤小姐是以【克萊爾】為藍本，這一看就知道了呢。我甚至覺得她是不是從故事裡面走出來的人物。」

【克萊爾】打從故事一開始，就到處在群體裡面搞破壞，是個形象明確的惡女。當然，美作里奧不會安排一個單純的黑臉，她身上也有驚人的秘密，但是要到第四集才會公布。

佐藤友子可以說是七個人當中唯一一個令人反感的女生。話雖如此，她有可能是知道自己的角色是【克萊爾】，所以才刻意演戲。

接下來不知道還要度過多久的團體生活，應該沒有人打從第一天就想惹人厭，至少我是這樣解讀的。

「由七個人模仿小說架構，一起找尋最後一集的結局，這個構想很有趣。不過，考量現實層面，這樣根本不可能找到結局，我是當成單純的粉絲企劃才參加的。參加成員裡面有你，我覺得真的太好了。」

「那還真是謝了。但是，你這話是什麼意思。」

「塚田先生和稻垣先生感覺很大人，雖然都是粉絲，但我總覺得他們是不同類型的人。如果大家都是這麼積極向上的人，我應該沒辦法和大家一起生活。可是沒有那樣的人存在，這個企劃也沒辦法成立就是了。」

「山際小姐也是啊。想到那樣感覺朋友很多的人也是粉絲，真的嚇我一跳。」

「山際小姐啊……廣瀨你說了幾個謊啊？」

清野一副略有深意的樣子重複念了一次她的名字，然後問了一個不可思議的問題。

「說謊？」

「對。大家應該多少都說了一些謊吧。」

「你是指《Swallowtail Waltz》的故事嗎？」

在作品中，除了【吉娜】之外的所有成員，都說了不只一個謊。就連敘述者【陽斗】都用敘述的詭計欺騙過讀者。這些謊言錯綜複雜，每次公開真相，故事裡的世界就會整個改變色調。

「我是說我們自己。我沒有完全說實話，你應該也是吧？你有看到山際小姐的左手無名指嗎？」

「無名指？應該沒有人戴著戒指才對啊。」

「山際小姐的左手無名指上，有戴戒指的痕跡。而且是太陽曬過的痕跡。」

相較於體格健壯的塚田先生和稻垣先生，清野是瘦小又長得偏中性的少年。七人之中，他的長相最俊秀。在這個幾近新月夜晚的屋頂，就算坐在身邊，我也看不清他的表情。

「山際小姐有可能結過婚嗎？」

「我是不覺得啦。那有可能是對戒，防止男朋友外遇之類的，有很多種可能。」

「如果不是婚戒的話，會長時間戴著，戴到有曬痕嗎？」

「我不覺得已婚人士會參加這個企劃，難道是她離過婚？」

「山際小姐和塚田先生也有可能是夫妻吧？」

清野脫口而出的推理，令人出乎意料。

「以今天初次見面的狀況來說，他們彼此都太過客氣了。確認過大家身分證明的只有塚田先生一個人，要怎麼說謊都可以。她大可以摘下婚戒，使用婚前的姓氏，刻意裝作是陌生人。」

「為什麼要這麼做？」

「成員是從粉專召集來的，就算大家真的都是粉絲，但也不清楚參加者的秉性。如果我是主辦人的話，就會安排信得過的人幫忙。」

「夫妻都是粉絲的話，的確有可能。」

剛聽到的時候覺得很驚訝，但這個說法的確有點說服力。

「不過，這也只是我的推測。除了山際小姐的無名指上有曬痕之外，其他都是臆測。」

「清野你還真是對每個人都觀察入微。」

「畢竟是要一起生活的成員啊。當然會在意。對了。你有發現純戀妹妹一直穿長袖帽T的原因嗎？」

「沒有。我只是覺得，她也流了不少汗，脫掉長袖比較好。」

「那是為了遮掩割腕的痕跡。在搬跳高用的軟墊時，我就想著她的袖子應該會被拉扯，所以一直注意看著她的手。我能想到的情形應該就是割腕，就氣氛上來說感覺也是那樣。」

「手腕上有傷痕嗎？」

「有。猛然一看有好幾條，數都數不完。」

「割腕啊。不過，那孩子身上的確有死亡的味道。」

「死亡的味道？」

「剛才你說很有《Swallowtail Waltz》的感覺，但是以我來說，比起經典的青春感，我更覺得作品有一種死亡的味道。」

星空已經看膩了。

回到教室，躺在味道潮濕的軟墊上也睡不著。因為實在太暗，讓我覺得自己真的處於黑暗深處。

塚田先生和山際小姐，會不會真的像清野說的那樣是一對夫妻呢？純戀手腕的事情也很令人在意，明天開始要多觀察大家了。

『大家應該多少都說了一些謊吧。』

心裡不斷出現清野才剛說過的話，其實是因為我自己的確有底。每個人都有謊言和秘密。

作品中【烏鴉】和【老鼠】之所以用暱稱，就是為了防止外出採買的時候，在對話時暴露真實身分。

根本就沒有日本人會取名為【吉娜】，【克萊爾】、【假面】、【諾諾】在作品中也沒有用真名。

我的名字廣瀨優也是本名，但其他成員的名字是不是真的就不知道了。雖然沒辦法欺騙事前確認過全員身分證明的塚田先生，但是有可能對其他成員隱瞞真名。這樣說感覺不太好，但是佐藤友子這個名字就明顯像假名。

《Swallowtail Waltz》從第一集的中段開始，劇情就有大幅度的變動。前往居家用品店採買的【老鼠】，在店內遭到逮捕。

【老鼠】在和大家集合之前，就藉朋友之手動了整形手術。因此，除非是認得聲音的人，否則無法發現他的身分。

逮捕他的警察，當然也不是【老鼠】的朋友。那警察怎麼會發現他呢？討論之後得出的結論，對大家來說都很不愉快。

那天，【老鼠】和【陽斗】要去居家用品店採買這件事，大家都知情。也就是說，其他成員之中有人出賣他。

有很多人到廢村集合，但【老鼠】是第一個到的。他是九州人，一開始就隱瞞了自己的身分。跟他有過節的人剛好也來到這裡的偶然情形，怎麼想都不可能發生。

群體裡面還有比【老鼠】那件事更悽慘的相關人物，也有像【克萊爾】那樣不知道是否真的有罪的人。如果是出自正義感告發，那應該有更適合的對象。出賣【老鼠】給警察的人，動機不是正義感也不是憎恨。那傢伙只是單純為了惡作劇，出於好玩而出賣夥伴。

發現群體裡面隱藏著背叛者【猶大】，讓故事從第一集的尾聲開始，突然變得詭譎莫測。

小說裡面有【猶大】。

集結在廢校的我們，只是想模仿故事的粉絲。我們應該不會像登場人物那樣產生疑神疑鬼的感受。我原本是這樣想的，但是……

在開始團體生活，短短一週之後。

我們面對不知道算不算是謊言的狀況，感到非常迷惘。

◆第二話◆

我們才不是朋友

Chapter.02

1

開始團體生活的當天和隔天，我們都整天汗流浹背地工作。

主要的工作是打掃大家會經常聚集的教職員室和廚房，還有確保通往後方小河的動線。

只要整頓好生活的基礎，就可以如願開始慢活的生活了。這裡沒有網路和電視，每天可能會多出很多時間。說不定還要煩惱怎麼打發時間。參加企劃之前，我想過這些問題，但是馬上就發現那只是我膚淺的想像罷了。

看樣子要活下去，就只能不停工作。在這裡如果什麼都不做的話，就只能吃到沒有味道的食物。

因為飲用水充足，我們又帶了大量的食品，目前是不會餓到。然而，生於終日得以飽食的現代社會，我們的舌頭也不知不覺被養刁了。光是吃煮好的飯和燙熟的義大利麵，沒辦法滿足口腹之慾。

我從來不覺得自己是什麼美食家。但是，只能充飢的飲食生活的確會讓人累積壓力。要保持營養均衡之類的理性說法都是以前的事，現在只想吃一頓美味的料理。結束建構生活據點的工作之後，焦點自然而然轉向確保食材來源。

主辦人塚田圭志先生直到幾天之前都是上班族。二十三歲的佐藤友子是打工仔，研究生稻垣琢磨先生是自己賺學費的人。我雖然是沒有在打工、整天關在家裡的大學生，但是每個月都有零用錢。沒錯，就算附近沒有商店，我們也有資金。只要去鎮上採購必要的物資即可。

不過，光是要到手機有收訊的地方就要花一個小時以上，想去到鎮上就要搭計程車。採買是必須要花掉一整天時間的重勞動。而且，採購的東西必須以人力搬運，要囤貨也有所限制。

《Swallowtail Waltz》的登場人物，大半都是公審途中逃亡或被通緝的人。在【老鼠】被捕之後，他們對外界的警戒心增強，採買的頻率大減。

為了模仿作品中的狀況，當然要維持相似的生活模式。曾經在家裡打造家庭菜園的山際惠美小姐，帶來各種蔬菜的種子，在中里純戀的幫忙之下，使用中庭的花圃開始種植蔬菜。

稻垣先生在採野菜的時候，發現有野豬的蹤跡。當菜園整理好，種子都種下之後，塚田先生便用桌子搭起柵欄。

如果菜園成功種出蔬菜，就能穩定地獲得食材。話雖如此，蔬菜和花都不是一朝一夕能夠長大的東西。目前只能依靠在山裡採到的野菜和野草。

就地準備食材的工作，由稻垣先生領導的男子組負責。

不管是肉還是魚都好。我們有調味料，只要能取得食材，飲食的品質就能大幅提升。

團體生活開始後的第四天。

在稻垣先生的邀請下，我和一樣沒有釣魚經驗的高中生清野恭平，三個人一起挑戰在河川邊釣魚。

「一般會在釣具店買餌吧？」

「一般來說是這樣沒錯。不過，便利商店也買得到喔。」

「是嗎？我不知道便利商店還有賣魚餌。」

「我的表達方式不對。我不是那個意思，而是說便利商店有可以替代魚餌的東西。最具代表性的應該是魚肉香腸吧？如果是海釣的話，就可以用下酒菜代替，但是釣淡水魚的話，從性價比的角度考量，用黏稠狀的東西當餌最好。」

「用黏稠狀的東西就能釣魚嗎？」

面對我們這種完全門外漢的問題，稻垣先生回答得非常仔細。

「可以輕鬆釣到溪哥、鰷魚、珠星三塊魚這些魚，黏稠的餌就算碰到激流也不會脫離魚鉤，所以初學者也可以輕鬆使用。」

自從開始在這裡生活，我每天都親身體會什麼叫作知識就是力量。不是我謙虛，截至目前為止，我除了身體勞動之外毫無用處。雖然我有身先士卒的心，但是沒有哪項工作是非我不可的。

塚田先生今天沒有參與釣魚，是因為他出去採買了。到鎮上的路程很長，採買也只是單純的勞動雜務，如果要因此耗費塚田先生寶貴的時間，我去可能會比較好。

「我知道便利商店也能買到魚餌了。不過，這裡沒有便利商店也沒有黏稠物可以用。那我們該怎麼釣魚呢？」

「到現場準備別的餌囉。在淺灘可以收集到蜉蝣、石蠅等水生昆蟲的幼蟲，所以我們要用這些當魚餌。這個季節應該可以找到蚯蚓，你們敢摸蚯蚓嗎？」

我和清野同時搖搖頭。

「說得也是。那今天就從水蟲開始吧。」

我根本不敢摸蟲。我一路上都在想著一定要說出來，到達現場之後，我在河川前放棄掙扎，向稻垣先生坦白，他一邊抓抓自然鬈的頭髮一邊笑我。

「廣瀨還真是現代小孩。水蟲不會很噁心，但你還是沒辦法摸嗎？」

「如果是動物或魚我就敢摸。但是，抗拒有很多腳的生物。」

「哈哈哈。嗯，那也是沒辦法的事。清野你呢？」

「如果是昆蟲的話，我沒問題。」

「那釣魚交給清野。廣瀨你就先在那裡休息。等清野掌握訣竅之後，你再和我去做別的事。」

我找個樹蔭坐下，一邊擦汗一邊遠眺揮著釣竿的兩個人。

那就像畫裡會出現的暑假光景，是說小時候明明也沒有這種回憶，但不知道為什麼，總覺得很感傷。

我沒有和父親一起玩或者和朋友去河邊、山裡玩遊戲的回憶。儘管如此，心裡還是湧現一種近似於懷念的鄉愁。

開始這個企劃的時候，主辦人塚田先生並沒有要求我們扮演特定的角色。然而，從七名參加者的性別和年齡來看，可以想像成員是按照第五集結束時還留下的角色為藍本挑選。

擁有童軍活動經驗的稻垣先生，一定是按照叢林手工藝家【假面】的形象挑選。《Swallowtail Waltz》故事中，有好幾個成員都因為不恰當的理由，至少是角色本身無法接受的理由而遭到逮捕。他也是這些角色之一。

【假面】在線上遊戲認識一名少女——當時還是國中生的【露娜】。她找假面商量家庭問題長達半年以上。【露娜】長期受到生母和養父虐待。父母的暴力行為越來越嚴重，某天，感覺到生命危險的少女，衝進獨居的【假面】家。

【假面】只是在少女的求助下，幫了她的忙。卻因此被冠上「略誘未成年」的罪名遭到逮捕。無論被略誘者【露娜】的意志為何，只要監護人主張侵害監護權行使的自由，罪狀就會自動成立。

對【露娜】來說，【假面】是她的救世主，威脅自己的是生母和養父。即便如此，遭到逮捕甚至問罪的，竟然是試圖拯救少女的青年。

這個社會被充滿欺騙的法律支配。

這個世界根本就沒有屬於自己的避風港。

【露娜】出現在被釋放的【假面】眼前，拜託他和自己一起逃亡。因此，這兩個人才會逃進【烏鴉】創造的聚落。他們完全沒有想到，在那裡會迎來令人絕望的結局……

花了將近二十分鐘，才釣起第一條魚。

非常有毅力持續挑戰的清野，終於釣起一條十公分左右的魚。

「太好了！稻垣先生！這是什麼魚啊？」

「這是珠星三塊魚。如果是成魚的話，體型會稍微大一點，不過這裡是上游，這個大小還算可以了。好，清野就繼續釣魚吧。要釣到七條才夠所有人吃。剛才有看到豆魚。豆魚喜歡吃昆蟲，或許也能釣到豆魚。我和廣瀨會再往下游走一點，試著用別的方法捕魚。」

稻垣先生拿起我們帶來的另一個水桶，用眼神示意，要我跟上。

在沒有釣竿和漁網的狀態下，他打算怎麼捕魚呢？

我們沿著河川往下走約十五分鐘，在支流匯聚的地方，稻垣先生放下水桶。

「這裡岩石很多，就選這裡吧。這個點感覺很不錯。」

「那個——希望不是我想太多，但我們該不會要用手抓魚吧？」

「你很清楚嘛。」

「你是認真的？」

「沒有其他方法了吧。唉呀，你就先看著嘛。」

稻垣先生一臉充滿自信的樣子脫掉鞋襪。雖然是能夠清楚看見河底的淺灘，但真的能徒手抓住正在游泳的魚嗎？

稻垣先生捲起袖子，右手肘上明顯能看到一道十公分左右的手術傷疤。

「廣瀨，你有帶手套來吧？」

「有。因為有說要出門，所以帶著。」

「那你把手套戴起來吧，河裡的魚比你想像的還要更滑溜。」

釣竿只有一支，他好像本來就打算徒手捕魚。

「這裡水很淺，而且有岩石散落。是很好的捕魚地點。整體看起來都是小魚，不過我們在上游，所以也沒辦法。我簡單說明一下訣竅。」

在稻垣先生的指揮下，我戰戰兢兢地一腳踏入河水中。

確認我的行動之後，稻垣先生彎腰把手伸進河裡。

「人的動作越多，魚就越容易逃走。所以要先決定好捕魚的點，然後靜靜等著魚經過。」

「先把手伸進水裡，等魚游過去的時候就可以直接抓的意思嗎？」

「不，我只是想降低手的溫度而已。讓手溫接近河川的溫度，可以防止接觸的時候嚇到魚，導致魚逃走。」

「魚會辨別溫度嗎？」

「如果是在魚行動遲緩的冬天，只要降低手溫，就可以輕鬆捕到魚喔。不過，要長時間把手放進冬天的河裡，其實也很難受就是了。」

「說得也是。」

「可以等魚過來再抓，也可以從下游的方向找適合的岩石，悄悄把手伸進去，如果碰到魚，就可以雙手都伸進水裡抓起來。」

作品中的登場人物經常捕河裡的魚，但是通常是用釣竿、漁網或陷阱。從來沒有任何一個角色是挑戰徒手抓魚的。

光是坐在電腦前寫小說，還是會有不懂的事情。這個世界上一定有很多這種知識吧。

努力了將近一個小時，我一條魚都沒抓到。

另一方面，稻垣先生一個人就抓了五條魚。我真的很沒用，不過，如果清野的成果好的話，或許就能久違地補充蛋白質了。

「廣瀨要不要吃吃看這個？」

我正在擦乾腳的時候，稻垣先生遞過來像山芹菜的草。

「這個叫作透莖冷水花，是一種長在乾淨水源處的野草，可以直接吃。因為幾乎沒什麼味道，所以可以加進味噌湯或者沾醬油吃，不過，料理方式還是等我們回去再說吧。」

自從離開校舍之後，除了煮沸過的水之外再也沒吃過任何東西。就算是塞不了牙縫的野草，能吃到東西就很感激了。

「廣瀨是大二的學生對吧。生日是什麼時候？已經可以喝酒了嗎？」

「我是十一月生。不過，如果要問我會不會喝酒的話，我是會喝啦。」

「雖然我們遠離文明，但未成年的話，我是不會讓你喝酒的。」

「不，我已經二十一歲了。因為我重考過兩次。」

雖然沒打算在自我介紹的時候說謊，但我也並未都說真話。我只說自己是大二生，所以大家都錯估我的年齡也很正常。

「這樣啊。難怪我覺得你比二十歲的人沉穩。喜歡喝酒嗎？」

「我的味覺還沒長大，所以只會喝比較偏甜的酒。不過，我應該算是喜歡喝酒的人。」

「我和塚田先生商量過，等生活比較穩定之後，要來開個聯誼會。雖然對清野和純戀妹妹很抱歉，但是酒就像汽油一樣不是嗎？」

「汽油嗎？」

「雖然不知道到底在固執什麼，但佐藤小姐這三天一直都讓人感覺印象很差對吧。我想說，如果大家喝一杯就能化解，說不定情況就會改變了。我有跟塚田先生說，要是採買的時候有餘裕，就買一點酒回來。」

雖然我們都在各自的判斷下帶了需要的物品，但還是要開始生活之後才會知道實際上需要的是什麼。如果有機會下山到鎮上的話，我應該也有數都數不完的採購項目。

「我也有請他買釣竿和漁網喔，感覺採購的量很大啊。」

「畢竟第一天是以食物為優先準備行李的啊。其實，我沒想到這裡會有這麼多魚。如果多幾支釣竿的話，應該會有更多漁獲。就算用魚餌釣不到魚，撒網總能撈到魚吧。雖然魚也會拚命逃跑，但總比徒手抓來得強。」

「是啊。我想挑戰看看。」

稻垣先生明明已經手把手教我，我卻毫無成果。看到夥伴這麼沒出息的成果，就算發火也很正常，但是稻垣先生仍然溫柔地對待我。

「之前，清野對我說過很有趣的話。他說『大家應該多少都說了一些謊吧』。其實我覺得很有道理。因為自我介紹的時候，我也刻意讓大家誤會我的年齡。稻垣先生呢？你有說什麼謊嗎？」

這並不是一個會讓人心情好的問題，但他仍然不改爽朗的笑容。

「說得也是。雖然我不知道這算不算謊言，但如果沒有說出全部真相也算說謊的話，那我也有符合這一點的地方。」

2

在團體生活開始一週後的晚上，舉辦了有酒喝的聯誼會。

短短一週，也是漫長的一週。無論好壞，在各種層面的意義上有很多驚喜。第一次出門採買的塚田先生，為了獲取雞蛋帶回兩隻白色蛋雞也是其中一個驚喜。

超過一年以上沒有栽種作物，今後數年也沒有預計耕作的土地稱為「廢耕地」。在這個村落裡，有好幾處這種雜草蔓生的區域，現在變成各種生物棲息的地方。塚田先生把這種土地圍起來，放養一對出生四個月的年輕蛋雞。

養雞生蛋的架構，用說的很簡單。

從母雞的卵巢經由輸卵管排出成熟後會形成蛋黃的卵泡，在這個過程中，會形成蛋白、蛋殼膜、蛋殼，然後變成一顆雞蛋。這個過程需要耗費二十四至二十五個小時，所以一天不可能下兩次蛋，不過只要蛋雞的健康狀況良好，一年應該可以下二百八十顆雞蛋。

塚田先生帶回來的蛋雞，兩隻都很年輕。據說剛開始下蛋的蛋雞，有高達百分之四十的機率會下雙蛋黃的雞蛋，所以最近經常會看到這種蛋。

放養蛋雞的地點，和校舍隔著一段距離。不過，在沒有遮蔽的地方，雞叫聲宏亮到讓人覺得很吵。自稱低血壓的佐藤，中午之前往往都不會出現，除了她以外的六個人，起床時間都和雞鳴的時間差不多。

如果在東京的話，這個時候開冷氣也不足為奇。然而，這裡是位於山林中段的聚落。幸好現在還不會有太熱的困擾。

圍繞著七盞燈的聯誼會上，大家都按自己的喜好打扮。

雖然直到開始之前飲料都放在小河裡冰鎮過，但是溫度馬上就回到常溫了。儘管如此，久違的酒精飲料真的好好喝。

塚田先生和山際小姐的二十六歲雙人組，還有研究生稻垣和身為大學生的我，四人伸手拿酒的時候，佐藤意外地沒喝。

雖然人不可貌相，但是她金髮又戴三個耳環的樣子，感覺是和菸酒最契合的類型。然而，無論是誰勸酒，她都用冷淡的口吻回絕。

佐藤在經過一週之後，仍然沒有融入群體。經常用帶刺的方式說一些嘲諷的話，經常讓夥伴們亂成一團。

剛開始在這裡生活的時候，我推測佐藤的言行是因為以惡女【克萊爾】為藍本才會這樣。透過刻意惹人厭來演出重要人物之一的角色。

佐藤不喝酒這件事，如果是模仿【克萊爾】的話，我就能理解了。因為她的警戒心比別人更強，不願意在人前露出破綻。

年齡不詳的女子【克萊爾】，在作品中是因為主使「匯款詐欺」而被捕的人。匯款詐欺通常由負責打電話的「接線生」、負責拿錢的「車手」等不同職務的人分散扮演的角色。之前已經遭逮捕的幾個朋友，供出她的名字並指認她為詐騙首腦，所以就突然被逮捕了。

因為警方根本抓錯人，所以她當初認為自己的嫌疑馬上就會洗清。然而，檢察官已經認定她是犯人，所以持續偏頗地調查。最後審判時證明一切都是杜撰，她獲判無罪，但那已經是她被捕一年後的事了。

檢察官沒有繼續上訴，【克萊爾】確定被判無罪。然而，對於被奪走一年半的歲月，直到最後警察、檢察官都沒有對此道歉。即便判決結果出來，他們仍然堅稱搜查沒有問題。

惡女【克萊爾】是在刑事判決上獲判無罪的女性。

她和在公審途中逃亡的【烏鴉】、被通緝的【老鼠】狀況不同。她沒有逃離社會的理由。然而，【烏鴉】在第一天晚上就對來聚落集合的主角說：

「這個家園，是為了那些因為不當理由遭到社會譴責的人而設立。我相信大家都不是罪犯，而是被害人。但是，唯獨那件事，我沒有自信斷定到底有沒有罪。**她有可能是罪犯**。我希望你要格外小心【克萊爾】。」

惡女【克萊爾】從剛登場的時候就很令人不安。她不願意為聚落貢獻，不斷引發各種充滿惡意的麻煩。

她到底是「惡女」還是「聖女」呢？

【克萊爾】的真面目直到第四集才揭開，我不禁看得眼淚直流。

她惡毒的言行，全都有其緣由。正因為如此，當事實公開之後，原本對她的厭惡一舉逆轉，讓她成為和【古娜】一樣受歡迎的角色。
沒錯，【克萊爾】不只是個令人討厭的傢伙。只要是粉絲，都知道這一點。所以我當初並不擔心佐藤的事。無論她的言行多麼陰險，我都覺得那是演技，她本人應該不是那樣的人。
然而，佐藤的態度至今都沒改變過。冷漠的語言讓氣氛降到冰點，這種情形不只一、兩次。她真的不打算和任何人交好。
即便經過一週，佐藤仍是所有參加者中最摸不透的人。

出生地、成長背景、年齡、性別各異的七個人，只因為喜歡同一本小說，就聚集在這裡。即使大家聊不起來也很正常，但是聯誼會的氣氛很和諧。
現在回想起來，在我的人生中經常出現疏離感。
國小、國中、高中的時候，我並不是沒朋友。
但是，廣瀨優也這個人總是別人心中第二或第三順位。開始上學之後，我從來沒有找到一個屬於自己的避風港。
當然，這裡的生活也一樣。首領是塚田先生，副首領是山際小姐和稻垣先生。我們只不過是在他們打造的空間裡，享受與世隔絕的生活而已。
儘管如此，至少我確定在這裡自己也是不可或缺的一分子。
《Swallowtail Waltz》是描述一群無處可去的年輕人的故事。尤其在現實社會中沒有歸屬感的人，會對這個故事更有感觸。
譬如佐藤直到現在都無法融入。
然而，我們如果違反了她的意志，把她排除在外，那就無法模仿這個故事了。只要本人想要待在這裡，無論是誰都可以一直留下來。這裡就是一個如此溫暖的地方。
在派對即將結束的時候，山際小姐提議玩猜謎遊戲。
因為這裡聚集的都是作品的鐵粉，所以要透過遊戲來鑑別，看誰對作品的愛最深。
「佐藤小姐也要參加嗎？」
山際小姐開口問獨自坐在遠處、看著漆黑窗外的佐藤。
「我沒興趣。」
一如預料，佐藤拒絕得非常乾脆。
「唉呀，別這麼說嘛。只是個遊戲，想玩的時候隨時都可以參加喔。」
山際小姐還是抱持著開朗的笑容。
「或許有些問題只有佐藤小姐知道答案呢。」
「我已經說過不參加了。」
「嗯。我不會勉強妳，請放心。我只是很期待妳參加而已。」

「煩死了。」

身為團體潤滑劑的山際小姐，無論佐藤說話多惡毒都不曾氣餒。每天都刻意關懷，絕不孤立她。

山際小姐應該是以作品中也一樣戴著眼鏡，同時也是【露娜】的姊姊【諾諾】為藍本吧。

【假面】遭指控誘拐國中生【露娜】，以「略誘罪」被逮捕，作品中描述在搜查階段就完成和解，最後以不起訴作結。因為被害的少女，一直堅持【假面】是無辜的。

第二集的故事，以這兩個人的戀愛線為主軸發展。

深知【露娜】渴望從父母身邊解脫，被釋放的【假面】決定過著與社會隔絕的生活，於是來到廢校的聚落。

而且，為了決定邁向新人生的兩個人，聚落舉辦了結婚典禮。

婚禮當天，廢校出現最後的新角色——大【露娜】十二歲的姊姊【諾諾】。

【諾諾】收到疑似是【猶大】寄出的信，認為心愛的妹妹應該是被騙了，所以打算來這裡阻止婚禮。

雖然因為【諾諾】出現，不得已只好中斷婚禮，但是得知真相的她，改變了想法。因為她發現【假面】只是單純想保護妹妹而已。

【諾諾】改變心意之後，二人終於克服漫長的苦難永結連理。

我讀第二集的時候，覺得這對團體中唯一的情侶就是這個故事的象徵。猜測他們兩個人應該會是克服困難的希望。

所以，之後的劇情真的讓我大受衝擊。

有讀到第五集的人都知道，三人之中真正扮演重要角色的其實是最後登場的【諾諾】。

她之所以沒有發現妹妹被虐待，是因為她已經獨立生活。因為和粗暴的父母不合，所以【諾諾】畢業後就想和老家保持距離，【露娜】也知道這件事，所以才沒有向姊姊求助。

後悔沒有保護好妹妹的她，參加完結婚典禮之後，在妹妹的勸說下，決定留在廢校。因為她也受現代社會的病灶侵蝕，心靈蒙上陰影。

她決定和心愛的妹妹一起，再重活一次。雖然【諾諾】下定決心，但她人生中的詛咒，到了這裡也沒能解開。

在大陣仗地離家出走一週之後，妹妹因為不明疾病失去性命。

【露娜】的死，讓整個團體蒙上陰影，同時也出現令人毛骨悚然的疑點。【吉娜】讀過【老鼠】留下的醫學書籍後，發現露娜的死有引人懷疑的地方。

在一陣討論之後得出的結論是，把【老鼠】出賣給警察、身分還沒查清的【猶大】，可能下手毒死了【露娜】。

這個身分不明又充滿惡意的【猶大】到底是誰——

《Swallowtail Waltz》這本小說，會讓人一讀就欲罷不能。每次閱讀的時候都有新發現，即便是一樣的台詞，重新讀的時候經常會和一開始讀的時候感受到不同意義。

這部系列作我重讀很多次，封面幾乎都要被磨破了。截至目前為止，就各方面來說我都不太顯眼，雖然並沒有特別覺得自卑，但至少在談作品的時候，我想出一次鋒頭。只要在這次的猜謎遊戲獲得優勝，應該就能證明我比任何人都更愛這部作品吧。不過我很少這麼積極就是了。

夜晚開始的猜謎遊戲，最後漸漸朝出乎意料的方向發展。

3

除了佐藤之外的六個人，依序出一個問題，在結束第二輪的時候，大家答題的正確率都令人意外。

我明明很有自信，但是由於大家都出了很刁鑽的題目，所以我幾乎答錯了一半。話雖如此，以答對的題數來說，我是第三名，其他夥伴答錯更多。人類的記憶，應該大部分都是由偏見和誤會組成的吧。

然而，其中只有一個人，完成全對的壯舉。中里純戀，最年輕的十六歲少女。

「純戀妹妹的記憶力好驚人喔。」

「唉呀，真的太厲害了。根本就是壓倒性的勝利。」

純戀平常如果沒直接被點名問題，通常不會開口。白天工作的時候也一樣，沒人指示的事情絕對不會去做。與其說是不做，應該說是不會。感覺她不知道在團體中該如何行動。高中退學、對自己沒有自信，完全就是典型不適應社會的人，但是她對這部作品的知識與熱情真的很豐沛。

她完美記得每個角色的出生地、血型、生日，還有作品中只提到一次的訊息。就連不知道能有什麼用的部分也記得，都清晰地印在腦海裡。

「連離開校舍的角色生日都記得實在太厲害了。妳該不會有什麼特殊能力吧？譬如說學者症候群之類的。」

純戀輕輕咬著嘴唇搖搖頭。

「那是因為我每個禮拜都會寫粉絲信，生日也是因為那樣才記得的。」

「每週？真的假的？」

面對稻垣先生的提問，純戀看起來好像有點害怕地點點頭。

「那就沒有爭議了，純戀妹妹獲勝。雖然我本來很有自信能贏，畢竟這部作品我都看三遍了。」

「稻垣先生，三遍太少了，我看過五遍了。」

雖然山際小姐自信滿滿地這樣說，但如果以閱讀的次數來說，我讀了更多遍。不過，即便如此還是比不上純戀。

「第一屆猜謎大賽就由純戀妹妹獲勝，大家都沒意見吧。」

「還有第二屆嗎？」

塚田先生打算收場的時候，清野這樣問。

「這個嘛——辦第二屆應該也會是純戀妹妹獲勝吧。不過，我們可以辦外圍賽。」

「外圍賽？」

「猜謎大賽由純戀妹妹獲勝作結。不過，難得炒熱氣氛，再加個外圍賽也不錯吧？」

「再比一次我當然歡迎，但這次要用什麼題材？除了作品之外，沒有別的共通話題了吧？」

「有一個啊。不談作品，而是以小說家美作里奧為題材。譬如說，美作里奧是男是女？」

當他以富有深意的口吻這樣說的瞬間，大家的表情都變了。至少我看起來是這樣。

「……塚田先生，你知道老師的性別嗎？」

美作里奧是蒙面作家。不只長相，就連年齡、出生地、學歷都沒有公開。雖然有經營社群，但老師總是使用男女共通的第一人稱「我」，發文的頻率本來就低，在寫死【吉娜】之後，內容幾乎只剩下作品的公告。老師應該從來沒有發過關於自己隱私的內容。

「美作老師是保密主義者。生前和責任編輯的往來都是透過電子郵件，就連編輯部的人都沒有見過老師。」

「這是真的嗎？」

塚田先生的表哥杉本敬之就是美作里奧的責任編輯。

「據說新人獎參賽原稿上寫的自我介紹，除了電子郵件之外其他都是假的。寄件地址、版稅的匯款帳戶都是用父親的名義，責任編輯也不知道老師的本名和性別。」

「果然不是普通人啊。用自己的哲學貫徹這種不合常理的堅持，真的好帥喔。就是這種人才能寫那樣的小說吧。」

看著一臉欽佩的清野，塚田先生笑了笑。

「我表哥是第二任責編。我表哥說從來沒見過老師，也沒通過電話。就算有緊急要聯絡的事情，也是直接打電話到老家，透過老師的父親聯絡。不過，能做到這個程度都是因為在交接的時候，第一任編輯就已經組織好應對的系統。」

「這是什麼意思？」

「因為電話打不通，用電子郵件聯絡老師得獎的事情時，編輯部當然有要求老師提出個人資訊。畢竟還要匯獎金啊。不過，老師說不知道能否信任編輯部，所以只給了老家的地址和電話。」

忘了是哪裡的報導，但我記得有看過這個小故事。

「因為這個小故事很有名，所以大家都推測老師出道的時候應該才十幾歲。大家都認為老師是天才小說家，而且是沒有自己戶頭的高中生或國中生。」

「美作老師一直住在老家嗎？」

「畢竟老師出道已經過了三年，去世前不知道住在哪裡。」

「如果當時是高中生，那現在應該也已經畢業了吧。」

「嗯。我接下來要說的真的是秘密。據說老師的父親並不知道老師有隱瞞身分的打算，所以沒有多作說明，就把編輯部打來的第一通電話轉給老師了。」

「那第一任編輯……」

「沒錯。第一任編輯曾經和老師直接通過一次電話。」

「也就是說，編輯部至少知道老師的性別嗎？」

「老師應該下過封口令，所以這個消息當然也不是誰都知道。」

「總覺得我聽到不得了的事情耶。」

山際小姐用激動的聲音脫口說了這句話，我非常了解她的心情。

創作者的性別和作品一點關係也沒有。有趣就是有趣，無聊就是無聊。從本質來看，性別根本就是枝微末節的小事。然而，對我們來說，美作里奧是很特別的存在，所以才會那麼在意。

「塚田先生的表哥是因為交接才得知這個秘密嗎？」

「雖然老師下了封口令，但這算是應該要知道的資訊吧。」

「所以塚田先生也是聽表哥說的？」

面對戰戰兢兢提問的清野，塚田先生一臉抱歉地苦笑。

「嗯，因為表哥知道我是老師的腦粉啊。他知道我因為老師去世很難過，所以若無其事地跟我提起這件事。不過，我當然沒有告訴任何人。就連我知道性別這件事，都一直隱瞞到今天。」

塚田先生環視聚在一起的夥伴。

「不過，在這裡的七個人都很特別。因為大家都是得知老師過世，才聚在一起想模仿作品找到結局的粉絲。如果老師還在世，我會繼續保守秘密。但是，狀況不同了。如果是聚在這裡的特殊成員，我想應該可以共享這個秘密。」

「我想知道，只要是美作里奧的事，我都想知道。」

馬上開口的是稻垣先生。

「我也想知道，因為我很喜歡老師。」

山際小姐接著說，其他夥伴也點點頭。

「ＯＫ。既然如此，在我公布答案之前，每個人都回答看看吧。剛才不是說了嗎？我們可以加一場外圍賽。」

原來如此，我終於懂了。

「大家覺得美作老師是男的還是女的？」

聽到塚田先生的問題，第一個舉手的是清野。

「我從社群上的貼文，感覺老師應該是男性。」

「我也這麼覺得，而且故事主角是男生啊。」山際小姐也表示同意。

「我相反。我覺得老師應該是女性，所以才能如此細緻地描寫內心的微妙變化。如果是男性作家，應該不會殺死【吉娜】。雖然老師是保密主義者，但感覺上女性色彩比較重。」

投女性一票的人是稻垣先生。

「純戀妹妹覺得呢？」

被點名的少女，手按著嘴唇沉思。

中里純戀每週都會寫粉絲信，是比任何人都忠誠的粉絲。她到底是怎麼想的呢？

經過將近一分鐘的沉默之後，純戀回答：

「我認為老師是女性小說家。」

「如此一來就是二對二了。廣瀨小弟覺得如何？」

現在唯一能確定的，就是塚田先生已經知道答案。

既然如此，要回答什麼才會是正確答案呢？我應該要老實說出自己的想法嗎？

還是回答應該正確的答案呢？

「……我認為是女性。」

「這樣就是女性三票，男性二票囉。即使是鐵粉，大家還是意見分歧啊。」

還剩下一個人。
塚田先生回頭看著佐藤，她坐在離大家一段距離的地方。
「佐藤小姐覺得呢？」
「是男是女都無所謂。我對美作里奧的性別沒興趣。」
「嗯，這種回答也可以。」
佐藤態度差也不是今天才開始。塚田苦笑了一下，轉頭面對我們。
現在重要的不是佐藤的回答。不對，不只佐藤，其他四個人的回答和我的回答，都沒什麼意義。
充滿謎團的小說家，真面目究竟是……
「美作里奧老師應該是男性喔。」
塚田先生公布答案。
「果然！」
「我就知道！」
同時大聲喊出來的是清野和山際小姐。
「第一任編輯打第一通電話的時候，據說也從老師的父親那裡得知本名。雖然本名聽起來可男可女，不過因為有直接和老師通話，所以性別確定是男性。」
「這樣啊。如果在知道性別的狀態下閱讀，說不定會有截然不同的感想。畢竟和【吉娜】是完全相反的性別啊。」

清野一副感慨良多的樣子，他喃喃地這樣說完之後，伸手拿起帶來的第一集小說。

我帶著一整套系列小說來這裡展開廢校裡的生活。清野、塚田先生、純戀也一樣。雖然我沒有特地確認，但是其他成員應該都差不多吧。

「美作老師的確切年齡，我表哥好像也不知道。不過，可以確定的是，老師是非常年輕的作家。」

「我也好想知道老師的年齡喔。如果跟我同年的話，我會很興奮。」

「啊——稻垣先生的話應該有可能吧。」

「從作品中出現的單字推測，我覺得應該是同齡層的人。」

現在知道自己最喜歡的小說家的秘密，很難不興奮。

就連沒什麼表情的純戀，都明顯變得亢奮，因為共享了特別的資訊，我甚至覺得彼此之間的連結變得更加強烈。

得知連業界都不知道的秘密時，我們的確開心死了。大家都很激動。

然而，似乎不是每個人都抱著一樣的心情。

「你們這些傢伙真的差勁透了。」

佐藤突然用低沉的聲音這樣說，原本熱烈的氣氛瞬間煙消雲散。

我們幼稚的吵鬧惹惱她了嗎？還是她無法忍受自己被隔絕在外？看到佐藤痛苦的表情，我冒出這些想法。然而——

「塚田先生，你一臉洋洋得意的樣子，但我勸你最好要知廉恥。順帶一提，你那個表哥更愚蠢。」

不對，愚蠢的是她吧。佐藤是個不合群的人，從第一天開始就一直擾亂整個團體。偶爾對話也只會讓氣氛變差。

「你那個表哥根本就是垃圾編輯。」

即便對方當面貶低自己的家人，塚田先生也沒有改變溫和的眼神。

「我說了什麼讓妳不開心的話嗎？如果是的話我很抱歉，我是真心想道歉，妳可以告訴我為什麼生氣嗎？」

「還要我說清楚你才懂嗎？竟然完全沒有自覺，真的是病得很重。」

「我要是說了什麼傷害到妳，我一定道歉。所以請不要轉移話題，告訴我原因。」

「轉移話題？我為什麼要轉移話題？雖然我傻眼到懶得講，但還是如你所願告訴你好了。編輯把作家的秘密告訴別人，本來就不是好事吧？你表哥在公司內部到底接受什麼樣的教育啊？」

終於懂了。

原來如此。我們之所以這麼興奮……

「美作里奧過世之後，保密的有效期限就過了嗎？編輯把作者想隱瞞的事情告訴外人是對的嗎？你表哥根本就沒資格當編輯，到處吹噓這件事情的你也是最糟糕的粉絲。聽到秘密開心得要命的你們也一樣。你們就跟揭穿別人的秘密就開心得要死的週刊記者一樣。毫無責任感，也對自己造成的危害毫無自覺，根本就是垃圾。」

沒有人站出來反駁佐藤。氣氛就像被潑了一盆冷水一樣，迅速退燒。

美作里奧的身分一直都是保密狀態。在本人的意志下，徹底保密，然後在這個狀態下去世了。身為粉絲的我們應該要理解老師的做法，為什麼會毫無責任感地想要知道老師保守的秘密，還為此感到興奮呢？

「沒有人知道美作里奧是怎麼死的。可能是意外，也可能是生病。但是，我覺得也有可能是自殺。如果是這樣的話，像你們這種毫無責任感的粉絲，就可能是逼他走上絕路的原因。」

說完偏激的推測之後，

「做人要知恥。」

佐藤丟下這句話，獨自離開教職員室。

4

佐藤說的話雖然過分，但是正中紅心。

她的憤怒的確有正當性，而且刺痛所有人的心。揭露美作里奧秘密的塚田先生應該更難受吧。

至少我自己根本睡不著，甚至覺得這個團體說不定就到此為止了。雖然無論是生活還是和夥伴之間的交流，我都漸漸開始習慣，但若是塚田先生心碎放棄，這個團體生活一定也會畫下句點。

我沒有打算做到「無論花一年還是兩年，都要在這裡生活，找到故事結局」的地步。模仿就只是模仿。儘管過著和登場人物相同的生活，模仿幾個角色的言行，只要人不同結局就會改變。

即便如此，我也想試試看。

我原本想著，至少要在這裡生活三個月。

「我想解散。」

如果經過這個徹夜難眠的夜晚，塚田先生說出這種話，我們該怎麼辦？我能說出「想和願意留下來的成員繼續生活」這句話嗎？

除了我以外，還有其他夥伴想留下來嗎？

早上八點半。

我比平常晚兩個小時前往吃早餐的廚房。

因為腦海裡揮之不去可能會聽到的那句話，所以腳步格外沉重。然而，廚房裡等著我的是出乎意料之外的情景。

「廣瀨，早安。」

走進教職員室的我，第一個注意到的是雙手拿著什麼東西的山際小姐。

她和站在身邊的塚田先生、稻垣先生、清野都露出疑惑的眼神。沒看到純戀，該不會是佐藤又做什麼吧。

「怎麼了？大家怎麼都這個表情。」

「廣瀨，你看一下這個。」

用長尾夾固定的影印紙上，充滿密密麻麻的文字。在我讀內容之前，山際小姐直接說：

「最後一集的原稿，掉在走廊上了。」

◆第三話◆

猶大與吉娜

Chapter.03

1

美作里奧在引發大亂的第五集出版前就已經寫好最後一集的開頭了。在出版社官網上公布的採訪中，本人是這樣說的，所以這應該是真的沒錯。

作家寫好小說到實際出版為止，當然會存在時間差。除了印刷和裝訂之外應該還有其他事情要處理，美作里奧應該是趁這段期間開始寫最後一集的原稿。

然而，第五集出版後，作品本身受到輿論攻擊。

主要角色被寫死，作者應該早就知道有可能會被批評。

不過，部分粉絲的激烈反應，應該超過作者的想像了。原本每半年就發表新作的作家，因為這件事被逼得超過一年都沒辦法在社群上發文。

在另一則採訪中，美作里奧提到原稿都是寫完才會給編輯看。既不會在撰寫途中交稿，也不會尋求編輯的意見。本企劃主辦人塚田圭志剛好是責任編輯的表弟，角色非常特殊。

據他所說，最後一集也和之前一樣，責任編輯並不知道書寫的進度。作家死後，編輯部曾和家屬聯絡，但家屬並未同意編輯確認寫作用的電腦。

「最後一集的原稿，掉在走廊上了。」

山際小姐遞出用長尾夾固定的一疊影印紙。

「我覺得這令人難以置信，所以想請你先讀讀看。我想聽聽你真實的感想。」

把影印紙遞給我的山際小姐和站在一旁的塚田先生，露出與其說是認真，不如說是迫切的表情看著我。

「我知道了，我現在馬上讀。」

在作品被大肆抨擊之後，陸續有粉絲號稱「我能寫出更好的續集」，在網路上出現很多二次創作的最後一集。

『美作里奧身為作者，竟然褻瀆作品。』

『對作品沒有愛的作者，沒資格寫續集。』

『我輕輕鬆鬆就能寫出有趣的小說。』

這些人說著任性自私的話，各自發表自己心中的完結篇。

除了美作里奧以外，其他人寫的《Swallowtail Waltz》一點價值都沒有。

我明明知道這一點，但實在是望穿秋水，所以我也看過幾部別人寫的續集。只是每次看完都覺得怒不可遏。

我並非全然肯定第五集所描繪的世界。

我也覺得【吉娜】的死法太悽慘了。

可是網路上發表二創的人，無論是想像力還是敘事哲學都低級又愚蠢，根本無法和原本的作品相比擬。

美作里奧的作品既崇高，又尊貴。只是閱讀文章，就可以感受到每個字都在閃耀光芒。讓人領悟日文原來是這麼美的語言，體會到渾身顫抖的感動。

正因為讀了好幾部蠢到不行的二創作品，所以我更能這樣斷言。

對包含我在內的粉絲來說，美作里奧是非常特別的存在。

……但是，不，應該說正因為如此，我更無法相信。我拿到的這份原稿，怎麼想都出自美作里奧之手。

模仿文章應該比仿畫容易吧。然而，美作里奧的文章既獨特又簡練。儘管大家的喜好各有不同，但故事中常用的修辭就是獨一無二的調味料。我認為影像化的作品之所以評價不好，一定是因為小說以外的媒體刪除了美作里奧的個人特質。

我拿到的是跨頁排版共十三張的原稿。

剛開始讀的時候，我以為這是仔細研究過作家用字習慣的某個人，巧妙模仿過後的作品。雖然我從第一頁就深受吸引，但一直認為這不過是眾多二創作品的其中一個罷了。

然而，當我每次翻頁，就變得更加疑惑。

那種閱讀美作里奧作品時才能感受到的獨特況味。

一種令人沉溺又醉心，不可思議的沉浸感。

最重要的是，讀不到五頁我就被說服了。原來，第五集【吉娜】非死不可的原因就是這個。

綠淵國中的粉絲專頁接連好幾天都為了這件事激烈爭論，我讀了數十則、數百則的想法和預測，但是沒有一個是對的，而這份原稿卻給了答案。【吉娜】並不是為了讓故事更驚險刺激才被寫死的。她的死有明確的理由。

我們所相信的美作里奧，就是這樣令人毫無招架之力。

如果在第五集的時候就寫出【吉娜】之死的真相，就不會被大家撻伐了。我看開頭，就能確信這一點。而且，原稿的最後一頁，在接近故事最大謎團「背叛者猶大」的核心時結束了。

完結篇的原稿不可能掉在這種地方。三十分鐘前我對這一點深信不疑，但是現在完全相反。

現在我才明白接下原稿時，大家臉上那個表情的意義。只要是粉絲，只要是綠淵國中的夥伴，讀過就一定知道。

「我認為這一定是美作老師寫的原稿。」

2

早上九點之後出現在廚房的中里純戀，聽到事情的始末，在讀完手裡的原稿之前就哭了。

關於這份原稿是真是假，在她說出自己的推斷之前，就露出一副著急的樣子問：「沒有後面的稿子了嗎？」就連每週寫粉絲信的少女，都認為這份原稿必定貨真價實。

除了平常都睡到下午的佐藤友子之外，其餘六人都已經輪流讀完，每個人的結論都一樣。這一定是美作里奧本人寫的原稿。粉絲不可能看不出來。無論是筆觸、具有個人特質的修辭、故事的展開，每個細節都讓人覺得一定是出自作家本人的手筆。

「在出版第五集之前，開頭就已經寫好了對吧。」

「老師在公開採訪的時候這樣回答過。」

針對清野的問題，塚田先生這樣回答。

「那這應該就是老師當時寫的開頭吧？我得知老師的死訊時，眼前一片漆黑。真的不是我誇大其辭，我當下馬上貧血。能讀到這份原稿真是太好了。雖然我真的很想讀到後續，也想要知道【猶大】的真面目，但光是得知【吉娜】之死的真相，我就覺得得到救贖了。」

「我的想法和清野一樣。沒想到【吉娜】還藏著這種秘密。明明是一個伏筆，但是在粉絲頁上也沒人預測到這個真相。」

「真的好感動，我要瘋了。我想起來了。當初我就是因為想要一直體會這種顛覆世界的感覺，才變成粉絲的。」

大家都認同清野的這句話。對聚集在這裡的七個人來說，光是這些開頭就充分證明美作里奧之所以獨特的原因。

「我現在就想讀到下一個章節。好想知道【猶大】那傢伙到底是誰。不過，我很在意一件事。」

一臉糾結的稻垣先生這樣說。

「這份原稿，到底是誰帶來的？」

沒錯，大家都知道這份原稿的存在。但是，沒有人知道原稿掉在這裡的原因。到底是誰又是用什麼手段拿到的呢？

「以常識思考，出處只有可能是兩者之一。家屬或編輯從老師寫作的筆電拿到故事開頭的檔案。或者是，老師自己在死前把開頭的檔案寄給編輯。」

「可是家屬不是沒有允許出版社打開美作老師的電腦嗎？」

接收山際小姐視線的塚田先生點點頭。

「我表哥是這樣說的，家屬很明確地拒絕了出版社的請求。」

「那就是老師死前有寄出檔案囉？」

「這樣就和採訪的說法互相矛盾了。老師說過在原稿完成之前，連責任編輯都不能看。」

「美作里奧可能在寫完結篇的時候遇到瓶頸。被抨擊成那樣，任誰都會失去信心。不過，讀了這段開頭，就會知道外界的批評根本毫無道理。會不會是大家的批評讓老師心痛不已，所以想讓編輯看看開頭的部分？」

「這很有可能。塚田先生有聽表哥說過什麼嗎？」

「我沒聽說表哥有收到原稿。」

雖然塚田先生搖頭否定，但他說的話真的可以完全相信嗎？

大前提是「塚田先生的表哥是責任編輯」，但我們根本無從查證。如果其中有一絲謊言，那所有推測都只是一場笑話。

我希望塚田先生沒有說謊。不過老實說，我並不覺得他完全說實話。

雖然佐藤昨天說得太過火，但若塚田先生沒有說謊，那責任編輯的確對外透露太多了。就算負責的作家已經過世，秘密仍然是秘密。如果是已經過世幾年或幾十年也就罷了，但美作里奧死後還不到兩個月。

「據說出版社有問過能不能出版已經寫好的部分，但是家屬並未同意編輯接觸電腦，所以沒辦法拿到原稿。」

雖然我在聽塚田先生說話的時候，同時也在注意他的表情，但身為一介凡人，我並沒有得出任何推論。作品中描寫【猶大】可以讀懂人心，但是這種特殊能力只有天選之人才能擁有。

純戀無心聽大家對話，而是在這裡開始讀起第二遍。

「真的搞不懂。老師已經過世，檔案又在老師的電腦裡，到底是誰、用什麼辦法拿到檔案的？」

「謎團不止這一點。拿到檔案的人，把內容影印出來，放在廚房前的走廊。雖然不知道時間點是今天早上還是半夜，但至少是在聯誼會之後。因為整理餐具的時候，原稿還沒有出現。而且，照道理來說，那個人應該就在我們之中。」

說完這句意味深長的話之後，稻垣先生環視大家。

「嗯，這裡除了我們之外也沒有別人了。」

「塚田先生，除了參加者之外，還有誰知道我們在這裡團體生活的事情？譬如說你曾經邀請但是拒絕的人。」

「有兩個人拒絕。不過，我可以斷定和這兩個人無關。為了避免橫生枝節，在邀請的時候我並沒有告知地點。」

「也就是說，除了我們七人之外，沒有其他人知道這個地點對吧。既然如此，雖然我不想這樣說，但也只能懷疑參加者了。」

稻垣先生的臉色沉了下來。

「除了塚田先生之外，沒有其他人能做到這件事。」

「什麼意思？」

「我也不希望塚田先生說的是謊話。但是，目前的狀況只能這樣想。我們全部都是單純的粉絲，和作家、出版社都沒有關聯。但是，塚田先生和美作里奧之間只隔了一個人。編輯其實已經拿到原稿的檔案了吧？比方說用某種方法偷到原稿。」

「你未免也說得太過分了吧。」

「如果塚田先生從表哥那裡拿到原稿，就不用繞這麼大圈演戲了吧。我們一起度過一個禮拜，我覺得塚田先生是好人。如果你拿到新作的原稿，絕對不會自己一個人享受。一定會想要和鐵粉分享這份幸福。這個企劃打從一開始就是以此為目的不是嗎？」

「我現在到底是被罵還是被稱讚啊？」

「這不好說。我想說的是，如果塚田先生是以正規方法拿到原稿，應該不會用這種方式告訴大家。」

「原來如此，那就是用偷的了。」

「你知道表哥手上有完結篇開頭的檔案，所以悄悄偷走的吧？然後你讀了原稿覺得很感動，才想給其他粉絲看。經過一週的團體生活，你覺得可以信任我們，所以才趁夜把原稿放在走廊上。不是嗎？」

稻垣先生信誓旦旦地這樣說，但塚田先生的臉色仍然陰暗。

「不對，我發誓這份原稿不是我拿來的，而且表哥並沒有收到老師寄的檔案。」

「但前提是你表哥沒有說謊，你的說法才能成立對吧。」

「是沒錯。我不能保證敬之有完全坦白，但我真的不知道原稿的事。我也是今天才第一次看到原稿，希望大家相信我。」

塚田先生直視著稻垣先生，這樣斷言。

雖然他的眼神看起來不像是在說謊，但是沒有人能看穿別人的心。畢竟除了他之外應該沒有其他人可以拿到檔案，這是不爭的事實。

上午十一點半。

出現在教職員室的佐藤，看起來還是和昨天一樣。

過度不合群。不和任何人交流。她的態度從第一天開始就貫徹到底。

即便得知我們拿到最後一集原稿這個令人大受衝擊的事實，佐藤仍然沒有當真。

「都這個時間了還說夢話啊？開玩笑也要有個限度。」

然而，在山際小姐的強烈催促下，她才心不甘情不願地讀起原稿。接著，僅僅三十秒，佐藤的表情就變了。

她坐在廚房的角落，大概扎扎實實地讀了一個小時吧。就在午餐差不多快做好的時候，佐藤終於站起來。

「……這是真的嗎？」

「佐藤小姐也這麼想嗎？」

「我不敢相信，為什麼這種東西會……！」

「我們也不知道，早上就在廚房前的走廊發現。」

「是誰發現的？」

「是我發現的，因為我比大家早起一點。」

「風格這麼強烈的文章，想模仿也模仿不來，難道真的是本人寫的原稿嗎？」

如此一來，七個人的意見都一致。然而，關鍵的謎團仍然未解。

這份遺稿到底是誰拿來？怎麼拿到手？又是出於什麼目的放在這裡呢？

3

我們七個人都是想要靠自己重現故事內容的鐵粉。

這份被發現的遺稿，對熱愛作品的人來說，或許是奇蹟出現的禮物。雖然有一瞬間這麼想，但這裡毫無疑問是艱苦又嚴苛的現實世界。發生的每件事一定有其理由。

大家都對彼此抱著些許懷疑，繼續維持團體生活。

發現完結篇遺稿的隔天，我和清野嘗試約純戀一起去釣魚。

純戀從第一天開始就一直和山際小姐一起行動。然而，今天山際小姐身體狀況不佳正臥床休息，所以純戀從早上就獨自一人，顯得很不安。

塚田先生和稻垣先生出去採野菜，佐藤像往常一樣，沒有做什麼工作，只是一個人關在房間裡。在這裡要怎麼過日子是每個人的自由，但與其無所事事不如去工作，人會比較有活力。

不敢碰活物的純戀剛開始對釣魚沒什麼興趣，但是她有一個弱點。

「在小說裡，【吉娜】也釣過魚喔。」她對這句話完全沒有抵抗力。

和眾多粉絲一樣，純戀也是熱愛【吉娜】的信徒。

塚田先生一定是以第五集結束時剩下的七個人為藍本，選擇了這次的參加者。可以推測出純戀的藍本就是【吉娜】的好友——高中生【瑪麗亞】。然而，純戀本人就像完全無視【瑪麗亞】的存在一樣，從第一天開始就一直模仿【吉娜】的行為。

能帶來廢校的行李有限，但她仍堅持帶來泰迪熊的玩偶，這也是因為作品中的【吉娜】很喜歡泰迪熊。我們第一天先整理女生當作據點使用的音樂教室，才剛打掃完，純戀連行李都沒整理就先把泰迪熊放在最顯眼的三角鋼琴上。

【吉娜】之所以廣受歡迎，是因為她有著陰暗面的特殊背景，但在作品中克服了重重困難，成長的幅度比任何人都大。釣魚和狩獵就是最好的例子，吉娜到了故事的後半段，甚至可以自己處理釣上來的魚。

「既然【吉娜】都做得到，純戀妹妹一定也可以吧。」

雖然用這種話說服了少女，但是說比做容易。儘管我說得冠冕堂皇，但還是不敢碰水蟲。

「廣瀨先生，你找我來釣魚，可是自己不敢掛魚餌？」

抵達釣場之後，我就把事情丟給了清野，純戀用輕蔑的眼神看著我。

我也沒辦法啊。人總是有再怎麼努力都做不了的事情。

我也想在女孩子面前耍帥。如果說我完全沒有這種念頭，那明顯是在說謊，但我並沒有特別想被別人認可，也沒有想談戀愛的意思。即使如此，看著氣氛漸漸融洽的兩個人，我的心情有點複雜。

十六歲的中里純戀和十八歲的清野恭平，兩個人其實很搭。清野是長相偏中性的少年，外表看起來就很受女孩子歡迎。明明前幾天才剛學會釣魚，現在教純戀的樣子就已經有模有樣了。

我心底深處的那些疙瘩到底是什麼呢？

會是一點也不適合我的嫉妒嗎？還是說，幾乎沒有對山際小姐以外的人說過話的內向少女終於敞開心房，讓我覺得安心呢？

稻垣先生不在，光靠我們沒辦法判別魚的種類。不過，魚就是魚。清野釣到四條魚，純戀釣到兩條魚的時候，我們決定暫時休息。

早上我並非漫無目的地看著他們兩個人。我收集薪柴生火，把採來的野草放進帶來的鍋子裡煮成湯。

把釣起來的魚串好，立刻用篝火烤。

在山中生活，很少有機會能吃到肉或魚。剛釣上來的魚，就算個頭小，只要撒上鹽就非常美味。

「下午廣瀨要不要也來釣魚？」

「如果清野要幫我掛餌的話就釣啊。」

「純戀妹妹也學會掛餌了，對吧？」

「對啊。雖然我討厭扭來扭去的蟲，但是這種硬硬的水蟲我已經習慣了。」

「好厲害。稻垣先生教我的時候，直到最後我都辦不到。」

雖然我也想對取得食物有所貢獻，但是生理上就無法接受，這也是沒辦法的事。我到現在光是看到校舍裡的飛蛾或蜘蛛，就會背脊發涼。據說蜘蛛網主要的成分是蛋白質，可以當成緊急備用糧食，但是我覺得再怎麼餓應該都吞不下去。

「我下午試試看用蚱蜢當魚餌好了。」
「蚱蜢也能當魚餌用嗎？」
「嗯，稻垣先生有教我。先折斷後腿再插魚鉤，這樣蚱蜢就會拚命游，看到蚱蜢的話，紅點鮭和山女鱒就會上鉤。我之前覺得這樣做太殘酷，所以沒有嘗試，但現在如果再說這種天真的話，恐怕沒辦法在山裡活下去。」
不知道他是本來就資質良好，還是吸收能力很強，總之清野每天都在成長。說實話，我甚至對他這種適應能力感到羨慕。
吃完第二條魚的時候，話題自然而然轉向昨天找到的原稿。那份跨頁排版的原稿雖然僅有十三張，但密度之高，絕非筆墨可以形容。從闡明怒濤背後的原委開始，在感動與興奮的感覺尚未冷卻，終於找到和【猶大】有關的線索時，序章就結束了。
「美作老師只寫到那裡嗎？」
清野一邊嘆息一邊說。
「好想讀到後續，就算只有一行也好。」
「純戀妹妹覺得在那之後會怎麼發展？」
「我不知道。我這種人怎麼可能猜得到，而且我以前也曾經猜過劇情，可是老師寫的故事，總是比我想得還要有趣很多。」
「我也是。無論我怎麼推理，也從來沒有猜對過。那份原稿，真的只有我們讀過嗎？」

「什麼意思？」

「我在想那是不是出版社公開發表的原稿。」

「抱歉，我聽不出來你到底想要表達什麼。」

「昨天，稻垣先生不是有推測過嗎？老師有可能把完結篇的序章交給責任編輯。這份遺稿有可能被公布在官方網站上之類的。你想想看，這裡完全沒有訊號，我們完全沒辦法得知外面發生什麼事。但是，出去採買的話就能使用手機。得知遺稿已經公布的人，也可能是想給大家一個驚喜，所以在某處把原稿印下來，偷偷放在那裡。」

原來如此。也不是完全沒有這種可能，不過——

「假設真的是這樣好了，那這個人為什麼一直到最後都沒有承認？」

「可能看大家太震驚，所以很難開口承認之類的。」

「只有塚田先生和稻垣先生各自外出採買過一次對吧。」

「嗯。除了他們兩個人之外，其他人應該都沒有離開過這個聚落。按照昨天的感覺，應該是塚田先生比較有可能。」

「那我明天去確認吧，因為明天預定是我出去採買。」

「啊，下一次採買輪到廣瀨啊。那請你務必確認一下官網。」

「那個，我也有事情想拜託你。」

純戀用戰戰兢兢的口吻說。

「我想要那份原稿的影本，我想多讀幾次。」

「知道了。除了純戀妹妹以外，應該還有其他人想把原稿留在手邊吧。我會帶原稿出去，然後多影印幾份回來。把原稿帶來的人既然不願意報上名字，那應該也不會阻止我影印。」

開始團體生活之後，大家就馬上訂了一條規矩。

那就是下山到鎮上採買的次數必須控制在最低限度。

不只是因為物理上的距離太遠，光是往返就需要半天的時間。另一方面也是因為，如果我們太過依賴文明，那當初模仿故事的主旨就會變得模糊。

在作品中也是這樣，自從【老鼠】被逮捕之後，外出採買的頻率就開始減少，並把比重移到自給自足的生活。最新的第五集裡，甚至從未外出採買。

開始團體生活到今天已經是第九天。雖然我們每天都大汗淋漓地工作，但食物並未如我們期待的那樣充足。

儘管已經開始種植蔬菜，要看到成果還是很久以後的事。但理想歸理想，按照現狀，我們還是必須定期外出採買。

4

開始共同生活的第十天，我第一次外出採買。

不搭計程車往返實在太不切實際。如果要節省車資，應該要多人出去採買才對，不過我們決定按照大家一起訂下的規則，由一個人下山採買。

穿過山路，確定手機可以收到訊號之後，我在叫計程車之前，先確認了大樹社的官網和綠淵國中的粉絲頁。

一如預料，官網上並沒有公布美作里奧的遺稿。綠淵國中的粉絲頁也沒有相關的發文。很遺憾，清野的推理並不正確。

這十天我們生活在收不到訊號的深山。

自從有手機之後，我第一次過著這種與社群媒體隔絕的生活，但是對我來說並不痛苦。雖然沒辦法盡情查詢資訊，但是並沒有因為孤獨而感到壓力。

雖然收不到訊號，但我並沒有想要聯絡的人。不過，**有一件事我無論如何都想趁下山的時候查清楚。**

到居家用品店和超市採買完之後，我走進一家冷清的餐廳，一邊吃午餐一邊查那件我很在意的事。

就在我刻意充飽電的手機快要沒電的時候，得出了結論。

看樣子我的推理和清野一樣，都錯了。應該是說，我沒找到想找的資訊。不過，在出乎意料的地方，發現了令人疑惑的情報。

『大家應該多少都說了一些謊吧。』

如同第一天晚上清野所說的那樣，這天我發現了一個謊言。我不知道這個謊言有什麼意義，只是獨自感到疑惑。自從發現遺稿之後，團體生活的氣氛就漸漸改變。

能夠讀到故事的後續，我真的很高興。然而，因為不知道究竟是誰做了這件事，也不知道這個人究竟如何拿到原稿，所以無法安然地開心。大家心中的懷疑，漸漸污染了團體生活的氣氛。至少我自己是這麼覺得。

混濁的氣氛是團體生活的大敵。

因此，這天會舉辦第三次聯誼會，或許是一種必然。有人外出採買，就表示有新鮮的食材。

把事前交代的食材遞給山際小姐之後，她久違地做了一頓豪華的料理。**生在終日飽食的國度，我們根本不知道活著有多辛苦。**

痛苦、悲傷、難受，心靈的苦總是大過身體的苦。

然而，在廢校的生活讓我了解一個道理。人工作就是為了吃。吃飯、洗澡等以前認為理所當然的習慣，其實根本就沒有所謂的理所當然。

這十天，大家一定都有和我類似的想法。

這天的聯誼會，就連平常態度很差的佐藤，都乖乖地加入圍坐的行列。七個人都埋頭猛吃山際小姐做的料理。

佐藤一言不發，默默地吃飯。雖然她還是老樣子，別人跟她搭話，她也只會冷冷地回答。即便如此，或許佐藤也像【克萊爾】在作品中慢慢揭下惡女的面具一樣，正在用自己的方式，努力融入這個群體。

七人之中吃最慢的就是純戀。

身材嬌小的她，被分配到的量也比較少，她也大多都有吃完。在純戀放下筷子，大家都吃完飯的時候——

「知道那份原稿的出處了嗎？」

佐藤罕見地主動說話。

「出處？」

「把原稿放在廚房前的犯人，就在我們之中對吧。」

「被稱為犯人未免也太可憐了吧，那可是大家都很想看的原稿耶。」

「這種說法只是在模糊焦點。都已經過了三天，還是沒找到犯人嗎？」

「應該是說我們沒在找。」

塚田先生用沉穩的語調回答。

「最先被懷疑的人不就是你嗎？」

「畢竟我表哥是責任編輯，大家懷疑我，我能理解。不過，我知道把原稿帶過來的人不是我。我真的什麼都不知道。」

「你難道就不在意嗎？到底是誰，又是怎麼拿到原稿的？」

「我當然在意啊。不過，這個人既然不具名就把原稿放在這裡，那就表示不想被別人知道身分。我心存感謝。能夠讀到完結篇的開頭，真的很幸福。光是讀到那份原稿，我就覺得這個企劃有意義了。」

「我也一樣。」

接著開口的是山際小姐。
「在廢校的生活，超乎想像地辛苦。但是，一切都有回報了。」
佐藤一臉百無聊賴的樣子，環視剩下的四個人。
「我也是啊，能讀到那份原稿真的太好了。」
稻垣先生開口說。
「如果要說有什麼不滿，應該就是沒辦法再讀到後續，讓我覺得很痛苦吧。美作里奧真的是很殘酷的小說家。寫了宛如奇蹟的故事，卻不讓我看到最後。」
「我覺得這個世界上的人，比老師更讓我生氣。」
清野也接著開口。
「如果沒有那些不負責任就亂批評的傢伙，老師說不定早就按照原定計畫出版續集了。【吉娜】是在第五集死的。明明還有最後一集，那些傢伙卻用自以為是的理論攻擊老師。」
看著加強語調的清野，佐藤嘆了一口氣。
「你們全部都像小孩一樣天真。看起來無憂無慮，真讓人羨慕啊。」
「妳這是什麼意思？」
「先不論為什麼那份原稿會被放在走廊，在那之前還有一個大問題吧？那傢伙究竟是怎麼拿到原稿的？」
「能拿到原稿的只有編輯。我並不打算繼續追問下去，不過我覺得應該是塚田先生從表哥那裡拿到檔案。我也不希望他是用偷的。」

「稻垣先生，這個大前提有問題啊。不管再怎麼脫線的編輯，也不會把正當紅的原稿拿給外人看。而且，推測責任編輯手上有檔案，其實只是你自己的妄想而已。看過採訪就知道，美作里奧連編輯都不信任。」

的確，美作里奧或許有這種特質。從採訪稿判斷，美作里奧連對編輯部都保持距離，不認為編輯是自己人。

「認為編輯有拿到那份原稿的推測，本身就很可疑。」

「但是，除此之外沒有其他方法也是事實。」

「所以，疑心病這麼重的作家，更不可能把未完成的原稿交給編輯吧。」

「那佐藤小姐覺得那份原稿不是真的囉？」

「不，我覺得是真的。」

「那這樣就更說不通了吧？」

這的確是很有力的論點。美作里奧不可能交出未完成的原稿。但是，被發現的原稿又確實出自美作里奧之手，這兩個主張互相矛盾。

「塚田先生，家屬沒有把電腦交給編輯部的人吧？」

「我是這樣聽說的。」

「他父親是聯絡窗口，會不會在兒子過世後，翻看過寫作用的電腦？」

「不好說。家屬就算想確認，恐怕也無從下手吧。只要老師沒有把密碼寫在紙上留下來，家屬應該也沒辦法開啟電腦。」
「可是，原稿出現在這裡，怎麼想都是受人之託。」
稻垣先生再次斷言。
「如果不是的話，就是檔案保存在雲端……」
「所以到底是誰知道雲端的網址和密碼？」
「那佐藤小姐認為那份原稿是從哪裡來的呢？否定別人的想法是妳的自由。不過，如果要否定，不是應該提出其他可能性嗎？」
「我又沒說不提。到底是誰，又是怎麼拿到原稿的？我的推理很簡單。應該是說，都沒人提到這種可能性，反而讓我覺得不可思議。」
「妳還真有自信。」
「當然啊。把狀況整理清楚，就只會得到一個結果。」
「妳說吧。到底是誰，又是怎麼拿到原稿的？」
佐藤一副受不了的樣子嘆了一口氣之後開口說：
「品格高尚的人根本不會寫小說。尤其是寫推理小說的人，個性都很差勁。因為他們是一群以騙人為樂的人。美作里奧也是其中一員。姑且不評論他身為小說家的部分，但他這個人秉性非常頑劣。」
「喂，妳好好說話！」
塚田先生用手制止稻垣先生，用充滿憤怒的聲音威嚇佐藤。

「讓我們把話聽完吧。」

「大樹社的聲明是這樣寫的——『在種種因素之下，《Swallowtail Waltz》停止發行，感謝大家長久以來的支持。』出版社的公告就只有這樣。你們不覺得奇怪嗎？諸多因素是什麼意思？作者的死訊已經在本人的社群媒體上公開了喔。出版社至少應該寫個一句『由衷為老師祈求冥福』才對。」

「是不是因為老師的死有問題？」

「有問題？」

「如果是單純的病死或意外事故死亡，出版社應該會直接公布。但是，如果有除了這些以外的原因，那公布的時候就要更謹慎。如果老師是自殺身亡，可能會有人跟著自殺也說不定。如果懷疑是他殺，那就更不能隨便公布。」

「死的可是個名人。如果是他殺的案件，那警察應該會公布實情。自殺也一樣。就算是擔心有人會跟著自殺而沒有公布死因，完全不提作者的死未免也太不自然了。」

「所以到底是怎麼回事？妳直接說結論啊。不是自殺，也不是他殺。不是病死也不是意外死亡，那美作老師到底……」

「既然他是這種個性差勁的小說家，那就只剩下一種可能了吧。」

佐藤臉上帶著有別於輕蔑和嘲笑的卑鄙笑容這樣說。

「在社群媒體上的發文是假的。**美作里奧根本沒死。**」

美作里奧還活著？

都這種時候了，她到底在說什麼啊？

佐藤是一個不合群的人。從第一天開始，帶刺的言行舉止就令人側目，而且經常不參與團體中的工作。

本來以為她終於融入大家，願意開口說話了。沒想到她竟然說美作里奧還活著。開玩笑也要有個限度。敬愛的作家過世，我們這些粉絲不知道受了多大的打擊。

「這十天還真是超乎想像的無聊，現在終於開始變得有趣了。」

「我本來還以為妳有什麼想法呢。都這樣了，老師不可能還活著吧。」

稻垣先生嘆了口氣。

「有人從戒心這麼強的小說家那裡拿走電腦檔案。比起這種推測，我的推理更加合理吧。」

「哪裡合理啊？」

「寫不出續集的美作里奧，偽裝成家屬在社群媒體上發表訃聞，營造出自己死亡的假象。實際上，週刊雜誌上也有懷疑美作里奧還活著的報導。」

「妳是指《文秋》的報導嗎？那我也有看過。但是文章中沒有提到任何證據或相關人士的證詞，只是一則充滿臆測的報導。」

「無風不起浪。正因為他的死有疑點，所以才會有這種報導不是嗎？如果美作里奧還活著，那一切都說得通了。」

「說不通。假設老師還活著，那到底是誰能拿到原稿？妳的推理不是主張老師寫不出續集，所以騙大家自己已經死了嗎？被逼到這個程度的人，會把未完成的原稿交給別人啊？還是妳覺得有人偷走原稿？」

「不需要交給別人，也不需要偷。你還真的是很遲鈍耶。」

無論被諷刺多少次，稻垣先生都很冷靜。怎麼看都覺得他的反應比較像大人，但很遺憾，我比較在意佐藤說的話。

「那到底是誰，又是怎麼把原稿拿來這裡的？」

「答案只有一個。就是他自己放的。」

佐藤用自以為是的態度，環視所有人之後低聲說：

「**美作里奧就在我們七個人之中。**」

5

第一個噗哧笑出來的人是稻垣先生。

「說什麼蠢話。老師為什麼要做這種事？」

「看過他的書就知道，美作里奧是個性陰險的人吧？而且他也加入了綠淵國中的團體。畢竟那是一個聚集作品信徒的會員制社群，沒道理不加入。」

「儘管如此，作者也不可能親自參加這種企劃。不對，前提本來就搞錯了。老師已經過世了。」

「資料來源就只有社群網站上的發文而已。你們下次外出採買的時候，再去看一下大樹社的官網吧。他們從來沒有說作者已經死亡。」

「作者的社群媒體才是最官方的消息吧。」

「正因為這樣，出版社才只能用含糊不清的方式帶過吧？畢竟美作里奧決定宣布自己的死訊，打算讓一切就這樣結束，表示他病得不輕。」

「那個……我也不相信妳的說法。」

我鼓起勇氣插嘴。

「佐藤小姐的推理，聽起來只是充滿惡意的妄想。」

我坦率說出自己想法，結果對方用輕蔑的眼神看著我。

「廣瀨，你是不是很焦急啊？」

「我為什麼要焦急？」

「畢竟塚田先生三天前才說溜嘴啊。」

我沒有馬上意會到佐藤這句話的意思。

「美作里奧是男的對吧？雖然不知道出生年月日，但是從訪談的內容看起來，很有可能是二十歲左右的人。廣瀨和清野，你們兩個最有嫌疑。」

「妳該不會懷疑我就是美作老師吧？妳不要再說笑了，這怎麼可能，老師已經死了。」

我用強硬的口吻否定，但佐藤根本沒聽進去。

「你打從一開始就很可疑，還隱瞞了重考兩次的事實。」

「我沒有隱瞞，只是沒必要說，就沒有特別提罷了。」

因為在聯誼會上想和大家一起喝酒，才會說出自己的年齡。

「你讀的大學，並不是那種不惜重考也要擠進去的學校吧？」

她說的太過分，讓我拉下嘴角。

「那兩年你都在做什麼？難道不是趁重考的期間寫小說嗎？」

「我只是因為學習能力不佳，在大考的時候失敗而已。世界上有很多努力也無法辦到的事情，又不是每個人都一樣優秀。」

「能寫出暢銷數百萬冊的書，當然優秀。你根本就不需要學力，反正你早就賺到一個上班族工作一輩子的錢了。」

「妳可不可以不要以我就是美作老師為前提說話啊？我不是小說家，也沒有那種才能。」

佐藤冷哼一聲，把臉轉向另一邊。

「清野，你也很可疑。我不覺得你是高三生。你說你在育幼院生活，但是在我看來，你未免也太懂人情世故了。」

「我的確是十八歲。第一集是三年前發行的，難道妳覺得國中生有辦法寫出那種小說？」

「如果你真的十八歲的話，的確是這樣沒錯。你出示給塚田先生看的身分證明是學生手冊對吧？上面的出生年月日可以輕鬆塗改。如果是提供檔案，那大可用圖片編輯軟體修改數字。好了，美作里奧大作家究竟是哪一位呢？」

佐藤來回看著我和清野。

「老師已經死了，妳未免也太扭曲了吧，不要再用這種毫無根據的推理污衊老師了。懷疑老師的死，根本就是腦袋有問題。」

「你們應該也能理解，大樹社的公告不對勁吧。」

「就算是這樣，妳批評老師還是讓我覺得不舒服。」

「也罷，我也不認為能在這裡讓你馬上招認。而且，還有其他兩個嫌犯。事到如今，無論美作里奧是誰，我都不會驚訝。」

佐藤似乎確信自己的推理是真的。

我也記得大樹社的公告，仔細想來，的確是不太對勁。實際上，的確有媒體對美作里奧的死提出質疑。然而，老師還活著，而且就混在我們之中，再怎麼說都是天馬行空的想像。

「美作里奧在社群媒體上扮作家屬發文，營造自己已經死亡的假象。之後再偽造身分參加粉絲網站的企劃，讓信徒閱讀遺稿，享受讀者的反應。雖然這種行徑聽起來很惡劣，但如果是那位作家的話，我就一點也不意外了。」

佐藤依序看著四個男生，接著說：

「我說，美作老師啊。現在你是抱著什麼心情聽我說這段話呢？算我求你了，快告訴我吧。我真的很討厭你這種扭曲的性格耶。」

6

第三次聯誼會就此解散，回到自己的房間之後，佐藤的話仍然在我腦海裡盤旋。美作里奧還活著。而且就混在七個人之中，看著大家讀完結篇的原稿，享受這一切。怎麼可能會有這種蠢事。我理性的判斷也認為這很蠢。

然而，相較於某個人從寫作用電腦或雲端下載檔案，佐藤的說法比較實際。既然在這裡發現原稿，那就不能完全否定佐藤的推理。

今天最後一個洗澡的人是我。

在工友休息室內的昏暗浴室裡，我一邊用狹窄的浴缸泡澡，一邊想著無法抹去的疑惑。

佐藤在聯誼會上，第一個懷疑的就是我。

但是，我知道，我不是美作里奧。

剩下的嫌疑人，就是塚田先生、稻垣先生和清野三個人了。

從言行舉止來考量的話，可能性最高的是清野，但他是高三生。從出道的年分推算，應該不太可能才對。不過，如果如佐藤所說，清野謊報年齡的話，事情就不同了。清野在第一天晚上對我說過「大家應該多少都說了一些謊吧」、「我沒有完全說實話」之類的話。

假設美作里奧真的藏在這個群體之中，而他本人打算隱瞞到底的話，我們應該沒辦法輕易看穿才對。

我和清野自從第一天晚上一起看星星之後，就經常單獨聊天。

他心思深沉，有時候會說出不像他這個年齡的敏銳發言。我不只一、兩次被他的言行舉止嚇到。即便如此，就年齡來看，把二十四歲的稻垣先生和二十六歲的塚田先生列為嫌疑人比較實際。雖然很難想像這兩個人能寫出細緻的小說，但是美作里奧是個天才，即便他用演技粉飾人格也不奇怪。

我景仰的小說家，或許就和我在同一個屋簷下生活。光是想到這種可能性，我就覺得吐出的氣息都變彩色了。

浴缸裡的水，隔天就會在校內重複使用。

所以我起身的時候並沒有順手放掉洗澡水，而是藉著昏暗的提燈燈光，在頭髮未乾的時候就準備換上運動服，結果不小心推倒垃圾桶。

我蹲下伸出手整理的時候，發現一件事。散亂的垃圾之中，有隱形眼鏡。是拋棄式的軟性隱形眼鏡。

七位成員當中，有戴眼鏡的只有山際小姐一個人。看其他成員，我從來不覺得有誰視力不好。雖然我不擅長讀書和運動，但是唯有視力好到不行。

雖然連是男是女都不知道，但留下隱形眼鏡的人到底是誰呢？

日落後的校舍，並不是讓人心曠神怡的地方。尤其是沒有人煙的這一棟。腐朽的油漆罐和生鏽的工具，光是靜靜在那裡就已經很令人毛骨悚然。

手拿著提燈穿過走廊之後，出現一張意料之外的臉。

「……佐藤小姐。」

在晚上的走廊上埋伏實在太卑鄙了。因為嚇了一大跳，害我以為心跳要停止了。

「怎麼了？妳怎麼會在這裡？」

不知道是不是因為第一天發下豪語的關係，她到今天為止都沒有泡過澡。

好像都是白天的時候會在後面的小河洗衣順便淋浴，但是那樣應該沒辦法好好讓身體修復。我沒有要模仿什麼國民動畫的台詞，不過泡澡可是在洗滌生命。我總覺得她之所以一直如此焦躁，其中一個原因有可能是沒有泡澡。

「妳是偷偷來泡澡的嗎？要不要幫妳加點柴火？」

「不要說這種噁心的話，我才不要在陌生人用過之後泡澡。」

「妳一定累積了很多疲勞吧，泡澡之後會好很多喔。不過，我也能理解妳不想用別人泡過的洗澡水。那我明天會告訴大家，讓妳第一個洗。當然，我不會告訴別人是妳拜託我的，妳就放心吧……」

「偽善者。」
她一臉不痛快的樣子這樣對我說。
「我已經說了不泡澡吧，給我按照字面理解這句話的意思！」
「那妳為什麼要來這裡？都這麼晚了。」
「我只是有話要跟你說。我走下一樓的時候，看到你往工友休息室走。我想在沒有人的地方說，所以剛剛好。我聽說你今天最後一個洗澡。」
「那妳一直在這裡等我洗好？抱歉，我泡澡泡很久。」
要是知道她在等，我會早一點洗好。因為今天是最後一個洗，所以洗得比平常還要久。
「站著說話也不是辦法，要不要去工友休息室？反正裡面也有椅子。妳不想被別人聽到對吧。」
我這樣說，佐藤就乖乖地進到休息室了。
休息室裡有一面從樓梯間搬過來的巨大鏡子。站在背後的佐藤，從鏡子看過去也是臭臉。
工友休息室的門有門鎖，但是佐藤並沒有刻意鎖門。
仔細想想，我們兩個畢竟男女有別。她應該不想讓休息室變成密室。
我把鏡子前的折疊椅放在她面前。雖然組成椅子的鐵管已經腐蝕，但山際小姐用廢屋裡的布料補強過椅面，所以坐在上面也不覺得有什麼。不過，佐藤連看都沒看一眼。

「妳想要跟我說什麼？」

「當然是剛才的事情啊。」

「妳認為老師還活著的事情嗎？」

「不是，我是要跟你談美作里奧到底是誰。」

「要說明原稿在這裡出現的理由，妳的推理的確有道理。不過，我不認為像美作老師這樣聰明的作家，會在社群媒體上說那種幼稚拙劣的謊話。這種行為等同把自己從社會上抹殺，要是謊言被揭穿，可不是被批評這麼簡單了。」

「也就是說，你不認為美作里奧在這裡？」

「和老師一起描繪《Swallowtail Waltz》的故事真的很夢幻，但是考量現實情況，這根本不可能。」

我誠實地說出自己的想法，換來的卻是一陣冷笑。

「罷了，我本來就覺得你應該不會認為美作里奧在這裡。」

「妳話中有話。」

近距離看過就知道，她那頭誇張的金髮是自己染的。也有可能不是染的，而是掉色。髮色有明顯的分布不均，在這裡生活時穿的服裝也都是讓人覺得輕浮的打扮。

如果在路上遇到她，我絕對不會靠近。就算是同班同學，我們也絕不可能成為朋友。這樣的她，用銳利的眼光看著我。

「我覺得你就是美作里奧。」
「要怎麼想是妳的自由。不過，我知道自己不是那麼了不起的人物。如果可以的話，我也想要擁有像老師那樣的才能。」
「你說你二十一歲對吧。美作是在三年前出道，寫作一年，從參加比賽到出版再花一年，就算這樣你的年齡也很符合。如果清野真的是高三生，那美作里奧就只可能是你。」
「還有稻垣先生和塚田先生吧。」
「如果塚田是美作里奧，那他就會為了隱藏身分而不公布作者的性別。況且，像塚田或稻垣這種男人，根本就不會在社群媒體上面假裝自己死了。這種行為怎麼看都有病啊。」
「但妳根本不知道別人心裡在想什麼吧。」
「我們都一起生活十天了，足以看穿一個人的本性。《Swallowtail Waltz》就是一本把人心的弱點玩弄於股掌之間的陰險小說。能寫出那種書的男人，只有你和清野而已，但是清野又太年輕了。就算是天才，那也不是國中生能寫出來的小說。用刪除法來看，就只有你了。」
「但是妳的推理毫無根據，老師不見得在這裡。」
「應該所有人都認同那份原稿是真的。」
「不是塚田先生從表哥那裡偷來的嗎？沒有什麼比老師還活著更讓人開心的事

情了。但是，佐藤小姐的推理實在令人難以置信。」
「反正你就是不肯承認自己是美作里奧對吧。」
「我一開始就說了不是我。」
佐藤嘆了口氣，接著說道——
「你覺得中里純戀很可愛吧？」
她露出卑鄙的笑容，沒頭沒腦地問了這個問題。
「妳又想要說什麼？」
「我看你們相處得很好嘛。」
「……又不是只有我會和她聊個幾句。」
「我看到你們兩個單獨搬水喔。」
「又不是我們想要單獨相處才變成那樣的。我們都不擅長自動自發做事，在塚田先生指揮之下，自然而然就一起工作了。妳這樣胡亂猜測，讓人覺得很不舒服。」
「純戀是那種近乎跟蹤狂的粉絲對吧？」
「什麼意思？我不知道這件事。」
「她不是每週都寫冗長的粉絲信寄到編輯部嗎？半年才出版一次的書，為什麼有那麼多話好寫？」
「就跟妳說了，我也不知道。」

「與其說是粉絲，你不覺得她比較像是『狂熱分子』嗎？」
「我不覺得。我沒寫過什麼粉絲信，但是，如果問我有什麼話想告訴美作老師，我說也說不完。除了美作老師之外，再也沒有其他作家能寫出那麼有趣的小說了。我直到現在還是想讀到故事的後續。」
「看來你是打算裝傻到底啊。」
佐藤根本不打算聽我反駁。
「你不是一直盯著純戀反覆閱讀原稿的樣子嗎？信徒在眼前貪婪地閱讀新作，你一定看了很開心吧。簡單來說，你就是想要得到救贖吧？被信奉自己的信徒包圍，療癒受傷的心靈。難道不是嗎？」
「當然不是，佐藤小姐說的話都很奇怪。」
「哪裡奇怪？你說說看啊。」
「如果妳真的認為我是美作里奧，那就不會是這種態度了吧。在景仰的老師面前，應該不會用這種口氣說話。」
「原來如此。以你的立場來說，這個主張的確是很合理。」
「其實妳根本不認為我是美作里奧。但是，並非完全沒有可能，所以妳才打算不斷逼問我。」
「很遺憾，你沒有猜中。我認為如果美作里奧在這裡，那從年齡來看就一定是你。」

「年齡這種東西有很多方法能造假。就算清野其實年紀比我大，純戀妹妹只是國中生或者根本已經二十歲，我都不會驚訝。女人的年齡根本無法從外表判斷。」

「你還真會狡辯，總有一天我會抓到你的把柄。」

「隨便妳。」

假設美作里奧真的在這裡，既然老師不想表明身分，我也不會勉強揭露。然而，她應該和我不一樣。

她想把美作里奧找出來，有堆積如山的問題想要問老師。

佐藤一定也是被那部作品深深吸引的群眾之一。

7

在我洗澡被埋伏的隔天。

早上到處採野菜回到廢校時，滿臉笑容的山際小姐遞給我一個小盤子。盤子裡裝的是……

「哇，超美味的……這是培根嗎？」

「我用短時間速成的食譜做的，不過這樣也很好吃對吧。」

「對，我從來沒有吃過這麼美味的培根。」

「畢竟空腹就是最棒的調味料嘛。」

「不，就算不餓也一樣，這真的很好吃。我覺得可以拿出去賣了。」

幾天前山際小姐把在廢屋發現的煙燻機搬到操場上。昨天採買的時候，山際小姐有交代要買煙燻木片和豬五花，而且從昨天晚上我就發現她好像在做些什麼。不過，我做夢也沒想到在這種工具不怎麼齊全的地方，竟然能夠完成如此正宗的煙燻料理。

「我想趁味道好的時候讓大家都來吃，但是找不到稻垣先生和佐藤小姐。廣瀨，你有看到他們兩個人嗎？」

「沒有耶，佐藤小姐應該還在房間裡睡覺吧？」

「我去美術教室看過，但她不在耶。」

那應該就是難得一次出去採野菜了吧？

吃完山際小姐拿出看家本領做的豪華午餐之後，我在廚房收拾碗筷，塚田先生壓低聲音叫住我。

「廣瀨，我有事情想跟你商量，等一下可以去你的房間打擾嗎？」

「好，是不能在這裡說的事情嗎？」

廚房現在有五個人，純戀和清野按照山際小姐的建議，只是在窗邊努力製作能長期保存的食品。

「我想單獨跟你談。」

「我知道了。我也有事情想問你，這樣剛好。」
「是嗎？」
「對，有件事我很在意，這是個好機會。」
「我知道了，那收拾好之後我就去找你。」
第一天晚上，清野懷疑塚田先生和山際小姐可能是夫妻。無論這個推論是否屬實，七人之中他們兩個人的確特別親近。連山際小姐都不能聽的事情，究竟是什麼呢？
塚田先生在這十一天之間，都是團體生活的領導人物，團結了成長背景和個性都各有不同的七個人。我們在深山的廢村裡可以安穩生活至今，很大一部分要歸功於他的領導能力。
在作品中，故事一開始就出現各種問題，塚田先生的藍本【烏鴉】和主角【陽斗】每天都一起為繁雜的難題苦惱。雖然能讓故事增添趣味，但是站在當事人的立場來看，當然是沒有問題最好。雖然食衣住行不能滿足，但是也不至於無法忍受。就現實面來考量，目前的狀況非常順利，簡直到順利過頭的地步。
這個企劃最初的目的是要找到故事的結局，但目前還沒看到任何跡象。即便如此，能夠親身描繪最喜歡的小說，讓我很有充實感。收拾完之後，我在房間裡等了十分鐘。
我坐在椅子上，和找上門來的塚田先生隔著兩公尺左右的距離。

「你想跟我商量什麼？」
「來這裡快要兩個禮拜了對吧，我想問問你有沒有什麼在意的點或者覺得辛苦的地方。」
因為他身為主辦人，所以想要掌握參加者的現況嗎？
我當然有在意的事情。不過，我不知道要說到什麼程度。
「你被佐藤小姐纏上好幾次對吧。你沒事吧？」
「我實在搞不懂她為什麼總是這麼焦躁。不過，我對這種事在意也沒用。反正這個企劃結束之後，我跟她應該就再也沒有瓜葛了。」
聽到我的回答之後，塚田先生露出苦笑。
「稻垣也說了類似的話，說她既然這麼不肯配合，當初幹嘛要參加。」
「因為小說裡面也有問題製造機吧。」
「畢竟沒有這種人的話，故事就會變得很難推進。」
「咦？難道是一開始就因為這樣才找她來的嗎？佐藤小姐是以【克萊爾】為藍本找來的吧。因為你期待她能扮演和故事裡一樣的角色。」
「我的確是因為佐藤小姐的年齡和【克萊爾】相近，所以才詢問她的意願。不過，我並沒有希望她在團體裡到處搞破壞。本人的個性在實際見面之前，我也不知道。」
他這麼說，的確沒錯。參加的時候並沒有面談過。雖然有回答幾個簡單的問題，但那也是透過電子信箱聯絡，塚田先生應該不知道我們的人格特質。

「剛才你說你有話想問我對吧。你要問什麼？」教室前後的門都關著。確認這一點之後——
「那我就直說了。你和山際小姐是男女朋友嗎？」
「怎麼突然這樣問？我們不是情侶啊。」
「但是，你們在開始團體生活之前就認識吧。從第一天開始，你們看起來就特別親近。」
「這個企劃我剛開始就是找山際小姐商量的。所以，就信任的角度來說，我跟她的確比較親近。」
「也就是說，你們既不是情侶，在企劃成立之前也互相不認識？」
「我之所以第一個找山際小姐商量，是因為在網站上我們曾經聊過幾次。如果這樣也算數的話，我們算是之前就認識。」
塚田先生用既肯定又否定的口吻淡然回答，但是在我看來比較像是在迴避問題。
「昨天到鎮上採買的時候，我查了大家的資料。畢竟現在是社群媒體發達的時代。我搜尋六個人的姓名，找到兩個。要說找到的話，其實也有找到佐藤小姐。不過同名同姓的人太多，我沒找到來這裡參加活動的佐藤，不過剩下的兩個，我確定是這裡的成員。」
「你找到誰？」
「稻垣琢磨先生和山際惠美小姐。」

先不說稻垣先生了，提到後者的名字，塚田先生應該會有點反應才對。雖然我有這種預想，但是他的臉色完全沒有變化。

稻垣先生是以【露娜】的男友【假面】為藍本，而山際小姐的藍本則是【露娜】的姊姊【諾諾】。【露娜】死後，同樣陷入悲傷的兩人之間出現深刻的羈絆。

以作品中有密切關聯的角色為藍本的兩個人，我在網路上都找到了。

「稻垣先生是職業運動員，曾經參加過獨木舟的國際大賽。」

「他以前好像是輕艇激流項目的選手。」

「你之前就知道嗎？」

「嗯，在詢問參加意願的時候，他本人告訴我的。他說如果地點在河川附近的話，應該能夠幫得上忙。不過他說在兩年前就引退，不參加賽事了。」

我得到的資訊並沒有那麼詳細，只是發現競賽紀錄和照片。照片中的稻垣先生，頭髮剃得很短，自然鬈並沒有像現在這麼顯眼。

「他為什麼引退了？以年齡來看，應該還游刃有餘。」

「他的手肘有慢性損傷，所以才放棄的。我想他之所以沒有告訴大家自己的經歷，應該是不想因為這些附加的印象，讓自己的形象遠離【假面】吧。」

雖然這樣說對稻垣先生很抱歉，不過獨木舟對一般人來說是很冷門的競技項目。

在讀到新聞之前，我連曾經有日本人在奧運取得獎牌這件事都不知道。就算是很有奪牌相的選手，引退的時候應該也不會有新聞報導。

也罷，雖然稻垣先生值得同情，但我想說的重點不是他。

「另一位讓我有疑問的是山際小姐。我找到幾個同名同姓的人，但是找到的照片可以確定是她本人。她說她賦閒在家，但其實是謊言。」

這是我們在教室面對面談話之後，塚田先生第一次臉色一沉。可能只是稍微而已，但我看起來就是這樣。

「她是論講社的文藝編輯。那篇報導裡面，山際小姐的職稱是這樣寫的。」

「你果然是看到那篇報導啊。她本人有說過，你從昨天開始對她的態度就很奇怪。她也猜到你應該是看到那篇報導了。」

「既然你知道，那就不用再多解釋了。塚田先生，山際小姐並不是在家無所事事。她是出版社的員工，難道不是和美作老師之間有什麼關聯嗎？」

「你沒想過她有可能已經離開出版社了嗎？」

「沒有。既然找到完結篇的原稿，和美作老師有關聯的人就在這裡，這種推論比較自然。」

「但是《Swallowtail Waltz》不是論講社的書，而是由大樹社出版。就算山際小姐是在職編輯，和美作老師之間也沒有關係。而且，音羽集團也屬於不同線的出版社啊。」

「你知道的還真多。」

在我眼裡，他看起來就是一直在迴避問題。

「我可以說說我最後的推理嗎？」

「請便。」

「山際小姐是在職的編輯，而且見過美作里奧。」

「從來沒有編輯見過美作老師喔。官網上的採訪報導裡面，責任編輯不是這樣回答了嗎？」

「透過社群媒體就能和美作老師聯絡了吧。那麼受歡迎的作家，其他出版社的編輯怎麼可能放過機會。」

「姑且不論大樹社的編輯，我不認為老師會見其他出版社的編輯。」

「但也不能斷定沒有。」

「嗯，你說得沒錯。討論各種可能性是你的自由。」

「我想過了。就像佐藤小姐所說，老師真的有可能在這裡。一開始我懷疑過清野，但知道山際小姐是編輯之後，我就開始考慮其他選項了。塚田先生，你就是美作里奧吧？山際小姐是為了幫忙你才到這裡來的，不是嗎？」

我一直以為塚田先生的藍本就是領導者【烏鴉】，但其實他就是造物主……

「你剛剛還胡亂猜測我們是情侶，現在又猜我們是編輯和作家。」

「至少在那篇報導上傳的時候，山際小姐仍是論講社的編輯。我有看到戴著一樣眼鏡的照片，所以一定沒錯。我有截圖存證，你要看嗎？」

「不，不用了。那篇報導我也看過。」

塚田先生臉上浮現帶著憂愁的微笑。
「廣瀨，我有話要跟你說，所以才來你的房間。」
「我們現在不就在說了嗎？」
「我是認真的。」
「我一直都很認真啊。」
「說的也是。那我來回答你的問題吧。我啊，其實是……」

8

離別時刻，毫無預兆地來臨。
就在迎來團體生活滿兩週的那天，午餐時間久違地七個人全員到齊。
在七人都落座之後，稻垣琢磨先生突然告訴大家：
「吃完飯之後，我就會離開這裡。」
目瞪口呆的不只我一個人。連幾乎不顯露情緒的純戀、很少參與對話的佐藤，都面露疑惑。
在某個層面上，稻垣先生是這個團體裡，最重要的一個人物。
雖然沒有捕到當初想捕的雉雞和山豬，但是幾天以來釣到的魚都為我們提供了蛋白質，野草的相關知識也相當充足。

看圖鑑就知道哪些東西能吃或不能吃。但是，這些草會長在哪裡，該怎麼找才好，我們都不知道。這兩週以來，他扮演的角色比首領塚田先生或擔任潤滑劑的山際小姐更重要。

「我本來就想在兩週內，決定是要休學在這裡待到最後，還是要回歸學生生活。因為在這個時間點回學校，還來得及參加上學期的考試。」

「結果你還是沒辦法忘記現實，變成貨真價實的蠢蛋嗎？」

佐藤用諷刺的口吻這樣問，但是——

「不，關鍵是那份原稿。」

稻垣先生用平穩的眼神，淡然地回答。

「讀到完結篇的開頭，我就下定決心了。美作里奧是天才，只有美作里奧最特別。大家讀完那份原稿之後，不是都有這種感覺嗎？我從來沒有讀過那麼有趣的小說。無論是漫畫、電影還是電視劇，我從來沒有看過像那樣讓我在意後續的故事。」

「我不懂。既然如此，你為什麼要走？我們不是因為喜歡《Swallowtail Waltz》，才在這裡描繪書裡的故事嗎？」

「如果不能再讀到後續的話，我當然會繼續留下。但是，我想試著相信佐藤小姐說的話。相信美作里奧還活著。而且，就在我們七個人之中。直到現在，我都覺得像在做夢。即便如此，我還是想試著相信。如果美作里奧在這裡，那團體生活或許會成為他繼續寫下去的契機。」

稻垣先生用不適合他的熱血語氣繼續說：

「既然有可能讀到《Swallowtail Waltz》，那我繼續在這裡生活也沒有意義。說實話，我不覺得像我這種人能帶給老師的創作什麼貢獻。」

「你還真是天真，你根本就搞不清楚狀況。」

佐藤露出像平常那樣輕視別人的表情，然後一陣冷笑。

「美作里奧是因為不想寫續集，所以才殺死自己。你到底是按照什麼邏輯，認為他會繼續寫下去啊？」

「也是，或許佐藤小姐說得沒錯。要是社群媒體上的發文是謊話，可不是被批評就能收場的事。這一點我也很清楚。但是，老師應該有什麼想法，才會讓我們讀到完結篇的原稿吧？」

針對稻垣先生的說法，佐藤沒有任何表示。

「我們沒辦法挽留你嗎？」

沉默一段時間之後，塚田先生開口問。

「我認為老師還活著這個假設很可疑。更不要說老師就在這裡，這更加難以置信。不過，如果老師真的在這裡，應該也會希望你留下來吧。要是你不在，大家的生活品質一定會下降。」

「那又是另外一回事了。我並沒有想和老師一起相處，或者是幫助大家的生活。只是單純想要讀到續集而已。既然已經知道有可能看到續集，那我繼續在這裡生活也沒有意義。」

即便塚田先生出言挽留，稻垣先生也沒有點頭同意。

「我從小就想成為職業運動員。為了參加奧運，奉獻了所有青春，也是為了達成目標而選擇大學。然而，手肘受了傷讓我陷入沮喪，當時甚至做了很多說不出口的荒唐事。以前交往過的女友放棄我，她提分手的時候送給我的書就是《Swallowtail Waltz》。」

稻垣先生的表情，不知道是後悔還是別的什麼情緒，我看不出來。

「她對我說『請你看看這本書，然後稍微理解一下別人的心情吧』的時候，其實我心裡覺得『什麼跟什麼啊』。看小說怎麼可能學會讀懂人心？我抱著這種想法，把書放了一個禮拜都沒動，但是開始讀之後，一瞬間就讀完了。我不懂人心之類誇張的東西。但是，這本書真的有趣到不行。我對於這個世界上還有這麼有趣的小說，覺得非常感動，光是這樣就讓我覺得得到救贖。後來馬上去買了續集，讀完之後就順勢加入綠淵國中。從那天開始，我就一直期待讀到完結篇那天，僅憑這個樂趣活到現在。雖然我還沒找到新的目標，但我心想既然還有一本想讀的書，那就努力再撐一下好了。大家應該不懂我的心情吧。」

「我懂。」

令人意外的是，回話的竟然是純戀。

「我能體會。」

雖然是短短一句話，但少女的想法似乎已經傳達給稻垣先生了。從他雙眼浮現的小小水滴就能明白。

「用這種半調子的方式離開，我很抱歉。」

「你不需要道歉。如同剛開始說好的，規則以《Swallowtail Waltz》為基準。無論任何時候、任何理由，都能自由離開。沒有任何人可以責備你。幸好你有來參加，真的對大家很有幫助，我們玩得很開心。」

「謝謝你。我也很感謝塚田先生。當然，也很謝謝大家。」

在和夥伴們握手之後，稻垣先生才去面對最後一個成員。

那就是和大家保持一段距離的佐藤。

「妳不覺得我是夥伴吧？放心吧。我也不覺得妳是夥伴。但是，我心存感謝。是妳給我或許能讀到完結篇的希望。託妳的福，我才能夠回歸自己的人生。」

「我只是告發美作里奧的惡劣行為而已。」

「妳永遠這麼憤世嫉俗，難道不累嗎？」

「多管閒事。」

「也罷，如果要繼續留在這裡，妳也要保重身體繼續加油。」

稻垣先生再度面對我們，環視五個成員。

「我最後再說一句話，我想對可能在這裡的美作老師說。」

說這句話的稻垣先生，眼神望向我。

「感謝你寫出這麼精采的作品。無論這個世界上的人說什麼，我都因為老師的作品得到救贖。無論幾年我都會等，無論什麼結局我都會等。所以，請老師盡情寫自己想寫的東西。然後……」

他深深一鞠躬。

「總有一天，請一定要讓我讀到完結篇！」

他用響亮的聲音，說出純真的願望。

團體生活已經過了兩週。

第一個離開的人，是最精通野外求生的稻垣琢磨先生。

◆第四話◆

無法開口說再見

Chapter.04

1

在收不到訊號的廢村過著團體生活，並非每件事都一帆風順。即便如此，在可靠的大人支持下，生活比當初想得更舒適。

然而，因為稻垣琢磨先生的離開，整個企劃受到大幅影響。就連我們自己決定的規則都變成枷鎖，團體生活變得越來越辛苦、痛苦。

雖然稻垣先生留下釣竿，但是光靠知識沒辦法做到相同的事。之前戶外活動我們都很依賴稻垣先生。我和清野、純戀三個人出門的時候也是這樣。我們只會去前幾天稻垣先生建議的地點。

就連在山上採野菜或果實，也是有過童軍經驗的稻垣先生最精通。臨陣磨槍獲得的知識，總是有辦不到的事。只是比對圖鑑，實在無法確定。只要和照片有一點不一樣，就覺得很恐怖。光靠我們判斷這到底能不能吃，真的很困難。

第一天討論之後，就決定採買次數要控制在最低限度。

姑且不論剛開始必要物資不齊全的時期，在生活穩定到某種程度之後還要依靠採買的話，在廢村生活就沒有意義了。雖然腦袋明白這一點，但是在稻垣先生離開之後，為了改善越來越明顯的食物問題，採買的頻率必然提升。

到這個時期，氣溫上升又是另一大煩惱的來源。我們拿來當生活據點的廢校位於深山之中，雖然比平地涼爽，但是入夏之後就變得越來越悶熱。當然，這裡不可能有冷氣。校舍和廢屋裡有電風扇，但很遺憾的是這裡沒有通電。我們可以說幾乎沒有任何抵擋熱氣的方法。而且，還有另一個大問題……

之前團體生活能夠順利，主要是因為主辦人塚田先生、知識豐富的稻垣先生、宛如母親般的山際小姐，三名大人都充分發揮各自的能力。

然而，最近山際小姐的身體狀況越來越差了。

「我很怕熱，所以很擔心入夏之後的狀況。」

她第一天的時候有說過這些話，不過問題的根源應該不是氣候變化。佐藤諷刺的言行，讓山際小姐的心理狀況越來越糟。

溫柔的山際小姐每天都很努力向佐藤搭話，但是佐藤每次都只會給予毒辣的回應，聽久了當然會洩氣。

山際小姐一直努力想讓大家維持友好的關係。

然而，當她漸漸開始放棄時，也失去心靈的彈性。怎麼看都覺得她的心理層面已經開始崩壞。

不只山際小姐因為佐藤的言行倍感壓力。

自從發現完結篇的原稿之後，佐藤好幾次都來質問我：「你就是美作里奧吧？」清野也一樣。佐藤認定美作里奧不是我就是清野。無論解釋多少次，她都說我們兩個一定有人在說謊，一點也不退讓。

這種根本無法溝通的人，讓我真心覺得疲累。不過，即便如此，我們還是比那孩子好多了。

佐藤最敵視的是年紀最小的純戀。

嬌小的純戀體力最差又很笨拙，身體也馬上就垮了。團體生活中，純戀變成負擔，很容易就成為被攻擊的對象。每天都被罵是「狂熱分子」，成為佐藤嘲諷的對象。

只剩下六個人了。明明希望剩下的人可以互相幫助，繼續快樂地生活下去，但是因為一個人擾亂和諧，讓氣氛越來越沉重。

稻垣先生退出的一週後。

晚餐時間，佐藤又繼續對純戀說了一些難聽的話。

佐藤像往常一樣，說完自己想說的話之後也不收拾碗筷就離開，忍無可忍的清野氣憤地開口說：

「塚田先生，那個人真的是《Swallowtail Waltz》的粉絲嗎？」

我非常了解清野的心情。雖然作品中有【克萊爾】這個問題製造者存在，但這裡是現實世界。她那種態度，實在很難相信是粉絲。

「她也是綠淵國中的成員啊。」

「這並不能證明她是粉絲吧？而且，黑粉不是都專挑粉絲聚集的地方鬧事嗎？」

「我不是粉專的管理人，所以不知道基準是什麼。不過，如果帳號被認定是黑粉，應該會被封鎖才對。」

「只要準備另一支手機，換一個電子信箱，就能輕鬆辦一個新的帳號。塚田先生又是基於什麼基準選擇這個企劃的參加者呢？」

「第一個基準是加入緣淵國中兩年以上。她的第一則發文是第二集出版之前。姑且不論她發文的頻率，我確定她是從很久以前就加入的成員。不過，我也沒想到她是這種個性的人。」

「她的問題未免也太嚴重了。既然要重現作品中的世界觀，身為粉絲應該要一起合作才對。她對純戀妹妹的態度實在讓我看不下去。這根本就是霸凌吧？山際小姐之所以失去活力，也是因為佐藤的關係吧。」

山際小姐從昨天就一直在自己的房間休息。女生的房間在二樓的音樂教室，三餐由住在一起的純戀拿過去，所以我也沒見到山際小姐。

「她好像發燒了。」

「你並沒有實際確認過吧？難道不是因為不想和佐藤見面，才假裝生病嗎？」

不知道是不是已經超越忍耐的極限了，清野沒有停止抱怨。

「大家想以作品的規定為基準，我能理解，但是這樣太奇怪了吧。就算不趕人走，也應該要警告她才對。」

「當然，我說過很多次了。不過，她並沒有聽進去。」

「那你可以用主辦人的權限把她趕出去……」

「沒有人有這種權利。」

「既然如此，那就大家一起討論，達成共識之後請她離開。」
「這我不贊成。大家可以自由選擇離開，但是旁人不能強迫。」
「但我們不就是因為一直遵守這個規則，才導致稻垣先生離開嗎？如果連山際小姐都要走，那真的就結束了。純戀妹妹不擅長做菜，那個女的也不會幫忙。三餐本來就已經有問題了，如果連唯一會做菜的山際小姐都不在……」
「清野，山際小姐不是廚師，而且做菜並不是女性的工作。」
「但是，需要力氣的工作都是我們在做……」
「不過，最近需要力氣的工作也就只有運水和撿柴而已吧？」
「我認為塚田先生太沒有危機感了，我已經做好脫離社會的心理準備來到這裡。但是塚田先生認為不行的話回家就好，所以才會拖著不解決問題。」
「沒錯，我的確認為，團體生活一旦出現問題，回東京就沒事了。不過，我並不認為這是休閒活動的延伸。我也很認真在這裡生活。」
這個話題到最後應該也不會有結論。我的預感很準，宛如平行線的對話，就這樣持續超過三十分鐘。
除了警告之外，塚田先生無意對製造問題的佐藤做出更進一步的舉動。而清野也不可能理解塚田先生的心情。這不是什麼「人本來就很難彼此了解」的哲學性問題，而是塚田先生根本沒有說真話。

因此，我在他們兩個人談判破裂之後，前往塚田先生的房間。

「你還沒有告訴清野吧？」

我想要確認清楚。

我想要理解，他到底基於什麼想法行動。

「對，我沒說。」

「為什麼？」

我想知道他為什麼對我解釋，卻沒有對清野解釋。

「因為只要聽過我說明，就無法回到以前的世界了。」

「我懂你的意思，但是……」

「我不知道這個判斷究竟是對還是錯。但是，大家之所以參加這種莽撞的計畫，都是因為喜歡《Swallowtail Waltz》吧。我相信唯獨這一點絕不虛假。所以，我想再維持現狀一段時間。」

「我覺得清野已經快到極限了。」

聽到我說的話，塚田先生只是笑了笑。

接著，在他們二人因為佐藤而發生衝突的兩天後的夜裡，大家內心的擔憂成為現實。

臥病在床的山際小姐終於復活，在晚餐的餐桌上重拾笑容，但時間非常短暫。

「抱歉，我決定明天早上就回家。」

她用平穩的語調這樣說。

2

二十六歲的山際惠美是女生裡面最年長的成員，在團體生活中扮演道德良心的代表與潤滑劑角色，宛如半個母親的存在。

她若離開，不只是少一個人而已。

山際小姐是七個人當中唯一擅長做菜的成員。這項能力和生活品質直接相關，而且最大的問題是剩下的兩名女性成員佐藤友子和中里純戀，可以說是關係最差的兩個人。佐藤打從第一天就非常討厭沒什麼主見的純戀，遷怒般的態度越來越嚴重。

大家都對山際小姐的決定感到震驚，但是我們的震驚程度遠不及純戀。稻垣先生宣布自己要回家的時候，純戀只是一臉疑惑，但這次她難以置信地張著嘴，一臉隨時都要哭出來的樣子。

山際小姐總是特別關照不善交際的純戀，以免純戀被孤立。

我想純戀當初也對山際小姐充滿戒心。不過，她散發的柔軟氛圍和堅持到底的溫柔，讓純戀不知不覺地越來越常跟在她身邊。山際小姐做菜的時候，最常幫忙的也是純戀。

長時間相處的兩個人，自然而然就變得像姊妹一樣要好。

然而，像姊姊一樣的山際小姐說要退出。看這個反應，恐怕她事先也沒和純戀商量過。

「……為什麼？」

第一個問問題的人是清野。

「我本來就不是身體強健的人。自我介紹的時候說我在家蹲，但其實我目前是停職狀態。」

「妳有什麼舊疾嗎？」

清野進一步追問，山際小姐一臉傷腦筋的樣子笑了笑。

「說有也算有，說沒有其實也沒錯。我經常腹痛、低燒，看過好幾次醫生，但是都沒有找到確切的病因。最後診斷的病名是體化症。你有聽過嗎？」

清野搖搖頭。我也沒有聽過。

「我想也是。我也是在身心診所看診的時候，才第一次聽說這個名詞呢。」

「身心診所？」

「就是專門診療心理疾病的精神專科診所。明明身體有明顯的異常，但是怎麼檢查都找不到問題，這種時候就會判斷為體化症。簡單來說，原因雖然不清楚，但身體確實有問題，表示的確生病了。」

「後來有找到原因了嗎？」

「說是壓力大，所以醫生開了中藥和抗憂鬱劑，但是對我沒效。雖然聽起來很像在說謊，有點難以啟齒，不過我之前是論講社的編輯。因為是不同公司，所以我和《Swallowtail Waltz》一點關係也沒有就是了。」

「妳說之前是編輯，現在不是嗎？」

「這個嘛——因為腹痛和低燒一直沒改善，所以上司下令停職，要我在病倒之前好好休息。畢竟我還沒離職，所以現在也還算是在職的編輯吧。」

「不能說算是，妳明明就是很棒的編輯啊。」

即便塚田先生這樣補充，山際小姐還是一臉苦笑的樣子。

「因為這樣我有大把的時間。既然是因為壓力大而生病，那去做自己喜歡的事最好了。我認為《Swallowtail Waltz》是現在最有趣的小說，比我以前編輯過的書都還要有趣。所以聽到塚田先生提到這個企劃的時候，我馬上就表明參加的意願。」

山際小姐露出憂鬱的表情。

「我感覺自己就像跳進作品中的世界一樣，每天都很開心。但是，開心的同時也有覺得辛苦和討厭的事情。我從小就怕蟲，之所以自告奮勇負責做菜，也是因為我想盡量待在室內。雖然勉強撐到今天，不過，我畢竟還是現代人，荒野求生的生活實在太嚴峻了。低燒一直遲遲不退。」

「所以不是因為感冒？」

「嗯。再加上腹痛，就跟之前的感覺一樣，我想應該是那個不明的病又開始復發了。」

「待在這裡的話就好不了嗎？」

「這個嘛——在這裡好不了，離開也可能好不了。」

山際小姐用放棄的口吻，哀傷地這樣說。

「我離開之後就剩下五個人了吧。雖然這三個禮拜純戀妹妹有變得堅強一點，但是留下她在這裡，我還真的有點擔心。」

「我希望妳不要走。」

少女說出的願望，小聲到幾乎消失在夜幕之中。

到今天已經是第二十三天，這好像是純戀第一次對小說以外的事情，說出像樣的願望。

「對不起，我也想再堅持一下，想體驗老師的故事，但是身體已經不聽我使喚了。」

「妳說的話是真是假還不知道呢。」

低沉冷漠的聲音傳來，一回頭就看到佐藤臉上帶著冷笑。

「我不知道妳那是過敏還是心病，但結果就是妳覺得自己的身體比《Swallowtail Waltz》重要對吧？」

山際小姐聽到諷刺整個人僵住，佐藤又繼續發表毒箭般的言論。

「【吉娜】也生病了。不過，如果我記得沒錯，【吉娜】可沒有逃走。在被瘋子殺死之前都沒有逃走。」

「佐藤小姐也希望我留下來嗎？」

「誰說過這種話啊。給我按照字面理解這句話的意思。我打從第一天就知道了。妳做作的笑容和表面上的勤奮，都是為了討好男人，想要賺取好印象罷了。妳背地裡眉目傳情的對象是塚田先生嗎？還是稻垣先生？該不會是那邊的小弟弟們吧？嗯，是誰都無所謂啦。反正稻垣先生已經離開，塚田先生看起來對妳也沒那個意思，所以妳才決定離開。就是這麼回事吧。」

「胡亂猜測是妳的自由，但是我的想法就和剛才說的一樣。」

山際小姐拚命維持眼鏡後平穩的笑容。

「參加這個企劃是因為喜歡這部作品，沒有其他原因。針對這一點，我沒辦法增加或減少其他情緒。我只是想知道，再也讀不到後續的故事，結局究竟是什麼，就這樣而已。」

「既然如此，妳就更不會選擇離開吧。美作里奧就在這群人之中耶。稻垣先生不可能是美作里奧。現在就是單純的三選一了，塚田先生、廣瀨或清野。如果妳真的愛這部作品，那就留到最後陪著老師啊。」

佐藤挑釁的言詞依然尖銳，山際小姐仍然保持微笑。

「佐藤小姐真的相信老師就在這裡呢。我倒不認為會有這種像在做夢一樣的好事。」

「不然那份原稿怎麼來的。妳覺得那是粉絲寫的嗎？你們不是所有人都認同，那一定是美作里奧寫的原稿嗎？」

「是啊。但是，我認為那只是有人拿到原稿而已。」

「是誰？怎麼拿到的？如果妳要否定我的論點，那就回答問題啊。那傢伙為什麼要偷偷把原稿拿給我們幾個看？那一定是因為那傢伙就是作者本人啊。這怎麼看都很像是性格惡劣的小說家會做的事，不是嗎？」

「佐藤小姐，妳討厭美作老師嗎？」

「不要用問題回答問題。」

「我們全部都是《Swallowtail Waltz》的粉絲。無論是作品還是老師，都請妳不要妄自批評。我不想聽到這種話。」

「我只是陳述事實。」

「既然如此，我也陳述事實，提出抗議。請妳不要再欺負純戀妹妹了。」

聽到山際小姐用堅決的口吻說出這句話，佐藤冷哼一聲。

「這一點我跟妳意見不同，我只是說出真話而已。說狂熱分子是狂熱分子有什麼問題？」

「純戀妹妹不是什麼狂熱分子。」

「好了，不要再說了。在最後一天吵架實在是……」

「不要攔我。」

山際小姐用手擋下試圖介入兩人之間的塚田先生。

「佐藤小姐，在我離開前，讓我問清楚。妳一直都很煩躁對吧。無論是對我們，還是對妳自己，都一直很煩躁，隨時都在憤怒狀態。所以妳才會一直攻擊別人，一直輕視別人。這種生活，到底有什麼樂趣？」

「我怎麼知道，這跟妳沒關係吧。」

「妳必須改變。只要妳自己不改變，無論過多久，妳都無法原諒這個世界。」

3

山際小姐以身體狀況不佳為由，決定離開了。

她實際上的確臥床很多天，我想她說的是真的。

隔天早上，除了下午才會起床的佐藤之外，山際小姐和剩下的四個成員告別之後就離開了。

從當作據點的廢校，徒步走一個小時才能抵達叫得到計程車的地方。塚田先生陪同山際小姐離開，然後順便下山採買。目送兩人離開之後，我約清野和純戀去釣魚。

俗話說「不做不食」，在這裡收集食材就是日常的工作。山際小姐在中庭栽種

的家庭菜園，目前幾乎還沒有成果，

塚田先生為了獲得雞蛋而買回來的兩隻白色蛋雞，在一個多禮拜之前一起消失了。不對，用消失這個詞可能不太正確。

從散亂的羽毛可以推測的狀況，應該是有某種野生動物入侵柵欄。我們製作柵欄的時候應該是要阻攔外部侵入者，而不是讓蛋雞無處可逃才對。現在後悔已經來不及，不過養雞的時候其實應該要注意的確實是防禦工程沒錯。

採購的食材和河裡釣上來的魚、野菜和果實。

主要的食材和剛開始團體生活的時候差不多。

沒有外出採買，基本上無法生活。這就是一個獨立團體尚未具備充足機能的證據。

俗話說，為了保護肚子只能犧牲背，但是恐懼似乎比不上空腹。

當初明明不敢碰當作釣餌的水蟲，不知不覺間，我已經能自己抓甲蟲了。

至今和清野、純戀三個人去河邊釣了好幾次魚。不過，我並沒有變得越來越上手，反而釣得越來越差。

山際小姐離開之後，我已經不期待三餐了。原本想著，既然如此就用豪華的食材，靠量來獲得滿足感，結果今天也沒辦法像稻垣先生在的時候那樣順利取得食材。

稻垣先生每次釣魚都會換地點，在每個地點他都會給我們拋竿方式等詳細的建議。雖然一邊回想他說過的話，挑戰過好幾次，但是我們三個始終抓不到訣竅。
「還是不行，到底哪裡有問題呢？」
清野一邊擦拭滴下來的汗水，一邊往岩石上坐。
「明明有看到魚影，這裡應該有魚才對。」
「我已經按照之前教的，不要讓魚看到我的影子了。難道是最近每天都來釣魚，導致魚群有了戒心嗎？」
「魚是這麼聰明的生物嗎？被釣起來的魚會消失在河川裡。應該不可能跟其他魚通風報信吧。」
雖然早上有吃一點燕麥，但是那麼一點量無法支撐幾個小時的勞動。中餐預計在現場準備，而現在的釣況完全出乎意料之外。
「啊——完全釣不到魚，好想吃肉啊。」
人只要過度疲勞，好像就會開始叨念一些不著邊際的事情。
「塚田先生一定會買回來的。」
「我想吃速食餐廳那種調味重但是平平無奇的漢堡。」
「我懂。什麼料理都好，就是想吃肉對吧。」
「稻垣先生說要獵山豬，結果一次都沒抓到。」
「他也說過要抓雉雞對吧。」
「俗話不是說雉雞不啼也會挨槍嗎？我連對這種俗諺都感到火大。就算雉雞叫了，我們也抓不到啊！」
不知道是沒有聽到我們的對話，還是有聽到但沒興趣。純戀一臉事不關己的樣子，非常有毅力地繼續垂釣。
她釣魚的狀況也不好。再這樣下去，全部的人都沒辦法吃午餐。能果腹的只有煮沸的河水和這一帶的樹木果實。
「一條魚都釣不到的狀況又稱為和尚頭對吧。為什麼會這樣說啊？」
「和尚的工作好像是開悟。進入無我之境？可能是因為無我就接近歸零的狀態吧。」
「我有看過書上說是因為沒有頭髮的關係。」
聽到純戀低聲說話，我忍不住和清野對看一眼。
無論如何，我們已經持續團體生活超過兩週。純戀沒有躲避我們，跟她搭話她也會回應。但是，她至今從未主動加入對話。
我們沒有問問題，但她主動回應了。光是這樣，我就已經覺得很興奮了。
「抱歉。我不太懂這和釣不到魚有什麼關係耶。」
「我記得是因為『沒頭髮』和『釣不到魚』的發音一樣。」
「原來如此，聽起來很合理。」
「再這樣下去，我們真的會釣不到魚。要不要去下游看看？」
真是令人意外的提議。

「我沒問題，不過純戀妹妹不會累嗎？」

「不會，我沒問題。光是想到我和【吉娜】正在做一樣的事就覺得很開心。」

「那就往下游走一點吧。」

「塚田先生出門不在，我們如果中午還是沒回去，佐藤小姐說不定起床之後會很慌張呢。以為我們偷偷瞞著她解散了。真是痛快。」

「不對，那個人不管發生什麼事都還是老樣子吧。我們的行李都還在，她應該不會覺得我們已經解散。」

「啊——你這樣說也沒錯啦。要是那傢伙自願退出，這裡就回歸和平了。」清野對佐藤的憤怒與日俱增。

「壞人是為了推動故事而存在，我覺得這也是沒辦法的事。不過，在現實世界裡，這種不懂人情世故的人真的是害群之馬。我以前一直都很瞧不起那些在背地說別人壞話或者專挑本人不在的地方大肆批評的傢伙。不過，我對那個女的，真的不是只有不滿而已。」

山際小姐身體狀況不佳，我認為和佐藤的態度一定有關係。

如果繼續這樣放任佐藤，可能會出現第三個退出的人。清野一定無法對這種情形視若無睹。

聽從純戀的提議移動到下游是對的。

在支流匯集的地點重新開始釣魚之後，不到十分鐘，清野的釣竿就有魚上鉤了。

「這叫作什麼魚啊？」

儘管稻垣先生教過我們很多次，我和清野都記不住魚的名字。這一點純戀也一樣。

「其實淡水魚我看起來都長得一樣。」

「我是沒有覺得都一樣，但是分不分得出來就不好說了……而且我也吃不出來味道哪裡不一樣。」

「香魚的話我分得出來喔。」

「哎呀，香魚的話我也分得出來啊。魚背的地方特別好吃對吧。」

「這裡不知道有沒有香魚。」

「如果這裡有香魚的話，稻垣先生應該早就盯上了吧。」

「說得也是。」

「香魚是不是要用友釣法才釣得到啊？」純戀也自然而然地加入對話。

「啊，這個我有聽說過。但是，友釣法到底是什麼啊？」

「我也只是在小說裡面有看到過而已，所以具體上到底是什麼方法我也不知道。」

「用友釣法的話，根本就沒辦法開始。」

不是香魚也無所謂，我偶爾也想要吃到撐破肚皮。

直到在這裡開始團體生活之前，我就是個不太努力，又對現狀感到不滿的廢柴。然而，在廢校的團體生活，意外地讓我改變想法。

我們以前享受過的一般生活，其實並非理所當然。三餐都能溫飽的生活，絕對不是理所當然。

更換釣魚地點之後，我們大概堅持了一個半小時吧。

純戀釣到三條，清野釣到兩條，我釣到一條，總共釣起六條魚的時候，我們才終於要開始準備延後很久的午餐。

要回去廢校，還是要在這裡吃呢？二選一馬上就有結論了。

雖然聽起來很壞心眼，但是我們沒必要把魚分給完全不勞動的佐藤。付出勞力的是我們，所以我們吃掉就好。

對於清野的提議，連純戀也二話不說就點頭同意。反正只釣到一條魚的我，根本也沒什麼發言權。我接受純戀好意多給的一條魚，三個人準備吃午餐。

雖然是小小的兩條小魚，但也是很重要的兩條小魚。即使量不足以滿足空腹，光是吃到自己釣起來的魚，就能填滿肚子以外的心靈了。如果考量事前準備所下的工夫，吃的時間真的短到不可思議，但因為不是自己孤身一人，所以那些準備時間並沒有讓我覺得空虛。因為我是和夥伴一起工作，親身體現最喜歡的小說。

「廣瀨有跟女生告白過嗎？」

吃完飯之後，清野開始聊起意料之外的話題。

「我沒有耶。我自己沒有告白過，也沒有被別人告白的經驗。」

我不知道這樣是很慘還是正常。我並沒有刻意或者希望這麼做，但是我和戀愛這種東西始終隔著一段距離。

「清野你呢？」

「有被別人告白過，而且不只一次。」

「嗯，畢竟你長得帥嘛。」

長相清秀的清野，在高中應該也很受歡迎吧。

「你沒有和哪個女生交往嗎？」

「沒有。無論是誰來告白，我都沒有感覺。要真心喜歡才能交往吧？」

光是這副慵懶的眼神，就讓他說的話顯得很有分量，我覺得人長得帥真的很吃香。

「你還真是單純。」

「是嗎？我一直不明白喜歡到底是什麼感覺。不過，自從和大家一起生活之後，我終於發現可能是這麼一回事。」

「你是想起高中的朋友了嗎？」

「不，我說的當然是這裡的夥伴啊！」

如果對方是純戀，那他應該不會在本人面前說吧。還剩下兩個人，但是包含清野在內，應該沒有哪個人會對佐藤有這種情感。既然如此——

「我說的是山際小姐。和她說話，我就覺得自己好像在做夢。」

除了和《Swallowtail Waltz》相關的話題之外，純戀對大部分的事情都沒什麼反應，很多時候都不知道她到底有沒有在聽。然而，她罕見地認真凝視著清野。

「我以前的人際關係很淡薄。或許只是我不知道而已，其實我的同學裡面可能也有品格高尚的人。不過，這是第一次。第一次遇到如此令人安心的人。」

山際小姐是明事理的大人。無論對誰都一視同仁，不只純戀和佐藤，就連男性成員她都仔細照應，不讓任何人被孤立。即便她自己不是對話的核心，她也會引導沒有參與對話的人加入。總是照料每個人，既勤快又擅長做菜，她就是這麼優秀的大人。

離開這裡之前，她說自己的病叫作體化症。我不清楚這種病。不過，如果是心因性的疾病，一定是因為她特別纖細敏感，對別人太過溫柔的關係。

「我好像能懂，我懂你為什麼會被山際小姐吸引。」

「我也懂。」

純戀也小聲地表達贊同。

「山際小姐只會在房間裡拿下眼鏡，她沒化妝也很漂亮喔。」

「是嗎？妳可以再多說一點。」

「被眼鏡遮住的地方，有一顆淚痣。她只有在洗完澡回到音樂教室的時候才會拿下眼鏡，可能是頭髮濕濕的關係吧，看起來很有女人味喔。那應該說是冶豔嗎？」

「我也好想看喔，山際小姐真的很棒。我不覺得她會把十幾歲的小鬼當成交往對象，雖然我不期待和她之間有超越友誼的關係，但是一起生活的這段時間真的很開心。好想再看看她的笑容，聽聽她的聲音。」

「清野明年會繼續讀大學嗎？還是要去工作？」

「我除了工作以外沒有別的選項。」

「如果你成為社會人士，那你們的身分地位就一樣了。」

「但是高中肄業的話，就配不上山際小姐了。」

「她現在也是賦閒在家啊。」

「那是因為生病停職，她可是名校畢業生呢。」

「這樣啊。」

「對啊。我們兩個人一起工作的時候，我曾經跟她商量人生規劃，當時順勢知道她不少事情。其實她有留聯絡方式給我。」

山際小姐有發現清野的情感嗎？

「我做好心理準備，不再回到社會體制之中，才來到這裡。不過，稻垣先生和山際小姐離開後，我慢慢看清現實了。我知道這種日子，根本無法永遠持續下去，總有一天要結束的。」

無論我們想還是不想，早晚都會結束。這個道理，即便蠢笨如我也知道。

「這裡的生活結束之後，我不知道自己該做什麼、該去哪裡。但是，等我能夠自立自強之後，我想要再見山際小姐一面。」

「我覺得就算你沒有完全獨立，她也會見你的。」
因為山際小姐絕對不會放著求助的人不管。
「我有一件非常在意的事。雖然到最後我都沒辦法開口問，但我一直在想，塚田先生和山際小姐是不是情侶。」
清野的側臉充滿憂鬱。
「他們同齡，而且特別親近。」
我很了解這種心情。實際上，我也問過本人。
「雖然戀愛方面沒辦法給你什麼建議，但是這個問題我可以明確回答。清野你應該去問塚田先生。」
「你知道什麼內情嗎？」
我含糊地點了點頭。
「這樣啊，所以真的是我想的那樣嗎？」
「你直接問他比較好。如果知道清野的心情，塚田先生一定會坦白告訴你的。」
你得到的答案，一定超乎想像。
清野拿起一塊平坦的石頭，斜斜地朝河裡丟去。
在水面上彈跳的石頭，三度激起波紋。
「純戀妹妹呢？」
回過頭的清野，用爽朗的表情這樣問。

「純戀妹妹有喜歡過男生嗎？」

「沒有。」

「那美作老師呢？」

聽到清野的問題，純戀顯得目瞪口呆。

「塚田先生不是說美作老師是男性嗎？我覺得世界上應該沒有比妳更投入作品的粉絲了。每天都這麼認真閱讀，難道不會喜歡上美作老師嗎？」

明明剛才不到一秒就馬上否定，現在純戀一臉傷腦筋的樣子沉默不語。並不是因為這個問題讓她感到不愉快。而是她自己也不知道答案，所以猶豫不決。我感覺是這樣。

「美作老師到底是什麼樣的男人啊。」

像是在喃喃自語的清野，用別有深意的眼神看著我。

「……應該是個難相處的人吧。」

「我倒覺得相反。他寫出那樣動搖人心的小說耶，一定是非常溫柔，甚至有點笨拙的人。」

4

若說我完全沒預料到事情會變成這樣，那就是在說謊。

關於山際小姐的事情，還是直接去問塚田先生比較好。在我這樣說的時候，就已經能推測之後的發展了。

塚田先生要是知道清野的心情，一定會坦承一切。而且，知道真相的清野，在不遠的將來一定會做出決定。雖然已經有所預料，但是我沒想到他這麼快就想好答案。

在聽他坦承對山際小姐的感情三天後。

團體生活第二十七天的早上，清野連道別的話都沒說就走了。

只留下一張信紙，寫著：「我的故事已經結束了。」

清野在黎明之前就離開，沒有人有機會跟他道別。

七個人一起開始，累積至今的生活，在稻垣先生退出後不到兩週就大幅改變。一瞬間成員就減少到剩四個人。

「這裡已經撐不下去了呢。」

佐藤中午起床之後，最後看到清野留下的信，用平常嘲諷的語氣這樣說。

「不過，這本來就是大家都知道的事情。這種企劃，本來就很蠢。」

佐藤環視剩下的三個人之後，一臉沒轍的樣子舉起雙手。

「靠親身體驗來找尋故事的始末，本來就是這個企劃的宗旨吧。」

「妳的理解沒有錯。」

無論佐藤的口氣多麼帶刺，塚田先生的應對方式都沒變。

「我們終究不是故事裡的人物。虛構和現實完全是兩回事。模仿就只是模仿。

就像同人活動一樣。」

「要怎麼想都是佐藤小姐的自由。不過，我是認真想要找到故事的結局。」

「既然如此，塚田先生，你離開之後最好去醫院看病。如果是屁孩們的妄想也就罷了，一個二十六歲的社會人士描繪這種夢想，真的太幼稚了。」

「可是佐藤小姐不也參與了這個幼稚的夢想嗎？妳也想知道結局吧？」

「這個嘛，不好說。」

含糊地回答之後，佐藤面對純戀。

「妳也快走吧。反正也不會有人跟妳說，那我就來當這個壞人。因為有妳這種狂熱分子還留在這裡，塚田先生才沒辦法解散。」

「沒有這回事。」

「我就知道你會這樣說。塚田先生，你那種小孩般的發想和思想，實在很令我傻眼。說實話，我還是第一次看到像你這麼笨的大人。」

「當著我的面說這種話，的確會讓人往心裡去。」

「你就是個徹頭徹尾的濫好人。我原本以為你是做做表面工夫的偽善者，但是偽善者沒辦法持續一個月都這樣照顧這群屁孩。這是你的本性。」

「是嗎？佐藤小姐判斷人的眼光，可能有點不準確喔。」

「喂喂，我可是為你好才說這些。既然你猶豫不決，那我就幫你畫下句點。」

佐藤再度面對少女。

「妳差不多也該消失了吧？像妳這種傢伙待在這裡，只會讓我覺得火大。不只是我，大家都覺得火大。因為要跟妳這種遲鈍的人相處實在太疲累，所以稻垣先生、山際小姐、清野才會接連離開。」

「我覺得不是這樣……」

「就是這樣。」

佐藤一臉開心的樣子打斷塚田先生的話，繼續對純戀說：

「妳就是個累贅。不僅沒幫上忙，還會扯夥伴的後腿。因為妳，塚田先生才沒辦法解散，那些為了保護妳而筋疲力盡的人也陸續離開。我說妳啊，活著到底有什麼樂趣？」

「佐藤小姐，妳說得太過火了。妳要怎麼想是妳的自由，但並不是想到什麼都可以口無遮攔。別人會因為妳說的話而受傷。」

就算聽到規勸，佐藤也只是冷哼一聲。

「你很了解嘛。我就是想傷害她。這傢伙竟然想在小說中得到救贖，對別人造成困擾也毫無自覺，無憂無慮地活著。我說妳啊，趕快醒醒吧。要我告訴妳，稻垣先生和山際小姐離開的時候，大家真實的想法嗎？」

佐藤站在膽怯的純戀面前，冷笑著說：

「大家都覺得，要是妳不在就好了。如此一來，這種必須彼此合作的生活，應該會輕鬆一點。」

5

就像因為透過窗簾縫隙的刺眼陽光，讓人不知不覺間從夢中醒來。
少年時代也像被小偷偷走似的，就這樣空虛地結束。
累積一段時間的團體生活，在毫無預告之下迎來尾聲。
清野的退出是關鍵，我可以毫不遲疑地如此斷定。
從那天之後，團體生活就漸漸走向崩壞。
在梅雨季節裡，每天只能無所事事地打發時間。
少了照料的人，菜園變得一片荒蕪，不知道從什麼時候開始，只有我一個人會出去釣魚。塚田先生依然定期到鎮上採買，但是靠採買持續目前的生活，我不知道到底有什麼意義。
純戀比之前更常把自己關在音樂教室，佐藤只要一開口就是抱怨。
塚田先生無法憑一己之力改變腐朽的氣氛。
像我這樣典型的普通人，也沒能幫上什麼忙。開始團體生活後的一週，曾經舉辦聯誼會，大家還一起飲酒作樂。
那是我第一次和別人、和夥伴一起喝酒。真的很開心。光是世界上有想法相同的夥伴，就讓我感到興奮無比。那是我第一次像那樣和別人談笑。

感覺生活已經步上軌道，我以為接下來會展開全新的人生。我也如此期待。

但是，隔天，也就是第八天的早上，我們發現完結篇的遺稿。

那個謎團懸而未解，稻垣先生、山際小姐、清野接連退出。

我這才知道，之前的生活只不過是幻想。

本來以為，如果在這裡的話應該能夠展開全新的人生。即便像我這樣的人，也不會被拋棄，能夠得到尊重，和這樣的夥伴在一起，我應該能重新開始，抬頭挺胸度過自己的人生。

然而，人生和小說不同。沒有辦法像換一本書一樣，開始新的故事。無論是昨天還是明天，每一天的日子都會持續下去，不被任何力量左右。

即便如此，我也沒有離開，我們都沒有離開。

明明很久以前就發現團體逐漸崩壞，但沒有人再離開，就這樣來到滿一個月的那天。

塚田先生也是今天一早就出門採買了。

為了避免和佐藤面對面，最近我和純戀事先商量好，提早吃午餐的時間。

早上十一點之前，我們兩個就裝好只有加入調理包醬料的義大利麵，坐在廚房的椅子上。吃到一半的時候，

「純戀妹妹不會想離開這裡嗎？」我試著問一直想問的問題。

我聽說她高中退學，一直把自己關在家裡。雖然和父母的關係可能不太好，但

是應該有家可回。

既然她才十六歲，之後還可以在任何地方發光發熱。

「我不想回家。」

「妳討厭妳家嗎？」

「至少不喜歡。」

「妳有什麼不能回家的理由嗎？」

「不，這倒沒有，我只是不想回家而已。」

剛開始在這裡生活的時候，純戀除了山際小姐之外，幾乎不和其他人說話。然而，經過一個月之後，她和我也能正常地對話了。

彼此認識，但還算不上朋友。

如果用語言來表達我們之間的關係，大概就像這樣吧。

「那為什麼不回家？繼續留在這裡，也不會有什麼收穫吧。」

「那廣瀨先生呢？」

「我的話，回去也沒用。我已經一年沒去上學了。雖然教務處有催我交修課表，但是我連有選什麼課都不記得。反正明年春天一定會被退學。越想越覺得我的人生真是沒救了。本來想在這裡有所改變，什麼都好，我想要一個改變的契機。但是，我什麼都沒做到，也沒有改變什麼，只是虛度光陰而已。我就是這種無可救藥的人，我沒有回去的理由，也沒有不回去的理由。」

我從小就沒有所謂的夢想，我從來沒想過要成為英雄或者漫畫週刊裡的主角。即便如此，我還是有個模糊的想法，認為長大之後，一定自然而然就會找到想做的事或應該要做的事。

然而，現實完全不同。

現在就是這種世界，大多數的人會在無法實現夢想的狀態下結束人生。像我這樣怠惰的人，根本不可能像電影一樣，那麼剛好就實現夢想。不過，我沒想過自己長大之後會變成一個連夢想都沒有的大人。

「純戀妹妹繼續留在這裡的理由是什麼？」

「因為我很喜歡《Swallowtail Waltz》，除了這個之外，我什麼都沒有了。」

佐藤好幾次都罵純戀是狂熱分子。實際上，她對作品的愛的確不尋常。那是一本小說，雖然比其他小說更有趣，但也不過是個故事。

「既然如此，待在這裡也只是更難受不是嗎？重現作品中的世界，已經算是結束了。這個團體並沒有像故事那樣持續下去，我想大家一開始應該都是抱著捨棄一切的決心來的。但是，要完全斷絕和別人或社會的連結，真的很困難。大家畢竟還是有家人、有自己的社會地位，所以才會陸續離開。」

我們的冒險，故事的重建，都已經結束了。

「我覺得相反。」

「相反？」

「我不覺得我們的生活符合故事的設定。不過，人數從七個開始漸漸減少，不是和完結篇的開頭一樣嗎？一個一個逐漸減少，最後剩下一個人。那個人會是【陽斗】、【猶大】，還是發現【猶大】真面目的其他人？我不知道答案，但是我總覺得最後一幕就等在那裡。所以還沒結束，現在還在冒險的途中。」

「原來如此，也就是說，妳還在描繪這個故事。」

「對，我以為大家都這麼想。」

我沒有，塚田先生大概也沒有這麼想。

我不知道佐藤的想法，但是只有純戀打算繼續深究這個故事。只有她，始終執著到近乎於愚癡的地步。

「純戀妹妹打算待到剩下最後一個人嗎？」

少女搖了搖頭。

「就算只剩下一個人，我也不回家。」

少女表明堅定不移的決心。

「這樣啊。」

「那廣瀨先生打算怎麼做？」

「我也不知道耶。我沒有理由回去，但是這裡住起來也不算舒適，晚上越來越難睡了。以前有七個人的時候過得比較開心，所以我會想自己到底是為什麼要這麼努力。」

「我了解這種心情。」

「啊，妳也這麼覺得嗎？」

「對，我很希望山際小姐能留下來。」

「塚田先生和佐藤小姐不知道打算怎麼做。」

如果開口問說不定會有答案，但是現在變成這樣，我實在不知道要用哪張臉去問這個問題。

6

終點總是突然降臨。

之前那三個人陸續離開的時候，每次我都很驚訝。話雖如此，最令人動搖的肯定是這一次。

開始團體生活的第三十五天，吃完午餐之後，塚田先生深深一鞠躬。

「各位，很抱歉。我打算今天畫下句點，我會離開這裡。」

說完全沒有心理準備是騙人的。

從前一天晚上，塚田先生說「明天我想要四個人一起吃午餐」的時候，我就已經產生無以名狀的不安。

進入七月之後，天氣就越來越熱了。應該不是只有我覺得體力難以負荷，只是從精神層面來看，消耗最多的人怎麼看都是塚田先生。團體生活不順遂，讓他覺得自己應該要為此負責，人也變得越來越焦躁。

即便如此，我仍然相信身為主辦人的塚田先生，一定會留到最後。

「你說『我打算今天畫下句點』，意思是要解散了嗎？」

佐藤用帶刺的口吻這樣問。

「沒有任何人有權利結束一切。」

「你可是主辦人耶。」

「我雖然是發起人，但並非擁有所有權利，我的角色是在發生問題的時候負責。」

「我是不覺得你有負什麼責啦。」

「因為沒有發生什麼大問題。」

「是我們的理解不同嗎？都有這麼多人退出了。這不是問題，什麼才是問題？」

「幸好我們和行政機關並沒有發生衝突。雖然有未成年的參加者，但監護人、學校那邊也沒發生什麼問題。我們七個人目前並沒有造成別人的困擾。」

「有人覺得被我傷害，也覺得我製造麻煩，所以才離開這裡不是嗎？」

「這就真的是理解上的不同了。」

雖然感覺不到任何氣勢，但塚田先生仍然像往常一樣露出溫和的微笑。

「在團體生活中受傷、失望，都是一種體驗。」

「你的意思是說，這個團體的崩壞並不是某個人的錯？」
「我並不認為這是崩壞，就算狀況看起來像是崩壞，那也是我們描繪出來的故事結局，不需要悲觀看待。」
「還真是會說話。既然你要走，那就應該提議解散。」
「佐藤小姐希望我提議解散嗎？」
「你離開，這個團體就瓦解了，不是嗎？」
「如果妳覺得已經結束了，那就按照自己的判斷離開即可。」
聽到塚田先生說的話，佐藤冷笑一聲。
「留下兩個小孩不管嗎？」
「還真是令人意外，妳看起來不像是這麼有責任感的人。」
「都一起生活一個月了，要是發生什麼意外，一定會過意不去吧。」
「我再聲明一次，我不會宣布解散。如果所有人都離開，我會回來做後續的整理。如果剩下的成員發生什麼意外，我也會負起責任回來處理。今後我的工作只有這兩項。接下來就完全交給決定留下的人。我不會設定期限，也不打算影響你們的意志。要不要離開，都交由你們個人判斷。我不會強制任何人，也不希望你們阻攔我的決定。」
「明明完全沒有答案，你卻要放棄。」
「答案已經出來了。再這樣生活下去，也不會得到我想追求的東西，這就是我的結論。我希望你們三個人也能像我一樣，不留遺憾地離開這裡。」

7

我想關鍵應該是清野留下字條就離開這件事。

稻垣先生和山際小姐離開的時候，雖然令人震驚，但他們兩個人都有明確的理由。稻垣先生有了希望，他只要在那個時間點回家，就能趕上研究所的考試。山際小姐的話，單純就是體力和精力都到達極限。

然而，清野不一樣。清野是對這裡的生活失去信心而離開。

自從他離開之後，我們就過著幾乎算不上自給自足的生活。只是在山中的廢校度過無所事事的時間而已，真的就只是如此而已。

作品中有一幕是隆冬之際食材窘迫，大家只好吃苔蘚。他們曾經被逼到這種地步，但我們因為定期外出採買，得以免於飢餓。問題的核心怎麼想都不在這裡。

清野離開，剩下四名成員之後，對話本身就大幅減少。

即便再怎麼努力，也沒辦法維持密切的溝通。在一個沒有空調和娛樂的地方，過著這種生活到底有什麼意義呢？

做這種事毫無意義，這樣的想法在腦中揮之不去。茫然無目的的日子，比忙過頭還要難受。

塚田先生離開後剩下三個人，團體人數變得越來越少了。
按照現況，我們能選擇的選項只有兩個。是要認真思考自給自足的生活，還是像之前那樣，透過採買取得食物，毫無意義地確保食物來源。
我唯一可以確定的是，採買單趟就要花兩個小時，但佐藤和純戀都不會積極外出。如果要外出採買的話，佐藤應該就會直接回家，而純戀本來就不想要依靠外界。她們兩個人至今都從未出門採買。
塚田先生留下的食物，只夠支撐幾天。
人沒辦法不吃東西。
無論要結束還是繼續，都必須思考。
無論是我，還是我們三個人都必須有個答案。
只是接下來的事件，比眼前必須決定的答案更早降臨。
塚田先生離開的隔天，我揉著惺忪的睡眼前往廚房，更早起的純戀用興奮的眼神看著我。
「廣瀨先生，你看這個！」
少女遞過來的是一疊像原稿的紙張。
「完結篇的後續掉在這裡！」

8

大約一個月前發現的是用長尾夾固定的十三張原稿。如果印製成書的話，就是不到三十頁的序章。然而，今天早上發現的原稿有二十二張。

「已經寫到第一話的尾聲。」

「妳已經看完了嗎？」

她快速地點了四次頭。

「妳確定這是美作老師寫的原稿嗎？」

「一定沒錯，這只有美作里奧才寫得出來。」

我雖然還沒讀過原稿，但是沒有人比純戀更精通這部作品。既然她如此斷言，那這就真的是完結篇的原稿吧。

問題是，究竟是誰做了這件事，這個人又是如何拿到原稿，為什麼偏偏挑在今天把原稿放在這裡呢？

「是塚田先生回家前放在這裡的嗎？」

「原稿掉在哪裡？」

「廚房的門前。」

「我昨天晚上有用廚房，如果是塚田先生回去前留下的話，昨晚應該就會發現了。」

「那就是塚田先生趁大家都睡著之後，中途折返回來囉？」

「為什麼要這樣做？個性慎重的塚田先生，應該不會在日落之後到處走動。而且，他如果不想被發現是自己幹的，應該會隔幾天之後再來做這件事。」

「可是，那到底……」

沒錯，如果把塚田先生排除在外的話，就剩下三個人了。

發現原稿的純戀、我，或者是今天也很晚起床的佐藤。

「會不會是先離開的三個人之中，有誰拿到原稿想讓我們也看一看呢？」

「就算是這樣好了，隱瞞自己的身分把原稿留在這裡究竟有什麼意義啊。」

「剛開始那一份原稿和今天發現的原稿，都是同一個人放在這裡的吧？」

「原稿使用相同的長尾夾固定，應該是同一個人沒錯。」

「為什麼不表明身分，只把原稿放在這裡呢？我光是讀到後續就覺得很幸福了，所以不管那個人在想什麼我都無所謂。」

再怎麼說，對純戀而言作品就是一切。

我們之所以參加這個企劃，就是想透過模仿故事內容，稍微接近故事的結局。雖然企劃本身已經形同腰斬，但想到我們得到的東西，可以說是獲得意料之外的成果。

「可以讓我也讀一讀嗎？」

「當然可以，你一定要讀。因為寫得實在太好了，真的寫得很好。」

平常幾乎不太開口說話的純戀，一談到《Swallowtail Waltz》就會變得話很多，而且語速跟著變快。

從少女泛紅的臉頰就知道，她仍處於興奮狀態。既然純戀已經斷定，那就不需要懷疑這份原稿的真假了。

上次的原稿是接續結尾令人大受衝擊的第五集。從開頭就超乎意料，故事的後續令人大為震驚，而且這次也一樣。

美作里奧的想像力非常人所能及。七個人的故事朝意料之外的方向移動，毫不留情地動搖讀者的情緒。

其他作者寫的書，絕對無法體會這種感覺。

美作里奧的小說情節，擁有獨一無二的想像力。

二十二張影印紙，以頁數來算的話就是四十四頁。明明分量並不多，但是我花了三十分鐘才完全讀完。

每一行裡的每一個詞彙，都如此令人憐愛。

明明小說家不是只有美作里奧一個，世界上也不是只有小說這一種娛樂；但是，唯獨《Swallowtail Waltz》是特別的。

「佐藤小姐起床之後，要把原稿拿給她看嗎？」

讀完之後，我說的第一句話不是感想，而是問問題。

「咦？不給她看嗎？」

「我只是想問問妳的意見。如果我們什麼都不說，她就不會發現這份原稿，要是妳也有這個想法，也可以選擇這麼做。」

「我不懂隱瞞原稿有什麼意義。」

「嗯，妳這樣說也沒錯啦。」

「沒辦法讀到這麼棒的小說，就跟死了沒兩樣。」

「純戀妹妹真是善良。」

她一臉疑惑地歪著頭。

「妳明明就被欺負成那樣了。」

「沒關係，反正我的人生怎麼樣都無所謂。無論她說什麼，我都不會在意。當下雖然覺得不舒服，但也就那樣而已。」

「要是讀了這份原稿，佐藤小姐應該又會說出一些難聽的話。」

「難聽的話？」

「那傢伙認為美作老師還活著。現在只剩下三個人，男生又只剩下我一個，她一定會……」

她一定會說「你就是美作里奧吧」，然後繼續質問我。

「所以你才想要瞞著她嗎？」

「光是想像她接下來會對我說什麼，就覺得很鬱悶。不過，我會按照妳的意思去做。我覺得這樣才是對的。」

「為什麼？」

「因為沒有人比妳更熱愛這部作品。」

不過，說實話，我覺得都沒差。

看到這麼精采的原稿，我便做好決定了。

這幾天一直困擾我的問題，在塚田先生說要離開之後，讓我夜不成眠、持續思考的問題，終於有了答案。

「廣瀨，你就是美作里奧吧。」

下午一點。

佐藤像往常一樣，睡到日上三竿才起床，看過原稿之後，說出意料中的話。

「我已經否認很多次了，我不是美作里奧，只是普通的粉絲而已。」

「那這份原稿到底是誰準備的？」

「我不知道，我只能說這不是我寫的。」

我明明很認真，但她仍像往常一樣冷笑。

「都這個時候了，你覺得自己還能嘴硬下去嗎？美作里奧是男性，這裡唯一一個男的，現在只剩下你了。」

「妳難道不覺得是離開的成員之一嗎？塚田先生沒有把地點告訴參加者以外的人。留下原稿的人，或許真的在我們七人之中，但是把先離開的四個人剔除在外，未免也太操之過急了。這裡是廢村，任何人都可以悄悄回來，這並不難。」

「把其他人當成嫌犯只是浪費時間。把原稿放在這裡的人，明顯就是要享受我們看完原稿的反應。」

「妳為什麼可以這樣斷言？」

「因為那傢伙沒有具名。這種偷偷觀察粉絲反應的惡質人類，不可能放著原稿就走。把原稿放在走廊的人，一定在我們三人之中，既然美作里奧是男的，那就一定是你。」

「老師是男性這一點，是塚田先生聽到的二手資訊，編輯為了隱瞞作家的性別，很有可能刻意說謊吧。」

「那你的意思是，我或這傢伙才是美作里奧嗎？」

「我根本不認為老師還活著，雖然我不知道這個人如何取得原稿，但是七人之中有人偷偷把原稿放在這裡，並非什麼不可思議的事情。」

「未免也太愚蠢了。我說廣瀨啊，你為什麼要滿口謊言啊？在社群媒體上面裝死，又在粉絲的團體中隱瞞真實身分，一點一點釋出原稿享受大家的反應，不覺得這種樂趣很惡劣嗎？」

「如果這是事實，那的確很惡劣。」

純戀用嚴肅的表情，看著我和佐藤對話。
「佐藤小姐，我有一件事情搞不懂，一直覺得很疑惑。」
「什麼啊！有話想問的話就不要裝模作樣，直接問不就好了。」
「佐藤小姐，妳現在斷言我就是美作里奧對吧。」
「嗯，我已經確定了。」
「假設，我是說假設。如果我真的是美作里奧。」
「你終於承認了？」
佐藤臉上浮現勝利的笑容，但我無視她的表情繼續往下說。
「那妳為什麼還用這種口氣跟我說話？妳明明是美作里奧的粉絲，為什麼要這樣責備我？」
我一直都搞不懂。
她為什麼要對我說這麼狠毒的話呢？
「妳也是粉絲之一對吧，坦率地為讀到原稿感到開心不就好了？」
「因為作家大人恩賜一般人類沒辦法讀到的完結篇原稿嗎？」
佐藤帶著諷刺的語調這樣說。
「沒錯，我就是不懂這一點。為什麼妳要充滿敵意。妳不是很想讀到後續嗎？因為想知道故事的結尾，才參加這個企劃不是嗎？既然如此，為什麼要一直口出惡言？我不懂。妳看起來非常討厭美作里奧啊。」

提到我最疑惑的一點時，佐藤左邊的嘴角揚起奇異的角度，接著——

「你終於發現了？」

她用冰冷的眼神這樣說。這個眼神的真意，在我們意會過來之前她就先公布了。

「既然你承認你就是美作里奧，那我也不需要隱瞞了。我就告訴你吧。我不是粉絲。不對，我用更簡單的方式說。我是黑粉。我超討厭《Swallowtail Waltz》，因為想擊潰粉絲聚集的社群，才加入那個粉專。」

佐藤是綠淵國中的老成員，塚田先生這樣說過。

她沒有經常出現在對話之中，也沒有經常發文，但她很久以前就是成員之一，從粉專開設以來就有加入的紀錄。我是這樣聽說的。但是，沒想到她是黑粉。

「畢竟我要是發出一些明顯的批判，帳號就會被剔除。所以我在粉專裡很安分，但是我一直想在裡面搞破壞，完全擊潰因為垃圾作品而聚集在一起的你們。」

純戀的臉上，出現我從未見過的憤怒。

緊握的右拳隱隱顫抖。

「塚田先生來找我的時候，我就笑了。熱中那種作品的傢伙，真的蠢到極點。想要模仿作品找到故事的結尾？怎麼可能做到這種事，草率魯莽也要有個限度。所以就某種層面來說，這就是一場慈善活動，由我來幫你們這些蠢蛋啟蒙。」

「所以妳是為了擊潰我們這個團體，才來參加的嗎？」

「廣瀨，不對，美作里奧，你真的是個性非常惡劣的男人。欺騙粉絲很開心嗎？

看到狂熱分子為新作瘋狂的樣子很開心嗎？」

佐藤笑著露出「終於把你逼到絕境了」的表情。

「美作里奧，我一直有話想要直接跟你說。」

「妳說吧，無論妳說什麼我都會聽。」

「你的小說一點也不有趣。一點價值也沒有。真的就像垃圾一樣……」

「不要再說了！」

純戀滿臉通紅地拍了桌子。

「不要再說了……」

我用手阻擋純戀，讓佐藤繼續說下去。

「如果妳有話想說，就說完吧，讓我聽聽妳想說的話。」

「我還有一件事，無論如何都要告訴美作里奧。」

「什麼事？」

「像你這樣的作家，要是真的死掉就好了。」

我感受到滿滿的惡意，雙腿不自覺地顫抖。

背後整個寒毛直立。

「佐藤小姐，我人生中有很多後悔的事，好幾次都有想死的念頭。但是，我還是覺得……」

「什麼啊！」

「我覺得人不能輕生。」

「殺死美作里奧的不就是你嗎？」

或許吧。殺死美作里奧的人，就是美作里奧自己。即便如此，即便如此我還是覺得……

活著真是太好，他還活著真是太好了。

畢竟人死之後，真的什麼都結束了。

無論曾經有什麼悔恨，都不會改變，就這樣結束了。

我的視線從佐藤身上移開，然後轉向純戀，少女用夾雜憤怒與悲傷的眼神望著我。

「對不起，純戀妹妹，真的很抱歉。」

面對這種場合，為什麼我沒辦法找到滿意的詞彙呢？其實我還有很多話想說。也有必須傳達的話。但是，我已經什麼都說不出口了。

我覺得無論我說或者不說，怎麼做都不對。

因此，我決定結束這個故事。

我離開另外兩個人回到自己的房間，背上已經整理好的行李。

然後，連再見都沒有說。

沒有對任何人，也沒有對說謊的自己告別。
我成為第五個退出的人，就這樣離開廢校。

◆第五話◆

你做過的夢

Chapter.05

團體生活時，四位男性分別使用一樓的教室當作個人的房間；山際惠美和中里純戀使用二樓的音樂教室；而佐藤友子則是使用二樓的美術教室。

除了廚房、教職員室、工友休息室等公共空間之外，只有使用六間教室。這一個月以來，大家應該都這樣想。

然而，廢校裡還有一個不為人知而且有人使用的房間。體育館舞台旁的樓梯往上走，有一個利用夾層空間打造的更衣室。

在充滿鐵鏽味的昏暗小房間裡，**美作里奧拿下眼鏡**，空虛地獨自抬頭望向天花板。

為什麼會變成這樣呢？

我到底想做什麼呢？

內心浮現不可能會有答案的疑問，同時又不斷發出茫然的嘆息。

美作里奧選擇更衣室當秘密基地的原因如下。

舞台上方有吊掛的帷幕，剛好可以遮住階梯，這個房間本來就很難被發現。而且，體育館內的走道通往南棟二樓的走廊，可以自由往來一樓和二樓。除此之外，這裡還是少數能夠由內上鎖的房間，室內還有帶門衣櫃。最後一點是換氣用的小窗，正好在南側。

就算有最新的太陽能行動電源，沒有陽光也是枉然。在沒有電力的廢校裡，想啟動電子設備就只能依靠行動電源，而充電需要朝南的窗戶。

當然，在自己的房間也能啟動電子設備。不過，在校內發現未發表的原稿之後，只要被看到接觸筆電或印表機就無法辯解了。一定會被判定「原來你就是美作里奧」。對他們來說，作家是值得尊敬的對象，或許不至於到「判定」的程度，但是對我來說並沒有相差多少。畢竟不可能把電子設備放在自己的房間，而且使用電子設備的時候，也最好待在大家都不會靠近的體育館更衣室。

開始共同生活之後，已經過了一個月。

稻垣琢磨、山際惠美、清野恭平、塚田圭志、廣瀨優也，五個參加者都離開了，但現在還剩下兩個人。

我的人生毫無目的，也毫無意義。

現在的我，沒有該去的地方，也沒有想去的地方。

剛開始我很在意這個企劃最後到底會怎麼樣，但是在這個夏季沒有空調的惡劣環境下，只剩下兩名女性，這是在企劃剛開始時始料未及的結果。

我的個性從小就和天真爛漫這個詞無緣。

我就是一個徹頭徹尾的懦夫，而且充滿猜疑心。在托兒所的時候，每天都待到關門之前，但是不要說同學了，就連托兒所的老師都沒能讓我放鬆戒心。

話雖如此，當時一定沒有像現在這樣扭曲。

我無法信任任何人，也不想信任、不打算信任別人。美作里奧之所以會變成這樣的人，和幼年時期經歷的兩件事有關。

母親因為罹患頑疾，以醫療研究受試者的身分在東京都內的大學醫院長期住院，平常幾乎見不到她。不知道是不是已經沒感情了，父親好幾個月才會去醫院探望一次，我和母親能見面的天數也就只有這樣。

最鮮明的記憶是六歲那年，剛上小學的四月。入學典禮結束後，我和父親一起前往大學醫院，母親送我泰迪熊的布娃娃當作慶祝入學的禮物。據說是找手工縫製的師傅，客製化訂製購買的。選用德國製的馬海毛材質，深色黃寶石眼睛再搭配紅色緞帶，是個可愛的泰迪熊女孩。

難得見上一面的母親送我禮物，讓我覺得好開心。泰迪熊很可愛，我高興得眼淚都要流出來，我把自己雀躍的心情告訴母親。

「我也會努力把病治好，暑假的時候一起去泰迪熊博物館玩吧。」

那是美作里奧人生中最重要的約定。

我很期待能和母親一起旅行，但是更讓我開心的是母親的病有機會好轉。因為如果沒有機會好轉，母親就不會約在夏天了。再過不久，這種空虛的生活就要結束了。

我想和治好病的母親一起生活。想到這個渺小但又不曾期待會實現的願望，即將有可能成真，小小的心靈激動不已。

只要忍耐到暑假，就能和最愛的媽媽一起去旅行了。

我們要一起去採購，幫這隻泰迪熊寶寶找個妹妹。無論在家或是學校都飽受孤獨的美作里奧，當時才六歲，和母親的約定就是唯一的希望。因為有這個約定，無論多麼痛苦都可以咬牙忍耐下去……

但是，希望在某天突然枯萎了。不要說到暑假了，母親甚至沒有等到美作里奧的七歲生日就撒手人寰。

「媽媽，妳不是跟我約好了嗎？」

眼淚掉落在棺木中已經冰冷的母親身上。

「妳明明約好暑假要一起出去玩，為什麼不守信用呢？」

我明白，其實我都明白。

媽媽一定也努力過了，為了活下去而拚命努力過了。

媽媽並不是為了傷害我才不守信用。媽媽其實也想實現約定。

即便是孩子，也明白這個道理。但是，明白也沒用。

過度膨脹的希望，在破裂的時候會變成痛楚。

因為深信不疑和期待，才會變成這樣。既然如此，那就不要相信任何人。如此一來，就不會再出現這種事了。

再也不相信任何人，不對任何人懷抱期待。

母親的死，對美作里奧年幼的心造成一生無法抹滅的傷痕。

國小一年級那年，光是回想起來就覺得心寒，除了母親的死之外，還發生了一件令人燃起熊熊怒火的事件。

母親死後不到兩個月，父親就再婚了。

女性在與配偶死別後，如果沒有醫師開立「無妊娠現象」的證明，百日內是不能再婚的。另一方面，男性則沒有再婚的限制。雖然父親擁有隨時都能再婚的權利，但萬事都有倫理上的準則。

在母親亡故之前，父親應該就已經和那位女性交往了吧。這一點就算不問也能知道，而且美作里奧也理解那就是婚外情。

然而，七歲的孩子什麼都不能做，也沒有表達憤怒的方法。

就這樣突然開始和陌生人生活在同一個屋簷下，對年幼的美作里奧而言，光是這樣就已經噁心到極點了。

繼母雖然不是什麼好人，但也不是壞人。不過，繼母的秉性只是一些枝微末節的小事。在曾經和母親一起生活的家裡，和別的女人住在一起，對自己來說就是一種背叛的行為。因此，美作里奧選擇和父親一刀兩斷。從那天之後，父親只是有血緣的陌生人。

就算重生一百萬次，都不可能稱呼那個女人為「母親」。

父親再婚那天，美作里奧真的失去家人了。

在冰冷的那個家中，唯一能依靠的只有那隻泰迪熊。

原本對泰迪熊描述的故事，不知不覺寫成了小說。剛開始寫在空白的筆記本上，上了國中之後，繼母為了討我歡心來問我「有沒有想要的東西」，結果買了筆記型電腦給我，所以改用電腦書寫。

我覺得很開心。描繪出夢想中的世界那一瞬間，我覺得非常幸福。

美作里奧沒有家人。在學校的時候，通常一句話都沒說就結束一天，充滿孤獨的寂寞日常，建構出灰色的世界。然而，腦海裡總是有夥伴存在。追求相同夢想，一起並肩戰鬥的好友，都在故事裡面。

透過寫小說，和登場人物一起行動，讓剛進入青少年時期的美作里奧得到救贖。

2

廣瀨優也離開的隔天。

在美術教室的佐藤友子醒來時，太陽依然高掛。床邊的手錶顯示已經快要過午了。

團體生活的參加者全部都有帶太陽能電池的提燈，基本上這裡沒有提供電力。比起依賴靠不住的燈光，最好在有陽光的時候活動。這個時期，清晨四點左右天空就開始泛白。幾乎所有成員都是一大早就開始活動。然而，佐藤至今都沒辦法配合周遭的節奏。

我從小就討厭早上的陽光。

回家之後總是馬上小睡片刻，等家人都睡了才在半夜出沒。高中時期就確立這種生活模式，直到畢業之後，就完全過著日夜顛倒的生活。

到了現在就更難改變已經根深柢固的生活節奏了。剛開始團體生活的時候，曾經勉強配合周遭成員的作息——至少自己覺得有努力過，但很快就放棄了。

那傢伙，那顆太陽為什麼每天都如此讓人鬱悶呢？

上午太陽在頭上放光明的時候，腦袋就無法運轉。我喜歡夜晚和下雨天。無人走動的深夜、路上沒有行人的暴雨天特別舒服。

我從小就不擅與人相處，沒辦法和別人親近。沒有人排擠我，但我就是對這個社會充滿憤怒，隨時隨地都感到憤怒。

昨天，出現第五個退出的人。主辦人塚田離開之後，廣瀨也接著消失，這次團體生活可以說是完美地迎向終點了。

雖然昨晚就發現廣瀨離開，留在這裡的少女中里純戀什麼都沒說，佐藤也沒有向少女搭話。

因為討厭少女那永遠膽怯的眼神。打從一開始見面的那天，她一臉受害者的樣子就讓人覺得不爽。然而，這一切也在昨天結束了。

就算那個少女再怎麼遲鈍，到了這個時候，也應該早就離開了。留在這個廢校的，只剩下自己了。

畢竟季節也有影響。原本就沒什麼忍耐力的我，沒想到竟然能在這個沒有空調的地方生活超過一個月。

別人用過的泡澡水，我怎麼可能繼續用。因為第一天就把話說死，總覺得身上貼著某種令人討厭的標籤。每天都只能用校舍後面的溪流淋浴，要是這裡連那條小溪都沒有，我一定三天就會逃離這裡。

雖然我想親眼見證這個團體的崩壞，但說實話，我當初沒有想到這些人能做到這個程度。

雖然被大家討厭，也一直承受輕蔑的眼神，但是在嚴苛的環境下求饒逃走的人只是懦夫。說什麼故事改變了人生，大言不慚地說一些誇張的經歷，但他們全部都是一些自我中心的粉絲而已。無論再怎麼滔滔不絕訴說對作品熱切的愛，最後還是比較重視自己。因為他們的人生都非常膚淺，膚淺到會被小說這種東西改變，所以才會毫無忍耐力，連自己說過的話都無法遵守。

終於所有人都離開了，我心裡真的覺得很痛快。

今天是第三十七天吧？雖然已經日上三竿，但這是在這裡生活以來最讓人心情舒暢的早晨。

如果有什麼意外，我會自己負起所有責任。我明明就已經強調過很多次，但意志消沉的塚田離開時，還是沒有告訴留下的人該怎麼收尾。

這裡是被遺忘的村落，既然是主辦人，應該有責任宣告結束才對。雖然他說等所有人回家之後，會再回來收拾，但那樣做也很奇怪。

不過，這些事情已經與我無關。人去不留痕跡這種事跟我一點關係也沒有。先洗把臉填飽肚子，收拾一下行李就走人吧。

我一開始就不抱任何期待。

體驗這種生活只是在浪費時間。

「妳為什麼……」

在廚房發現純戀的時候，我不禁發出呻吟般的低語。本來以為早就回家的少女，居然還留在這裡。

純戀發現佐藤之後，臉上馬上出現露骨的厭惡。托盤裡裝著吃到一半的食物，純戀捧著托盤朝另一側的門走去。

「喂，等一下。」

少女的肩膀微微一震，然後停下腳步。

「什麼事？」

「妳這是在幹什麼？」

「吃午餐。」

「妳也睡到剛剛嗎？」

「我早上就起來了，也去搬了水。為了我一個人洗澡而燒洗澡水很可惜，雖然妳沒幫忙，但如果想泡澡的話……」

「等等、等等。妳在說什麼？」

明明不斷提出疑問，但少女只是一臉不快地歪著頭。

「妳今天也要繼續住在這裡嗎？」

少女毫不猶豫地點頭。

「為什麼啊？廣瀨那傢伙不是已經承認自己的真實身分，然後就逃走了嗎？」

「廣瀨先生是美作老師的話，會有什麼改變嗎？」

「什麼？」

「無論老師是誰都無所謂，我只想讀到故事的後續。」

「妳是白癡嗎？妳可能還想再看到後續，但廣瀨都已經離開，那就不會再發生相同的事了。妳只是在浪費時間而已。」

「這和妳無關吧。」

「嗯，是與我無關沒錯。妳的人生和我一點關係也沒有。」

「既然如此就不要管我，我會繼續在這裡生活。」

「妳究竟是為了什麼啊？」

「當然是為了知道《Swallowtail Waltz》的後續啊。」

「所以現在不是已經知道沒辦法再讀到後續了嗎？」

「我當初並不是為了讀到後續才參加的，讀到原稿是偶然，我原本沒有期待會發生這種事，我只是想模仿小說而已。」

「臭小鬼。」

「妳是黑粉對吧。既然如此，現在已經可以走了吧？為什麼還要來找我麻煩？」

「因為看到像妳這種白癡我就覺得很煩。」

「那妳不要來招惹我不就好了？我也不想跟黑粉講話，不要再管我了。」

即便聽到少女的請求，佐藤仍然沒有離開。

「我走了之後，妳打算怎麼做？」

「什麼都不做，就這樣繼續在這裡生活。」

「生活到什麼時候？」

「到死為止。」

我在想，這名少女到底在說什麼。

完全搞不懂她的意思，這樣做到底有什麼好處。

「真的很愚蠢，妳真的是無可救藥的白癡。不要說這種孩子氣的話，趕快回家吧。妳要是死在這裡，參加這個企劃的所有人都會被警察懷疑，尤其是和妳一起留到最後的我，更會被懷疑。」

「我不會用像《Swallowtail Waltz》書中被批評的方式死去。」

「像妳這種人說的話根本就不可信，不要再囉囉嗦嗦說一些孩子氣的話，趕快給我滾回家。」

「我不回去。」

「小心我揍妳。」

「隨便妳。我要是回家，《Swallowtail Waltz》就真的結束了，我不想結束。就算我會一個人死在這裡，也絕對不會讓這個故事結束。」

少女的愚蠢，讓我覺得頭暈目眩。這名少女到底蠢到什麼地步？竟然打算一個人無止境延續毫無意義的事情。

「妳真的很噁心。」

純戀瞪了口出惡言的佐藤一眼，捧著托盤離開廚房。

本來以為廣瀨的離開，終於可以讓這個團體徹底崩塌。看樣子兩個人的共同生活，還要再持續一段時間。

3

體育館舞台旁的夾層，昏暗的更衣室內，美作里奧獨自回想起學生時期的事情。

對十幾歲的我來說，寫小說是逃避現實的行為，也是無聊日常的救贖。

放學後或週末都廢寢忘食地面對電腦，當時的一切都歷歷在目。

升上國中之後，視力急速惡化，沒有戴眼鏡連黑板上的文字都看不清楚，即便寫小說帶來這種壞處，我也絲毫不在意。因為眼前的世界，令人覺得索然無味。
在筆電裡已經誕生好幾個故事，但這些故事從來沒有外傳。
我從來都沒有把完成的小說給任何人看過，如果是在網路上就可以匿名發表。然而，我從來都沒有這種想法。
被某個連長相姓名都不知道的陌生人批評，實在令人難以忍受。再加上原本就很難信任別人，所以編織好的故事也從來沒有公諸於眾。
上高中之後考慮投稿新人獎，是因為寫了《Swallowtail Waltz》。
雖然長短篇小說加起來寫過十個故事，但這次寫得比其他作品都出色。
而且，當時我經常讀一位小說家的作品，得知從明年開始那位小說家就會擔任大樹社主辦的新人獎最終評審。雖然無法接受被來歷不明的人批評，但如果是那位小說家應該值得信任。
手上已經有完成的原稿，要挑戰的新人獎也已經確定了。
然而，我並沒有馬上投稿。雖然已經準備好信封也貼了郵票，但心中的膽怯在這時又浮現了。
如果被否定，如果落選，應該不只是受傷那麼簡單而已。
寫小說、編織故事是非常快樂和幸福的事情，但如果被否定，那完整的世界可能就會受傷。
新人獎大多是競爭率高達數百倍的窄門。大樹社的新人獎，競爭率超過千倍的屆數也不少，落選反而比較正常。編輯和評審不一定能理解這個故事，無論再怎麼想，大眾的感受力一定和自己不同。

沒錯，不被理解的可能性絕對比較高。

一想到被否定的未來，就無法安心投稿。

對美作里奧來說，即便成為高中生，故事中的世界也只會在腦海中完結。光是心中有故事，就能讓人擁有色彩斑斕的氣息。

家裡有足夠寬廣的房間，父親和繼母也不會上來二樓。雖然不認為這兩個人是自己的家人，但也從未做出什麼讓他們頭痛的麻煩事。只要心中沒有期待，就不會憤怒。

「如果考上可以從家裡通勤的大學，我可以幫忙出學費。」上高中之後，父親馬上就這樣說。如果不挑的話，有好幾所大學能去。就算什麼也不做，這個完整的世界也會持續下去。不必刻意去投稿新人獎，然後因此受傷。雖然有這種想法，但是……

某天，我發現這只是有期限的安穩而已。

因為還是學生，所以能躲在房間裡繼續寫自己喜歡的小說。就現狀來說，那兩個人認為自己是應該接受扶養的孩子。

這種狀況在高中畢業或者大學畢業之後就會結束。就算沒有被趕出家門，還是必須獨自面對社會。

成人之後仍然寄生在那種父母身邊，這一點也讓人無法接受。然而，光是在教室和別人併桌就感到痛苦的我，根本無法在社會上好好生活。不想找工作。也不覺得自己能找到工作。

如果不想靠父母，也不想和社會有瓜葛的話，就只有一種方法了。

說不定，本來就已經注定早晚都會變成這樣。

想要維持現在的生活，又守護這個完整又安全的世界，就只剩下成為小說家這條路了。

4

佐藤友子參加這個企劃，是因為憎恨《Swallowtail Waltz》。

透過粉絲專頁聽到塚田提起這個企劃的時候，不禁冷笑出聲。故事和現實不同。無論情境多麼類似，都不可能模仿到位。除了作者之外，根本就不可能有人知道結局。所以團體生活的內容，真的一點也不重要。

對佐藤來說，團體生活幾乎就是在打發時間。踐踏打算模仿小說的愚蠢人們累積的努力，這才是她的目的。

佐藤對無憂無慮過著近似露營生活的六個人始終保持憤怒，也毫不在意這個團體會變成什麼樣子。不出所料，這些毫無忍耐力的人陸續離開，團體逐漸崩壞，一點也不令人驚訝。

領導人塚田離開，接著連廣瀨都消失的時候，佐藤以為這樣就完全結束了。然而，中里純戀並不打算離開廢校。不僅如此，還說出到死都要繼續這個企劃的瘋話。

直到五個人退出為止，總共花了三十六天。這已經算是很能撐了。原以為好不容易可以從這個愚蠢的企劃解脫，結果留到最後的少女竟然執意繼續這種生活。

不要管她就好了。無論是誰死在這裡，只要知道原因來自《Swallowtail Waltz》，作品一定會被批評，但那已經是別人的事了。

不要理會那個少女，直接走人就好了。

雖然腦袋裡明白這個道理，但雙腳就是沒有邁向外面的世界。

即便只剩下兩個人，佐藤和純戀也沒有對話。

兩人各自料理剩下的食物，生活變成只是單純填飽肚子。

純戀明顯在躲避佐藤，佐藤也沒力氣刻意追著閃躲自己的少女。

純戀似乎偶爾會去釣魚。

佐藤從窗戶看過純戀去幫幾乎已經枯萎的菜園澆水。

佐藤以為她打算種菜而前去查看，發現那裡只是一片根本不可能長出東西的荒地。外行人在沒有肥料的情況下種菜，根本就是在亂來。

靠剩下的儲備糧食，只能再撐幾天。

純戀是高中退學又閉門不出的人。如果想外出採買，就需要到山腳下用手機叫計程車。少女身上應該沒有能做到這些事的金錢，她可能連手機都沒有。

一心想盡快結束廢校生活的佐藤，也不可能出門採買。既然自給自足的生活無法成立，不久的將來少女就不得不放棄。

三天前還大言不慚地說要繼續這種生活到死為止，冷靜下來之後想法應該就會改變了吧。

佐藤原本這麼想，但在兩人生活開始的五天後，廚房裡儲備的乾麵和白米突然一口氣增加。

昨天一整天都沒感覺到純戀在外活動……

「妳應該沒有工作吧，該不會是偷了父母的錢？」

傍晚，佐藤在廚房等到少女出現，直接詢問本人。

「我只是把以前存的零用錢帶來而已。」

「是嗎？妳該不會是用偷的吧？」

「這種量不可能用偷的吧？」

「妳還有零用錢嗎？」

「沒有了，全部都用完了。」

「我記得那本小說第四集之後就沒有外出採買了吧。」

「不擅長釣魚和種菜，只能這樣做不是嗎？」

「因為這樣就靠金錢的力量，就不算是模仿故事了吧。」

「不高興的話妳就不要吃啊。」

純戀說出令人意外的回答。

「妳還打算分給我嗎？」

「我沒有打算自己一個人獨吞，畢竟這是團體生活。」

純戀認為這裡的生活就是在模仿故事內容。

佐藤對少女的愚蠢感到憤怒，同時也覺得她很可憐。

參加者只剩下兩名。光靠少女採購回來的食物，應該可以撐幾個禮拜。一個人帶這麼多物資回來，到底是……

「妳真的是無可救藥的蠢蛋。」

「蠢就蠢，我有我的信仰。」

「信仰？」

「我從國小的時候就希望自己快點死。我一直覺得像我這種人，活著一點意義都沒有，但是我遇到了《Swallowtail Waltz》。妳覺得我蠢也無所謂，因為這部作品，讓我覺得很快樂。」

梅雨季結束，夏天正式開始，在廢校的生活越來越辛苦。

太陽下山之後也就罷了，白天熱到沒辦法做任何事。

光是休息都很耗體力，現在就是如此酷熱的猛暑。

在問完糧食突然增加的問題之後，佐藤就沒有再和純戀搭話。

每天都關在室內想著無聊的事情。

為什麼自己會做這種事呢？怎麼想都不知道答案，所以更讓人鬱悶。明明離開這裡就好，但自己就是做不到，無論是對自己還是頑固的少女都感到同等的憤怒。

接著，在開始兩人生活的十天後。

那個東西又出現在眼前了。

原稿第三次出現在廚房前的走廊上。

5

十幾歲的美作里奧，盯著大樹社主辦的新人獎網頁，感覺到難以言喻的不快。

投稿新人獎需要在資料欄填寫標題、筆名等各種資訊。從職業、投稿經歷等和作品無關的事項，到姓名、性別、年齡、地址、電話、電子信箱等基本資訊。再加上大多數的新人獎都需要加上自己整理的作品大綱。

標題、筆名、大綱也就罷了，問題是剩下的資訊。

他們又不一定能讓自己成為小說家。以機率來說，不能成為小說家的機率高多了。明明大部分的原稿都讀過一次就被當成垃圾，卻吸收了大量的個人資訊，真的是無禮至極。

如果是擔任最終評審的小說家也就算了，為什麼要誠實告知那些進行一次或二次審查、未曾謀面的編輯們自己的個人資訊？

不信任他人的美作里奧，在投稿時填寫了虛假的個人資訊。地址寫著不存在的地名，出生年月日設定在九十九歲。連母親取的名字都沒有公開。

如果新人獎落選，自己一定會很想死。被別人否定非常可恥，到時候應該會很沮喪，有一段時間都無法寫小說吧。

不過，畢竟自己是個被小說附身的人類，總有一天一定會再寫。覺得編織故事無比快樂，一定會再度寫起小說。

個人資訊欄中，唯一真實的資訊只有電子信箱。電子信箱隨時都可以重新註冊。每次投稿都換信箱的話，就算再度投稿新人獎，也不會和以前的原稿沾上邊。

面對不值得信任或信賴的人類，根本不需要坦率交代自己的真實身分。美作里奧擁有編織故事的才能，但是自己卻沒有意識到這一點。這個人天生就對自己毫無自信，就連最喜歡的小說寫作也一樣。

想成為作家的人很多，所以落選也很正常。這不是為了保護自己的心靈而設好的防線，而是真心如此認為。投稿新人獎之後，美作仍一直想像自己心靈受傷的將來。

因此，收到大力讚賞投稿作品的郵件時，美作懷疑自己的雙眼。

『雖然最終審查下個月才會舉行，但這部小說絕對會得獎。我保證一定會出版成書。請務必告知聯絡資訊，我們先用電話談一談接下來的事宜。』

郵件裡用長文寫著對故事內容的感想，從文字裡可以感受到編輯深受這個故事吸引。

美作的第一個念頭是覺得安心。故事沒有被否定。自己深信不疑的故事，陌生人也能完全理解。雖然不知道寄信來的山崎義昭是什麼樣的人，但至少這個故事刺中這個人的心。

『待審查結束之後，請容我再度與您聯絡。』

思考許久，美作才回了一句話。

心裡有想相信對方、抱著期待的心情。然而，什麼都還沒有確定，不能提早放鬆警惕。這個名叫山崎的編輯能夠理解自己的小說，但是最終審查的評審都是一流的小說家，很難想像他們會怎麼評價這部小說。

三週後，美作再度收到山崎編輯的郵件，結果是美作獲得睽違五年的大獎。獲得評審一致認同的大獎，這是開辦新人獎以來的第一次。

看樣子上個月山崎在郵件中熱切的評價，並不是個人嗜好也沒有誇大其詞。自己編織的故事要出版成書，的確很開心。美作的確想要出版成書，想要讓更多人讀到這個故事。但是，只想傳達故事本身，而非自己的個人資訊。

美作一點也不想讓讀者或出版社的工作人員得知自己的真實身分。關於自己的一切資訊都不想公開。在等待評審結果的時候，美作就已經下定決心。

拿父親沒有在用的存摺，讓出版社把獎金和版稅匯到這個戶頭。聯絡資訊留下父親的姓名和地址，在沒有告知自己和父親同住的狀況下，讓出版社把所有郵寄物都寄到該地址。

雖然編輯表示為了順利討論，希望美作提供電話號碼，但是用電子郵件就足以溝通了。因為不想被知道性別，所以並不打算透過電話聯絡。後來對方說匯款需要告知電話號碼，美作才心不甘情不願地說出老家的電話，但手機號碼還是沒有公開。關於這件事，美作只告訴父親最低限度的資訊。即便如此，對這個毫不關心孩子的父親來說，這樣就已經足夠了。

第一代編輯山崎認為美作里奧貫徹保密主義屬於「異常」。山崎數度詢問為何要保密到這個程度，試圖要美作改變心意，但是美作的想法都沒有改變過。

因此，在沒有多想的父親轉接下，自己不小心接了電話洩漏性別這件事，真的令人悔恨至極。

這個世界上有些人，在知道對方性別之後就會突然採取非常高壓的態度。明明已經說過不想見任何人，山崎還是跑到家裡來堵人，說到底就是因為美作是女性，才會被看扁。

美作在這個世界上最討厭的人就是自己，當然不可能接受素未謀面的陌生人。

不知道是不是看穿自己負責的作家，在精神上有危險，山崎在美作正式出道前提出幾個建議，尤其是針對在社群媒體上的行為千叮嚀萬囑咐。

《Swallowtail Waltz》在非常多作品投稿的狀態下得到新人獎，當然會被許多落選的投稿者嫉妒，也會因為這些負面情緒而遭受毫無道理的責難與批評。這部作品的故事本來就評價兩極，這種時候絕對不能在網路上搜尋自己。編輯告訴美作，除了粉絲信之外的感想都不要去看。

責任編輯說的話和建議，美作並沒有完全遵守。

在出道短短兩個月後，有志者就成立「綠淵國中」這個需要認證的粉絲專頁，美作發現之後馬上就加入了。因為美作以為這裡聚集的都是粉絲，應該不會被批評才對。

這個推斷一半對一半錯，粉絲專頁裡面也有人會批評作品。不過，那些批評都源自對作品的愛。

看到毫無道理的批判的確令人鬱悶。儘管如此，美作仍然明白那些批評並非出自惡意，而是對作品有過度的想像。

所以沒有因此受到致命的打擊。

一般的毀謗中傷，和因為熱愛而挑毛病不一樣。綠淵國中和編輯部轉送的粉絲信，長期以來都是美作的避風港。

自己原本想要的只是不用靠父母就能生存下去的金錢，成為小說家才能永遠保持封閉的世界。

以前以為這輩子與幸福無緣，但從今以後就能夠不在意任何人，只想著自己最喜歡的小說度過餘生。終於能夠獲得完美的幸福了。

《Swallowtail Waltz》出版之後，美作真的這麼想。

當時根本無法想像，僅僅兩年，那部最愛的小說會變成自己最大的痛苦。

6

團體生活第四十六天，佐藤仍然過中午才來到一樓。

為填飽肚子而進入廚房時，純戀大聲地叫住她。

「佐藤小姐！妳看這個！」

雖然一起生活了一段時間，但少女還是第一次這樣喊佐藤的名字。即便只剩兩個人，純戀在今天之前都不曾叫過佐藤的名字。

「有三十一張新作的原稿掉在這裡！」

這是第三次出現了。加上之前的原稿，故事說不定已經進行到中段。

「妳已經看完了嗎？」

「是，這次的原稿也一定是真的。」

「美作里奧不是已經寫不出續集了嗎？」
「因為有超過一年的時間可以寫啊。」
「雖然我不像你們讀得這麼熟，不過之前發現的原稿，我也覺得是作者本人寫的。畢竟這麼惡劣的故事，除了美作里奧以外沒人想得出來。不過，那只是我的感覺而已，我沒辦法確定。妳斷定這份原稿是真的對吧？」
「對，全世界只有一個作家能寫出這麼有趣的小說。」
「有這麼誇張嗎？應該有幾百個作家都比那傢伙好吧。」
「並沒有。我不知道什麼好壞，但是沒有其他小說比《Swallowtail Waltz》更有趣。這份原稿的故事是全世界最有趣的。」
佐藤一臉厭煩地從純戀手上接過原稿。
「妳說的話不可信。明明沒讀過全世界的小說，憑什麼能這樣斷言？」
「因為對我來說這就是事實，我是為了讀這部小說而生的。」
佐藤目瞪口呆地依序看著廚房的兩道門。
「妳在這個聚落有看過除了我們七個人以外的外人嗎？」
純戀搖搖頭。
「我也沒有見過。如果塚田先生說的話可信，而且大家都遵守規定的話，知道這個企劃的人就只有我們。最初發現原稿的時候，七個人都還在，廚房在整棟校舍的中間，外面的人很難在半夜進來偷放原稿。畢竟外人也不知道我們睡在哪裡，而且也沒有理由刻意入侵這種地方。」

「妳到底想說什麼？」

「如果這份原稿是真的，那美作甲奧就在我們兩個之中。妳也沒看到廣瀨吧？」

「對，後來沒有再見到離開的人了。」

「這到底是怎麼回事啊？」

佐藤一臉無計可施的樣子，大人地嘆了一口氣。

「竟然敢開這種玩笑。我一定要抓到這個人，把他的真面目公諸於眾。妳也不要再發呆了，好好找一找。」

「……我覺得無論老師是誰都沒關係。」

「有關係吧，妳可是被玩弄了耶。」

「只要能讓我讀到續集，玩弄也沒關係。」

「我還是沒辦法跟妳溝通。算了，妳滾吧。」

「如果妳不看的話就還給我。」

「我又沒說不看。我倒是很想知道，裡面寫了什麼噁心的東西。」

揮開純戀伸向原稿的手，佐藤找到附近的椅子坐下。

7

在無人知曉的體育館更衣室內，美作里奧獨自回顧這四十六天的團體生活，內心糾結不已。

她在思考，該怎麼結束這個草率開始的故事。

這是個識字率百分之百的國家，小說誰都會寫，任何人都能寫出專屬自己的故事。美作對這一點深信不疑。

自己並沒有做什麼特別的事，寫小說不是因為覺得簡單，只是單純想寫小說，因為想把腦海裡不斷出現的故事寫下來，所以才會做這件事。

回想起來，當初就是這樣而已。因為想寫小說，所以就真的寫了。

編輯和評審都給予故事極高的評價，也在出版社的大力支持下出版了小說。這個起點可以說是一帆風順，還發生了很多當初沒有料到的驚喜。雪片般飛來的粉絲信最讓人開心。

然而，幸福的時間並不長久。

後來作品被詆毀，就連人格都遭到否定，美作心靈受創，既痛苦又難受，覺得自己再也無法提筆寫小說了。

即便如此，腦海裡蠢蠢欲動的故事並沒有就此沉寂。在社群媒體上面發假消息，讓大家認為美作里奧已死，但故事又從傷口冒了出來。

事到如今才終於明白，自己之所以參加這個企劃，是因為故事還沒有完全死透。明明那麼痛苦，明明那麼難受，但美作終究無法放棄這個故事。

完結篇的原稿只寫了開頭的十三頁。然而，在踏上旅程前，還是選擇把原稿印出來裝進背包。等到回過神來，自己已經這麼做了。

要不要讓聚集在這裡的粉絲讀這份原稿，一直都讓美作感到猶豫。

塚田公布美作里奧的性別那天晚上，讓美作下定決心。雖然不知道杉本這位編輯到底說了什麼，但是塚田誤會了作者的性別。

美作里奧是女性。

要是發現完結篇的原稿，應該會有人懷疑美作里奧就在成員之中。不過，光是身為女性這一點，就可以被排除在外了。

既然不用擔心被懷疑，就想聽聽看讀者的感想。美作想知道這些自稱自己是粉絲的成員，看了第五集的後續會有什麼反應。

趁所有人都入睡的深夜，在廚房前的走廊留下原稿的時候，心臟猛烈跳動，就像當初投稿新人獎一樣。

無論過了多久都會這樣。第一次把小說給別人看的時候，感受到難以置信的恐懼，難受到心痛的程度。

隔天，讀過原稿的六名參加者都對故事讚不絕口。

這些人或許真的是作品的粉絲，沒有說謊也不是演技。

感覺一不小心就會哭出來，但是那天美作也因為膽小懦弱無法坦率面對。無法坦承自己的身分。

回到房間、更衣室之後，仍然無法忘記大家讀過原稿後的表情。

所以，美作開始思考。明明就已經決定不再寫小說，但是現在又開始想寫續集了。想要再讓大家讀一讀故事的後續。

在把原稿給成員看的三天後，美作為了購買筆電和太陽能行動電源，黎明時就獨自下山。

團體生活中，每個人光是餵飽自己就夠忙了。獨自外出採買應該沒有任何人發現，但偏偏那天有人拿出看家本領做了一頓豪華午餐，結果搞得大家都知道自己外出的事情。不過，大家應該沒有猜到消失的美作已經從鎮上往返一趟。採購筆電並帶到廢校的事情，至今都沒有被發現。

在充滿衣櫃鐵鏽味的更衣室裡，暌違一年面對原稿的那天。

打字用的鍵盤沉重到很不真實。

明明腦海裡就已經整理好該寫什麼，但就是無法化作語言。

無法編織出滿意的文章。

回想起之前承受的咒罵，一回神發現自己的手已經在顫抖。

不過，在這裡有大把的時間。美作還想看一次那些人讀完作品的表情，因此靠這樣的心情，開始緩緩寫作。

寫完第一話之後，再度到鎮上印出原稿，但這次沒有馬上被大家發現。

因為成員一個又一個離開了。

遭受背叛也不是第一次了。動畫的製作人也在作品遭受攻擊之後翻臉不認人，直接毀約。聚集在這裡的人也和那些傢伙一樣。

說自己多麼熱愛作品，在沒找到故事結尾之前絕對不走，結果每個人都只抱著半吊子的決心。

粉絲的愛，頂多就是如此而已。

這些人大聲疾呼對作品的愛，但他們的愛遠比自己以為的還要薄弱。

連主辦人塚田都回家之後，決定讓剩下的成員看第一話原稿的原因，其實美作自己也不清楚。

小說這種東西只是娛樂。就本質上來說，生存並不需要小說。越是說出小說改變人生這種誇張言論的人，越會馬上把注意力轉到別的作品上。這是常態，而且實際上廣瀨讀完原稿之後也馬上離開了。

妳看，又來了。曾經有一瞬間想過要重新振作的自己，真的太愚蠢了。雖然這麼想，但中里純戀直到最後都不肯走。

她說想知道故事的後續，認真地打算死在這裡。

結果，是少女頑固的想法動搖了美作里奧嗎？團體生活第四十六天的早上。

美作里奧像是要測試少女的愛似的，第三次公布完結篇的原稿。

8

佐藤友子不記得自己和中里純戀有過什麼太深刻的對話。五名成員離開，剩下兩個人獨處之後，連飯都不曾一起吃。即便如此，佐藤還是掌握了她的生活節奏。

知道晚上六點半到廚房的話，純戀會在那裡準備晚餐。不過她能做的料理，頂多也就是把麵燙熟而已……

佐藤把敞開的廚房大門關緊，還刻意發出聲音。

在只有兩個人的校舍裡，很少會聽到自己以外的聲音。少女的背影抖了一下，誇張到令人失笑的地步。

「我看完原稿了。」

簡潔地說完之後，少女露出好懂的笑容。明明一點也不想跟佐藤說話，但唯獨小說的話題，能讓純戀露出這種表情。

「妳覺得如何？這次也很有趣對吧？」

「說話的時候要關火。」

不知道是不是打算煮義大利麵，純戀正在幫大鍋加熱。

「我想再讀一次，請把原稿借我看一下。我……」

「我終於明白了。其實我至今仍然覺得難以置信，但現在終於明白一切了。」

「妳說的明白，是指知道【猶大】的真實身分嗎？」

這次的原稿中寫到【陽斗】已經把故事最大的謎團【猶大】逼出來，手都放在【猶大】的背後了。純戀似乎以為佐藤會開始聊小說的故事情節，但是——

「才不是。【猶大】是誰根本就無所謂，我明白的是美作里奧的真實身分。塚田離開的隔天就發現原稿對吧。我因為這樣，確定廣瀨就是美作里奧。然而，還有另一個值得懷疑的人。」

「誰？」

「那還用說嗎？當然是塚田先生啊。塚田先生說他確認過所有人的身分，但是如果美作里奧就是主辦人，那根本就不用隱瞞身分。雖然我認為廣瀨應該就是美作里奧，但是塚田先生也很有可能。畢竟我們是在那個人離開的隔天發現原稿的。他只要躲在這個聚落裡，趁夜把原稿放在廚房前面再走，剩下的三個人就會被懷疑。」

不是廣瀨優也，就是塚田圭志。在把美作里奧候選人縮小到這兩個人之後——

「只寫了開頭這件事根本就大錯特錯。因為作品遭受攻擊而無法寫作或許是事實，但是美作里奧已經開始重新提筆了。而且，還認為可以把原稿拿給自己的信徒看。畢竟這裡聚集的都是認真想做蠢事，試圖重現故事場景的狂熱分子。」

佐藤左手拿著原稿冷笑。

「看來大作家很害怕受傷害啊。只想著被信徒包圍，享受大家的吹捧，藉此保持心靈安穩，簡直就是卑劣至極的傢伙。」
「所以哪一位才是美作老師呢？」
「我之前就設下陷阱。下山前往鎮上的山路，因為恣意生長的樹木有些地方很昏暗狹窄。廣瀨離開之後，我在那裡掛了透明的釣魚線。當然，我不是要絆倒別人。只是為了確認有沒有人經過。妳出去採買的時候也有勾到釣魚線，但妳沒發現對吧？」
純戀點了點頭。
「妳回來之後，我又把釣魚線掛回去。美作里奧有可能還活著，而且繼續寫稿。原稿完成之後可能無法公諸於世，但是自尊心這麼強的男人，一定會想知道信徒的感想。我原本一直以為是這樣。我說中里純戀，這些都是騙人的吧。」
「……妳在說什麼啊？」
「其實塚田先生也知道真相吧？」
「妳到底想說什麼？」
純戀一臉搞不懂的樣子問佐藤。
「我在房間讀完原稿之後，就去山路確認過了。因為我以為廣瀨和塚田先生回來過了。不過，釣魚線還在原地。五天前妳出去採買之後，都沒有人再經過山路。妳懂了嗎？廣瀨消失之後，這裡除了我們之外，沒有別人了。」
純戀臉上依然充滿疑惑。
「得出的結論只有一個。雖然不知道是塚田先生說謊，還是塚田先生的表哥說謊，但我們聽到的資訊是錯的。讀過這次原稿之後，原本的懷疑也變成確信。從第五集的時候，我就覺得奇怪。如果作者是男人，絕對不會讓主要角色在作品中那樣慘死。因為男人無論到幾歲，都是既無知又對女人抱有幻想的生物。美作里奧是女的。」

即便聽到佐藤這樣說，純戀的表情也沒有改變。

「這十天以來，沒有外面的人來到這裡。然後，今天第三次發現原稿。已經不需要再多做說明了吧？只要沒有第三個人潛入廢校，我和妳之間，一定有一個人是美作里奧。而我只是個黑粉，所以答案已經出來了。喂，妳就告訴我吧。妳到底是抱著什麼心情和我們一起生活的？看著一群笨蛋一喜一憂的樣子，很開心嗎？」

表情緊繃的純戀沒有開口。

「喂，妳說話啊！天才作家。」

佐藤粗暴地把手中的原稿丟出去。

「妳其實不是十六歲吧？第一集出版是在三年前。我雖然不認為美作里奧是什麼了不起的作家，但那部小說也不是國中生寫得出來的東西。妳到底幾歲？雖然靠娃娃臉蒙混過關，但妳其實和我差不多年紀吧？」

「……不是我。」

「中里純戀不是本名吧？『純粹』的『戀愛』，加起來就是『純戀』。妳對戀愛根本一點興趣也沒有吧？是什麼異想天開的想法，讓妳用這兩個字啊？以後要用這個名字開始嶄新的作家人生嗎？」

「我才沒有用假名。」

「喂喂，都這個時候了，不要再說謊了。我剛才就說山路上有陷阱了吧。除了我跟妳之外，再也沒有別人了。如果妳不是美作里奧，那到底是誰把那份原稿帶來這裡的？」

「不是我。」

純戀用幾乎要消失的聲音這樣說，但佐藤只是不斷冷笑。

「直到最後都不肯承認啊，妳還真是頑固。也罷，妳想怎麼做就怎麼做吧。知道惡質女的真面目，真是身心舒暢。要是這個世界上的人知道美作里奧大作家其實還活著，會有什麼反應呢？」

「我怎麼會知道。」

佐藤把手貼在少女的臉頰上。

「放棄吧，妳的作家人生已經結束了。在妳做這些事的時候，就注定不會再被認同了，美作里奧和《Swallowtail Waltz》都已經結束了。」

「沒有這回事。」

「當然有，妳要是聽懂了，就趕快放棄回到有媽媽在的溫暖家庭。能夠親眼確認我最討厭的作家結束寫作人生，真的太開心了。」

9

兩個月前，告知主辦人塚田圭志要參加企劃後，美作里奧就決定改變自己的外表。

在社群媒體發出訃聞那天晚上，大樹社的編輯們便找上門來。雖然本人把自己關在上鎖的房間裡，對任何問題都不回應，但是受不了女兒態度的父親，在門的另一頭數度大吼大罵。

儘管編輯們沒有看到自己的樣貌，但是知道這件事的父親，有可能把自己的資訊都告訴他們。不只本名、性別、年齡，連小時候的照片都拿給編輯看也不意外。最糟的狀況下，自己的身體特徵也有可能透過責任編輯洩漏給塚田。

參加企劃最令人擔心的事情就是自己的真實身分被發現。

因此，美作買了拋棄式的隱形眼鏡，使用擁有高度脫色功效的漂白劑讓頭髮褪色，還打了之前從未打過的耳洞。

美作里奧天生對打扮沒什麼興趣。一年去一次理髮店，劉海也都是自己剪。即便成為作家之後，有了用不完的金錢也沒有改變。

反正也不會和任何人見面，打扮外表也沒有用。毫無內涵的人才會熱中於粉飾外表的行為。美作一直相信這一點。

然而，這次狀況不一樣。只漂白一次感覺變化不大，實際上經過三次漂白脫色，頭髮才幾乎變成金色。
盯著鏡子裡那個陌生的自己，這個時候美作才發現，打扮說不定只是一種武裝內心的方式。
為了讓毫無自信的自己稍稍挺起胸膛，女生才會打扮、化妝。
漂白髮色之後已經過了兩個月。髮根的地方已經變黑，完全沒有保養的頭髮，不用觸碰也知道受損嚴重。鏡子裡的自己，眼前這個少了眼鏡、髮色變淺的女人，就是個陌生人。
美作里奧在每天扮演虛假的自我時，同時也在思考。
無論再怎麼扮演別人也無法忘掉心中的故事，這讓她深有體悟。
小說家到底是為誰又是為了什麼編織故事呢？
少女時期，故事只屬於自己。
然而，成為小說家之後，完整的世界就此崩壞。
即便有九十九個人讚賞，也會因為一個人說的話而受傷，導致心靈生病。
明明就這麼喜歡小說。
明明打從心底熱愛小說。
但是，只要自己身為小說家，就永遠無法得到幸福。

10

美作里奧不是佐藤友子就是中里純戀。

雖然在山路上掛透明的釣魚線是在說謊，不過佐藤想讓少女了解一個簡單的事實，那就是這裡沒有其他人，兩個人之中一定有一個是美作里奧。

即使少女再怎麼愚鈍，說到這個地步，應該已經可以理解才對。

這次真的徹底結束了。漫長的團體生活，終於迎來尾聲。

儘管佐藤這麼想，但是隔天、再隔天，純戀都沒有離開廢校。

現在已經沒有其他隱情了。明明已經公布再怎麼愚蠢的人都能理解的真相，純戀仍然不打算離開。

「喂，妳到底想幹嘛？」

即便面對佐藤追問，

「不要再繼續這場鬧劇了！我不是已經叫妳快滾了嗎？喂，妳到底有沒有在聽啊？我是在跟妳說話。中里純戀！妳明明就是還要靠父母扶養的屁孩，竟然沒發現自己還在父母的羽翼之下，退學躲在自己的世界裡，未免也太小看人生了吧！任性也要有個限度！」

無論佐藤再怎麼口出惡言、大聲怒罵，少女都堅決不離開。

山際帶來的調味料，早就已經見底了。

廢校附近的野菜也被採光了，魚也不是每天都能釣到。每餐都只靠沒有味道的乾麵或蒸煮好的白米果腹，

少女流著不健康的虛汗，繼續過著日子。

三天、五天、一週過去了，兩個人的生活依然持續。純戀不打算離開，佐藤也不打算把純戀留在這裡自己走人。

兩人之間沒有對話，只是佐藤咒罵的次數與日俱增。

接著，在兩人單獨生活第二十天的那日，純戀終於哭出來了。

「吵死了！吵死了！吵死了！」

少女情緒化地吼叫，讓佐藤僵著臉往後退了一步。

「妳幹嘛突然這樣。」

混合著憤怒和恨意，純戀死死瞪著佐藤。

「這是在假裝生氣嗎？美作老師啊，妳還真是沒救了耶……」

「吵死了！閉嘴！妳為什麼要說這種話？妳說啊，到底為什麼要一直說這種話！」

令人想摀住耳朵的尖叫，響徹沒有其他人的校舍。

「不要再瞧不起美作老師了！」

「什麼？我是黑粉，當然瞧不起……」

「那是我的一切！《Swallowtail Waltz》就是我的一切！妳為什麼就是不能理解呢？除了這部小說之外，我不奢求其他的東西。是這部小說救了我！」

「妳醒醒吧，那種垃圾般的小說……」

「吵死了！我沒有問妳的意見！妳要是再繼續說老師的壞話，我絕對不會放過妳！我！真的不會放過妳！」

「關我什麼事，我根本不需要妳放過……」

「當初如果沒有遇到《Swallowtail Waltz》，我早就死了。國小的時候，我以為升上國中會有什麼改變。但是，變成國中生之後，什麼都沒變。無法改變。我根本就無處可去！所以我好幾次都拿著剃刀抵著手腕。膽小的我每次都失敗，但是我一直想著，下次、下次一定要毫不猶豫地割下去，下次一定要死。」

佐藤也有發現，少女的手腕上有割腕的痕跡。

「國中老師推薦我看《Swallowtail Waltz》。為了鼓勵不肯上學的我，老師把書拿到家裡來。雖然我沒什麼興趣，但後來為了打發時間而翻開。那就是改變一切的起點。因為故事太有趣，我根本沒辦法把書闔上。直到讀完最後一頁為止，我都無法起身。」

少女瞪著佐藤的雙眼，落下透明的水滴。

「那是我第一次有這種感覺。心中的悸動無法停止，一直想讀到後續，但小說當時只出到第二集。所以，我有了這種想法——在知道這本小說的結局之前，絕對不能死。不想在知道結局前死掉。」

少女氣勢洶洶，讓佐藤無法插嘴。

「我超討厭學校，希望父母和同學都消失。但是，唯獨介紹小說給我的老師不同。那個人能理解《Swallowtail Waltz》，所以我想跟老師多聊聊。因為那位老師說我最好去讀高中，所以我拚命讀書升學。雖然我讀兩個月就退學，明白自己無法過著一般的生活，但是我沒有後悔。考高中和退學，我都不覺得那是錯誤的決定。妳知道為什麼嗎？」

這是少女第一次提起自己的事。光是聽她說話就已經竭盡全力，佐藤沒有思考回答的餘裕。

「因為【吉娜】說過『比起成功的人，我更想去愛失敗的人』。我討厭自己。真的很討厭。但是，【吉娜】這句話拯救了我。因為【吉娜】的關係，讓我覺得自己並不是什麼失敗作。我就這樣得到救贖了！【吉娜】不拋棄任何人的溫柔，拯救了我啊！」

即便是【吉娜】在第五集慘死也一樣。

「算我拜託妳，不要再說作品的壞話了！不要討厭美作里奧老師！那是我的一切，我不想再從任何人口中聽到壞話，我不想聽！」

純戀雙手按著眼睛，當場頹然坐下。

「為什麼要這樣批評老師？為什麼討厭美作老師？實在太奇怪了。我很熱愛這部作品。我只喜歡《Swallowtail Waltz》。能讀到故事的後續，我就覺得很幸福了。妳到底為什麼要一直說這種話？算我拜託妳，不要再這樣了！不要讓我再聽到妳肆意批評！我只是想看這部小說而已！」

眼淚從少女摀住臉的雙手縫隙中流出。從少女嬌小身體流出的眼淚，滴在冰冷的地板上。

中里純戀沒有發現。

因為她的雙手蓋住眼睛。

因為她放任情緒宣洩，不停啜泣。

她沒有發現，也沒有看見。

在距離兩公尺的前方。

佐藤友子浮現從未示人的表情站在那裡。

◆插曲◆

某小說家之死

Chapter.06

1

那天晚上，編輯杉本敬之焦躁不已。

面對二十六年的人生中最難解的問題，他正處在困惑的漩渦之中。

杉本大學畢業之後，在稱得上大型出版社的大樹社任職，到書店實習之後，被分配到業務部。

他對於自己分配到的角色沒有不滿。雖然這個業界蕭條到「業績下滑」這種詞彙聽起來都太輕微，但工作本身很愉快。原本應該會大賣的書，在沒沒無聞的狀態下消失；讓人覺得只是在浪費資源的書爆賣，各種情況都發生過。雖然內心的糾葛從未斷過，即便如此，在這裡能為最喜歡的書本工作，這樣就已經令人滿足了。

沒想到讓杉本的人生劇烈動盪的就是自己負責銷售的《Swallowtail Waltz》系列作。他還記得讀完美作里奧出道作的第一集時，因為太過震驚而站不起來。

明明還是個菜鳥，卻主動提出要調到一般書出版處的文藝編輯部，就是因為自己想要打造這種能夠打動人心的作品。他從來沒有想過要成為自己喜歡的作家的責任編輯，畢竟那根本就像是在做夢。

然而，坎坷的命運推動著杉本的人生。

美作里奧是個古怪到極點的小說家。文章的書寫習慣，怎麼看都是年輕的作家，但是新人獎的投稿資料中，出生年月日換算年齡是九十九歲，上面寫的住址和電話都是捏造的。唯一正確的只有電子信箱，第一任編輯山崎義昭用電子信箱和作者本人取得聯絡，但是直到最後都沒有透露本名和性別。

擁有異樣般的自我意識，徹底貫徹保密主義的美作里奧，應該是十幾歲的年輕人。所以，郵寄地址和版稅匯款帳戶都使用父親的資訊。

山崎曾在半意外的狀態下，曾經和本人通過一次電話，但是在那之後，都是透過電子信箱聯絡。也就是說，除了山崎之外，其他人連作者的年齡和性別都不知道。因為本人強烈要求「絕對不能曝光」，所以山崎也沒有把美作里奧的個人資訊告訴編輯部的同事。

《Swallowtail Waltz》創下空前的銷售紀錄，完全稱霸當年度的各家文學獎。不過，即便成為時代的寵兒，美作里奧仍然沒有改變態度。

畢竟在這種時代，鮮少有作家不公開長相和背景，連編輯都不願透露的例子更是聞所未聞。

美作里奧已經徹底到算是病態的保密主義，馬上在公司內部傳開來。

儘管如此，在商業的世界裡，成果就是一切。只要書賣得好，什麼態度都能被接受。和故事本身比起來，作者的相關資訊只是枝微末節的小事。

美作的父親成為名目上的代理人，並在這樣的狀態下陸續推出系列作。

美作里奧與第一任編輯山崎的關係破裂，最直接的原因聽說是第一次有大型跨媒體製作公司要談真人版電影的合作。

用電子郵件沒辦法迅速互動，而且，美作里奧是個不懂得妥協的人，只要有一點無法接受的地方，就絕對不會點頭同意。

經過原作者再三駁回之後，選角終於大致底定，但那也只是短暫的和平，接著又開始挑劇本的毛病。後來，在改定稿的版本達到二位數的時候，山崎終於理智斷線了。山崎為了和本人直接對話，帶著導演直接殺到家裡，這次的行為完全觸怒美作里奧。

『我不會再和不守約定的編輯一起合作。如果責任編輯不換，我不會答應任何事情，也不會寫續集。』

新人說這種話真的很傲慢，但美作里奧的小說就是賣得很好。即便文藝編輯部出版的所有書都虧本，只要靠這部系列作就能達成部門一整年的銷售目標。

『如果不換責任編輯，無論談什麼我都不會回應，就算要我引退也沒關係。』

美作里奧的意志頑強而且明確。

要是不好好安撫作家，一切進行中的計畫都會停擺，也不用指望推出續集。掌握現況的部長上田玄一立刻下達指令，馬上換掉責任編輯，被選中的接替人選就是剛調到部門的杉本。

美作里奧不聽任何人的意見。無論好壞，她就是一個特異獨行的作家，無論誰來負責，原稿的品質都不會改變。責任編輯只要會看作家的臉色，當一個讓事情順利進行的 YES MAN 就好。

因為醉心於《Swallowtail Waltz》而提出人事調動申請的杉本，就是最理想的人才。菜鳥編輯就這樣被拔擢，開始負責能下金雞蛋的人氣作家。這項命令對杉本自己來說可以說是突發事件，但是就結果來看，部長的判斷非常正確。

美作里奧是杉本很喜歡的作家。

杉本由衷熱愛作品，誇獎的話自然而然就會脫口而出，並不是為了討作家開心。雖然第一任編輯山崎並沒有交代太多詳細的注意事項，但還算做得不錯。為了讓美作里奧能夠帶著好心情工作，杉本在所有需要互動的時候都非常小心。

這個世界上沒有完美的創作者。

雖然由衷欽佩作家，但是杉本也曾經有過懷疑作品的時候。

儘管如此，只要沒有發現明確的錯誤，杉本絕對不會提出自己對作品的想法。

當然，杉本也有想要一起打造好作品、想要傳達身為編輯的感受與意見的心情。不過，關於美作里奧的書，他深知上司交代「只要做好行政工作就好」這句話是對的。

自己本來就是菜鳥編輯。美作里奧既然是天才，就不需要凡人的意見。

只要把作家想寫的東西，百分之百傳達給外界即可。杉本知道這就是自己的工作。

杉本的態度似乎深得美作里奧的心，合作期間幾乎沒有發生之前曾經擔心的問題。因為打從心底深愛作品的杉本介入，原本像呼吸一樣頻繁挑錯的狀況也減少，一切終於開始步上軌道了。

故事都還未完結，就已經要拍成電影。雖然稱不上大成功，但票房成績還不錯，帶動原著小說銷售量再度成長。

杉本認為美作里奧對跨媒體製作說的話本來就沒錯。因為他相信，無論在什麼情形下，原作者都不需要退讓。

有時候杉本也會覺得美作里奧挑出的錯誤實在是吹毛求疵，但那的確是需要修正的錯誤。正因為美作里奧是完美主義者，所以才能寫出那樣精采的作品。

美作里奧只要走在自己相信的道路就好。

那一定是最正確的選擇。

我們這些讀者，只是沐浴在從天才身上滿溢出來的故事之中。

確定要改編成民營電視台的九點連續劇的時候；自己負責編輯的第一集到第四集小說廣受好評的時候；銷售累計超過三百萬本，第一次收到感謝信的時候，杉本都覺得很自豪。理解並支持天才，為了等待作品的粉絲竭盡全力。他覺得再也沒有比這更好的工作了。

負責主要人物慘死的第五集時，還有作品受到輿論攻擊時，杉本都深信不疑。美作里奧一定能寫出最棒的完結篇；屆時所有對故事的批判，都會沉寂下來。他一直堅信這一點。

美作里奧是堪稱足以改變人生、令人景仰的小說家，成為美作的責任編輯已經兩年。第五集出版後，非比尋常的輿論攻擊讓杉本超過一年沒有收到新作，也就是完結篇的原稿。

不過，當初高聲批判作品的怒意，一如預料並不長久。

這幾個月看到的訊息，都說引頸期盼完結篇。

美作里奧應該是真的被那些執拗的批判傷到了。

不過，人本來就是能重新振作的生物，傷口會隨著時間癒合。杉本心想，接下來該趁機催促美作開始寫稿了，而事情就在這個時候發生。

晚間九點，杉本下班後搭上電車。

『本文由家屬代筆，謹此傳達訃聞。美作里奧於二十六日清晨，因心臟衰竭去世。我們對一直以來支持美作的各位讀者，由衷表達感謝之意。真的非常感謝大家。』

美作里奧的帳號追蹤數超過二十萬人，這個帳號睽違一年發了這篇文章。文章瞬間在社群媒體上傳播開來，不到一個小時，關鍵字就衝上排行榜前幾名。

杉本不可置信地看著這篇文章時，部長上田打電話來。

《Swallowtail Waltz》這部作品不只會影響到部門的業績，甚至還會連帶左右公司的股價。

公司內部沒有收到作家突然離世的消息，上司暴怒也很正常。然而，以這次的狀況來說，錯不在杉本。

因為責任編輯杉本本人也沒有接到訃聞的消息。正因為如此，他看到這篇文章才會如此苦惱。

蒙面作家美作里奧是極端的保密主義者，這一點無論在公司內外都廣為人知。會議只能透過電子郵件，聯絡窗口設為父親，就連本名都不願告知，連性別也不詳。

交接責任編輯的工作時，杉本曾經和美作的父親見過一次面，但是和他的家人也就只說過這麼一次話。美作父親只是聯絡窗口。只是借名給美作收稿費和郵寄物品，從來不曾干涉作家和編輯之間的溝通。

考量之前往來並不熱絡，心痛的父親較晚跟出版社聯絡或許也是情有可原。不過，至少希望他在社群媒體公開前能知會一聲。

自己負責的作家英年早逝，實在是太令人震驚。

跨越憤怒和悲傷之後，「為什麼？怎麼會這樣？」的想法支配了大腦。

在大樹社會合的上田，穿著弔唁用的喪服。

剛才都已經快到家了，怎麼沒想到這一點呢？應該要回去拿喪服嗎？還是直接去租一套比較好呢？

問了上田之後，上田說想要盡快去美作家裡拜訪。

美作里奧是住在老家，還是在老家附近一個人獨居呢？杉本連這個都不知道。

美作用來當聯絡處的老家，位於和東京比鄰的埼玉縣南方的新座市。

「你真的什麼都不知道？」

搭上計程車的時候，上田用很快的語速這樣問。

「對，我之前完全沒聽說任何消息。」

「老師有什麼舊疾嗎？」

「抱歉。我什麼都不知道。因為前任的山崎先生強力告誡我，絕對不能問個人隱私，所以我們真的只有工作的聯絡。」

「如果只用電子郵件，很難閒聊吧。」

「是啊，我從來沒有聊過工作以外的事情，老師也不曾主動聊到工作之外的話題。」

「美作老師是女性，對吧？」

「部長也知道這件事吧，山崎先生是這樣跟我說的。」

「我在跟你會合之前，確認過資料庫，打電話去老師家裡。不過沒有人接。畢竟女兒剛過世，就算能和家屬見到面，也要做好心理準備可能會被趕出來。」

「發文上面寫二十六日去世，葬禮應該已經結束了吧？」

「不上門看看的話就不知道狀況，也有可能剛好是今天辦葬禮。你不知道她父親的手機號碼嗎？」

「我只知道家裡的電話。」

老家的住址上面沒有寫房號，所以應該是獨棟建築吧。不過，這個時代很少會有人在家裡守靈或舉辦葬禮。家裡沒人接電話，有可能是家屬和遺體都在葬儀社。

晚上十一點。

抵達美作里奧的老家之後，杉本戰戰兢兢地按了電鈴。

玄關的燈馬上就亮起來，一名穿著睡衣的壯年男子出來應門。兩年前杉本曾經和男子打過一次招呼。眼前這個男人就是美作里奧的聯絡窗口，也是她的父親。

穿著弔唁用喪服的上田表達慰問之意後，這位父親一臉驚訝地歪著頭。

雞同鴨講的對話持續了一陣子，接著父親回頭朝著樓梯的方向大吼：「禮！給我下樓！」

二樓沒有任何回應，無論叫幾次都一樣。

「禮」這個名字有可能是男生，也有可能是女生。照常理來想，應該是美作里奧的兄弟或母親，但是……

「喂！編輯來了！給我下樓！」

「伯父，您是要請夫人下樓嗎？」

「不，是我女兒。我跟你們談也沒用吧，書的事我完全不知情。」

「女兒是指美作里奧老師的姊姊嗎？」

「那傢伙沒有姊妹，她是獨生女。」

杉本不懂這句話的意思，完全無法理解現在的狀況。

「喂！快點給我下樓！妳要這樣靠父母到什麼時候！都已經長大成人了，自己的事自己解決！」

「那個，伯父，如果我們說了什麼失禮的話，請容我賠禮。美作里奧老師在家嗎？」

「對啊。」

「不過，兩個小時之前，社群媒體上面發文說美作老師已經去世。」

上田說的話，讓美作的父親笑了出來。

「她剛才還在泡澡，怎麼可能已經死了。」

杉本不禁和上田面面相覷。

「因為會浪費瓦斯，所以每天我太太都會催她趕快去洗澡。」

「可是，我們是聽說老師已經過世才……」

「那個蠢蛋又闖了什麼禍？真的是沒完沒了。從小就一直給人惹麻煩，只有那張嘴伶牙俐齒。你們在客廳等一下，我把她從房間裡拖出來，今天的事情一定要今天處理。」

美作老師的父親讓兩人進門，在凌亂的客廳等美作里奧等了一個小時。杉本一直有種糊里糊塗的感覺。
雖然樓上有時會傳來父親的怒吼，但是女兒直到最後都沒有下樓。等待的時候和美作老師的母親談了一下，才模模糊糊地了解一些她家裡的狀況。
父母都對女兒的工作毫不關心，父親真的只有發揮聯絡窗口的功能。兩人都知道孩子是小說家，但是不知道社群媒體的事情，也不知道幾個小時內讓全日本都亂成一團的新聞。
雖然花了不少時間，但是現在終於了解了一切。
新聞網站已經大篇幅報導人氣作家美作里奧的死訊，但是那篇文章是她本人捏造的。
她雖然觸怒了父親，卻仍然堅持不離開房間。她父親帶著編輯們到房門口，即便責任編輯杉本隔著門板對她搭話，上田也溫柔地說「一起想辦法解決吧」，深鎖的房門都沒有打開過。
本人什麼都不說，那就無法推測動機。
肉眼看不見人心。
然而，這次已經知道幾近正確的答案了。
第五集描繪【吉娜】的死讓作品飽受批評，導致她的心靈受創。
就連責任編輯都中槍的輿論攻擊，持續了一整年。

美作里奧是個異常纖細敏感的作家。戒心重又膽小，同時也很容易受傷。因為激進的批判而心靈受創的美作里奧，就此下定決心，宣告自己死亡，藉此結束作家的生活。

「這不能只怪美作老師。」

深夜兩點。

沒能見到本人就搭上計程車的杉本，開口第一句話就是向上司謝罪。

「我應該要更努力理解老師的。」

「不過，作家不願意讓你靠近的話也沒用啊。」

「任誰都看得出來老師是極度纖細敏感的人，她雖然是暢銷作家，卻非常重視粉絲信。」

如果有寄給她的粉絲信，一定要馬上轉送。

美作里奧說過好幾次了。前任編輯也說過一樣的話，所以杉本也讓計時工當天轉送出版社收到的粉絲信。

因為《Swallowtail Waltz》是人氣作品，寄到出版社的信，數量可比一般作家多了兩位數以上。這麼大量的信之中，當然也有一些批判性的內容，這種信件一定會事前確認然後挑出來。

「山崎先生有叮嚀美作老師在出道之前絕對不能在網路上搜尋自己的名字。不過，我們認為老師應該有加入自己的粉絲專頁。」

「畢竟是在這種時代啊，作家搜尋自己的名字也不會有什麼好事。銷量不好的作家會因為沒什麼讀者回應而受傷，人氣作家又難逃批判。無論哪一種狀況都會心靈受創。因為這個世界上本來就不存在人人誇獎的小說。」

「所以美作老師才會把粉絲信當成避風港。」

不同於網路上的檢索結果，如果是寄到出版社的信，就可以只看喜愛作品的讀者感想。

明明是個作品無人不知無人不曉的作家，但美作里奧依賴的卻是未曾謀面的讀者寄來的感想，這是她唯一的避風港。

「我明明知道老師心裡受傷，卻沒能多關心一點，要是當初更頻繁聯絡老師的話……」

「一切都是結果論。我覺得無論你怎麼做，最後還是會變成這樣。而且，無論有什麼理由，都不應該說這種謊。明天我會和出版處的處長商量，今後該怎麼處理這件事。」

「我也能一起去嗎？」

「當然，我也會找山崎一起來。雖然只有透過電子郵件聯絡，但最了解美作老師的就只有你們了。」

2

隔天，杉本在完全沒睡的狀態下來到公司，人一到馬上就被叫去處長室。

前任編輯山崎和上司上田也馬上出現。

在本人的社群媒體上發表的家屬公告，完全沒有人懷疑。美作里奧的死不只在網路上有相關新聞，就連電視都有報導。

站在出版社的立場，到底要不要承認作家已死的消息。

無論承不承認，今後該怎麼應對呢？

需要決定的事情很清楚，但是開了兩個小時的會都沒有得到一個結論。在不知道作家想法的狀態下，根本無法發出任何公告。我們絕對不能隨便發言。說到底，就只是如此而已。

話雖如此，也不能一直悠哉地任由事態發展。

申請採訪的媒體和讀者的問題已經蜂擁而至。

完結篇會怎麼樣？作家寫到哪裡了？面對粉絲迫切的提問，不可能永遠拖著不回答。

「這只能直接和美作老師商量了。」

這次加入處長和山崎，四個人一起前往老師的住處，但情況並沒有任何改變，美作里奧仍然沒有走出房門。即便從門外問問題，她也沒有回答，就連出道前曾經通過一次電話的山崎來問也一樣。

「我們可以說是帳號被盜，由大樹社出面向讀者道歉。」即便處長在門前說出這個提案，房內仍然毫無反應。

因為完全沒有聲音，反而令人擔心老師是不是在裡面上吊了。

今天早上在上門拜訪之前，杉本也有發電子郵件給美作里奧。雖然仔細挑選詞彙，表達當初沒能體會美作的心情深感抱歉，編輯部永遠都是作家的夥伴，但美作仍沒有回信。杉本甚至不知道美作有沒有看這封信。

在社群媒體發這種文章的時候，她就已經決定引退了。

在完全沒有回應的狀態下經過一個小時，狀況毫無改變，第二次上門拜訪也只能就此解散。在本人表達意願之前，出版社不會發表任何評論。採訪也全都回絕了。雖然處長做了這個指示，但杉本認為這件事根本不可能在這麼含糊的應對之下結束。而杉本的預感，當天就應驗了。

晚上八點，再度傳來令大樹社為之動盪的壞消息。

十六歲少女從自家的公寓跳樓，試圖追隨美作老師一起死。不需要任何說明，所有相關人員都知道這是最糟的狀況。

企圖自殺的十六歲少女中里純戀，因為陽台下的櫸樹減緩下墜力道，幸運留下一命。

然而，從四樓跳下去，不可能毫髮無傷。經過數小時昏睡，雖然恢復意識，但肩膀和手臂都龜裂骨折。

不到二十四小時，粉絲自殺未遂的消息就傳到編輯部，那是因為少女的母親憤怒地打電話到出版社抗議。她母親陷入半瘋狂狀態，在盛怒之下打電話給大樹社抗議，說女兒是在你們出版的小說教唆之下才會自殺。

因為《Swallowtail Waltz》差點害死女兒，少女的母親堅信這一點，而事實上她的理解也沒有錯。

少女的確是因為小說，才想尋死。然而，如果認為這個責任應該由出版社承擔，那就不對了。有時候作品會被批評是犯罪者愛讀的書，可能成為往後的犯罪方向；然而，應該譴責的是當事人的倫理觀，而非作品本身。

話雖如此，這次的事件和類似的案例有個關鍵的差異。

姑且不論自殺的對錯，最大的問題在於讓少女決定輕生的原因中，隱藏著謊言。美作里奧根本沒有死，現在也還活著。

萬一有讀者因為小說家的謊言真的死亡，那《Swallowtail Waltz》就只能以絕版的方式處理掉。作家和作品一定會遭社會處刑，被要求負責。如果十六歲的少女已經身亡，事情會演變成什麼樣子，光是想像就令人寒毛直豎。

隔天，杉本和上田抵達醫院的時候，純戀已經恢復意識，但是編輯出現她也沒什麼反應。

不能告訴她和她的家人真相。

「如果沒辦法讀到這本書的續集，那活著也沒什麼意思。大家都這樣說。」
少女說出的每句話，都隱含著癲狂。
面對無法理解的大人，純戀用手機打開需要認證的封閉社團綠淵國中，讓大人們看上面的留言。
「看看專頁裡面的發文，說想死的人不只我一個。」
少女所言不虛。
或許除了純戀以外，沒有其他人實際執行自殺這種極端行為。然而，對於作家英年早逝感到絕望的粉絲的確有幾十人。
『我也好想死。』
『如果看不到最後一集，那我還不如去死一死。』
『繼續待在這個作品永遠無法完結的世界也沒用。』
『我如果死了，能變成【吉娜】嗎？』
少女身上的傷證明這一連串悲愴的發言並不是在開玩笑。
「那個叫美作的作家，死前沒有寫完最後一集嗎？」
「老師似乎寫了開頭。不過第五集出版之後，因為受到廣大讀者的批評，老師就沒辦法繼續寫下去了。」
面對少女母親的提問，杉本誠實地回答。
「看吧，所以我才說活著也沒意義了。」

純戀毫不猶豫地說。

儘管經歷過自殺的痛苦和恐懼，少女的絕望和求死的覺悟仍未動搖。

「我一直覺得，為什麼像我這種垃圾會被生出來。根本不知道自己到底是為了什麼而活。但是，讀了《Swallowtail Waltz》之後，我第一次覺得，如果世界上有這麼有趣的書，那就繼續活下去好了。我想活到看完這本書的時候。但是，美作里奧死了，我沒辦法看到續集了。在這種世界活著也沒意義。」

別人說的話和對她的擔心，完全沒有傳達到少女的耳裡和心裡。

之後少女應該會接受諮商師的幫助吧。

她的父母應該也不會讓毫不忌諱談死的少女恣意妄為。不過，如果純戀真的自殺成功，而且那個謊言又被揭穿……

上田一出醫院就扶著額頭，坐在巴士站的椅子上。

還是對外解釋美作里奧的死訊是誤報，讓美作把完結篇寫完吧。

這是現階段能想到最好的解決方法了。要是知道作家還活著，中里純戀和其他絕望的少年少女，應該就會改變試圖自殺的愚蠢想法了。

沒錯，解決方法只有這個。然而，還有一個最根本的問題。殺死美作里奧的人，就是美作里奧自己。

出動四個人前去說服，也完全沒有商量的餘地。就連對話都不願意。沒辦法了。

不可能辦到。怎麼想，都不覺得能夠說服那位作家。

「美作里奧的死非比尋常。如果那個孩子再度嘗試自殺，而且真的成功，你覺得會怎麼樣？要是媒體知道真相，那就真的完蛋了。」

上田一臉疲憊地說出這句話，杉本也只能表示同意。

中里純戀的父母已經完全放棄她了。放棄期待，也放棄理解。沒有值得信賴的朋友，未來沒有夢想也沒有希望。

不久的將來，或許她會再度自殺。

「我認為現在需要的就是結局。無論是悲劇還是喜劇結尾，就算是虎頭蛇尾也無所謂。被這個故事拯救的粉絲，需要的是結局。」

「但是，我們不就正因為這樣才感到困擾嗎？」

「雖然作者已死，但有一個方法，或許能讓大家讀到故事的結局。」

杉本不覺得這個方法多高明，也知道這是非生即死，完全豁出去的豪賭。

即便如此，在這種最糟的狀況下，只能賭賭看。

自己身為編輯，不能眼睜睜看著故事和少女去死而毫無作為。

「雖然很不切實際，也很花時間，但是……」

「花多少時間都無所謂，反正我們沒辦法說服作家。不過，你說的不切實際是什麼意思？」

「我本來就是這部作品的粉絲，也可以說我是信徒之一。」

「我知道啊，所以你才會成為第一任責編。美作老師是無法掌控的作家。既然她不會聽編輯部的意見，只要找個順從又辦事細心的人來就好，誰來做都無所謂。你非常優秀，超乎我們的期待。」

「如果真的優秀的話，就不會發生這種事了。」

「是嗎？她可是一匹極端暴躁的馬，無論轡繩在誰手上，早晚都會出事。也罷，你就說說看你的方法吧。」

即便現在發生這樣的事情，杉本仍然醉心於《Swallowtail Waltz》，嚮往書中的世界，甚至想投入其中。正因如此，才能想到這個方法。

「綠淵國中是需要認證的社團，所以聚集的都是鐵粉，老師在那裡也有帳號。」

「你昨天晚上說過這件事對吧。」

「交接的時候，山崎先生把應該是美作老師的帳號告訴我，還交代我絕對不能讓老師發現我們知道她的帳號。」

「帳號真的沒錯嗎？」

「是，我想應該是老師本人沒錯。最初我是半信半疑，不過討論事情時老師曾經提到粉絲頁裡面成為話題的內容，而且留言的文字也看得出來符合老師的性格。」

「嗯，作家冒充會員混進自己的粉絲團也沒什麼稀奇，反正粉絲團裡應該比較少批評吧。她應該能透過聆聽鐵粉的意見，安撫自己的心靈。」

「老師雖然不好相處，但是她幾乎不會對編輯提出什麼要求。老師唯一有明確指示的事情，只有即時轉送粉絲信而已。因為老師比別人更容易受傷，希望能時刻提醒有粉絲愛自己的作家。」

「這我知道，她脆弱到令人嘆息的程度啊。」

「一方面也是受到電影裡的女演員爆紅影響，作品受歡迎的部分大多落在【吉娜】身上。《Swallowtail Waltz》故事的後半段，幾乎靠【吉娜】在撐。」

「但是，【吉娜】在第五集竟然那樣慘死。」

結果，對作品的過度批評，導致有些人開始攻擊作者的人格。

「【吉娜】在第五集會死這件事，一開始就定好了。交接工作的時候，推出動畫版的工作也正在進行，老師在我看過出版社拿到的第一版腳本之後，說過幾個重要的秘密還有之後的故事會如何推展，所以我本來就知道【吉娜】會在第五集死掉。」

「動畫的製作團隊知道這件事嗎？」

「我按照老師的意思，沒有告訴對方，因為怕資訊被洩漏出去。【吉娜】的事情，我沒有告訴導演和製作人，因為這樣……」

第五集出版後產生的問題，光是回想起來都讓人覺得心痛。

動畫公司花了兩部作品的預算，以超乎常規的製作規模在企劃。為了把作品推到國外，也花了很多心力在宣傳上。

然而，在迎來動畫播映的最高潮時，新集數出版，提到裡面的主要人物【吉娜】死亡，大家最愛的【吉娜】在原作中慘死。

考量在那之後的輿論攻擊，杉本在某些部分也能理解製作人和導演的憤怒。

然而，《Swallowtail Waltz》是美作里奧孕育的小說，無論是製作人還是導演，都沒有權利批判原著。

而且，【吉娜】的死本身應該具有重大意義。雖然美作沒有告知全貌，但杉本深信一定是這樣。能夠編織濃密且多層次故事的美作里奧，不可能為了讓故事更聳動而殺死【吉娜】。

因此，無論如何杉本都站在原作者這一邊。即便製作人再怎麼責難，導演說再多諷刺的話，杉本都堅決保護原作者。不僅沒有轉達這些人對今後故事走向的期望，也沒有告訴他們自己知道的完結篇內容。不過，粉絲的抗拒超越杉本的預期。

對作品的失望，轉為對作者的憤怒，開始一連串超乎想像的毀謗中傷。

越演越烈的人格攻擊撕裂作者的心，最後杉本甚至無法聯絡上美作，無論傳送多少信件，都石沉大海沒有回應。

「老師只是誠實地寫下原本就決定好的故事，但是這個世界卻不肯饒恕她。批判的聲音比讚賞強過十倍，不，是一百倍。老師認為已經沒有人想要看自己的作品了。雖然那不是事實，但她還是這樣認為。」

然而，杉本想要讓美作知道。

第五集的故事或許真的傷了讀者的心，導致讀者回擊傷害作者。但是，並非所有的人都在批評。

因為故事的走向而受到衝擊和完全否定故事是兩回事。人們是因為深受【吉娜】吸引才會受到打擊，並非想放棄整部作品或討厭作品。

杉本自己就是這樣，跳樓自殺的中里純戀也一定是這樣。

聽說她很喜歡【吉娜】，但她不是因為【吉娜】已死才跟著自殺，而是因為再也讀不到最喜歡的作品而感到絕望。

這個世界上，還是有需要故事的人。有人著迷於美作里奧描繪的世界，並且以那個只有美作里奧才能描繪的世界為活下去的精神糧食。若非如此，根本就不會出現這種追隨作者自殺的事件。

美作里奧必須知道這件事才行。必須了解自己是多麼偉大的小說家，多麼受人愛戴。

「我有個想法。雖然可能會花點時間，但為了拯救美作老師和絕望的粉絲，請讓我執行我想到的方法。」

3

——在廢校集結鐵粉，一起尋找故事的結尾。

若用淺顯易懂的話語來解釋，這個計畫的概念非常簡單。

只要讓美作里奧本人參加這個企劃，她就能直接傾聽粉絲的想法。藉由感受粉絲對作品的愛，或許能夠找到重生的路。對中里純戀這樣已經準備赴死的少女來說，這或許也是一個重新思考的契機。

就像部長說的那樣，只要美作老師肯寫完結篇，我們就有辦法把事情圓回來。

我們可以說是社群媒體的帳號被盜。出版社沒有及時發現騷動，才會比較晚出面解釋。什麼藉口都可以。就算大家不相信也無所謂。只要相關人士都閉口不談，就能掩蓋真相。我們只要準備好藉口，堅持同一種說法即可。

誇張一點的話，也可以說我們找到遺稿。就是因為作者實際上還活著，事情才會變得很麻煩。如果按照公告的內容，設定為作者已死，只發表作品，那就不會有任何問題了。要是美作里奧今後還想繼續當小說家，只要換個名字就可以了。總之最重要的是讓作家的心活過來。

只要美作里奧不回心轉意，就絕對無法擺脫窘境。

《Swallowtail Waltz》是足以左右公司股價的作品，因為作者去世中斷系列作連載，和發行完結篇圓滿收場，兩種狀況的收益截然不同。

發行完結篇是身為編輯必須要達成的使命。

傳出美作里奧的死訊之後，不知道是不是認為話題性十足，跨媒體製作的提案不減反增；據說也有數十間海外公司來洽談合作；甚至有熱愛作品的創作者，提出「請讓我完成化作泡影的完結篇」這種言之過早的企劃書。

然而，杉本始終都相信，只要美作里奧復活，找回自己的心，她一定能寫出最棒的完結篇。

幸好，堅信這一點的不只杉本一個人。就連對美作里奧的行為感到頭痛的上司，都認為她的才能無庸置疑。

為了等待作品的粉絲，用盡各種手段都要讓作家振作起來。

只要能拿到完結篇的原稿，做什麼都行。得到執行計畫的許可後，杉本將手上負責的作家暫時交給上田，開始尋找舞台。

雖然無法前往朝聖，但綠淵國中的留言板上，有一區專門推測故事的舞台背景。

雖然美作曾經說過並沒有設定在某個具體地點，但粉絲就是會過度解讀的生物。不斷有尋找故事舞台的粉絲，留言板內也有列出幾個可能的地點。如果選擇這裡提到的地點，有可能會遇到意料之外的閒雜人等。

杉本希望舞台最好是粉絲尚未發現的廢校，此時剛好有個地方很適合。山形縣的山林之中，有個拍真人版電影時，曾經在企劃階段列為候補地點之一的廢校。

那個聚落本身已經是廢村，校舍後方還有一條小河。

為防萬一，杉本從最初的留言一路確認下來，那所廢校並沒有出現在留言板上。除了相關人員之外，沒有其他人知道，可以說是理想的選擇之一。

「我們想使用廢校辦活動，請問企劃書要送到哪裡去呢？」

『什麼？你在說什麼？我聽不懂。』

和當地的行政單位聯絡後，得到的是對方嫌麻煩的回答。

「請容我們寄企劃書過去說明詳細內容，方便告訴我負責人的姓名……」

『不不，不用了。寄那種東西來，我們也不知道怎麼處理。如果不會造成我們的困擾，你們可以隨便使用。那裡沒有人住，什麼都沒有。』

雖然覺得行政機關的應對方式有問題，但重要的是有得到使用許可。通話都有錄音，萬一發生問題也能當作對方有承諾證據。既然行政機關的負責人都說可以隨便用，那就能毫無顧忌地執行計畫了。

隔天，杉本馬上就前往現場勘查。

《Swallowtail Waltz》的粉絲應該都有從書中得到基本的野外求生知識。然而，知識與實踐之間有著一大段鴻溝。

要判斷七個外行人能否在這裡生活，一定要確認過場地才行。

場勘後確認這是個適合當作舞台的地點，當天杉本就開始著手執行最重要的任務。

那就是告知美作里奧這個企劃，並且詢問參加意願。

杉本接連兩天都到美作家裡拜訪。

某天，她的親生父親數度破口大罵：「像妳這種造成別人困擾也覺得無所謂的人，現在就給我滾出家門！」

看樣子，她和父母的關係並不好。在那種狀態下，待在家裡應該很不自在。

要是好好誘導，很有可能會上鉤。因為她是比一般人更纖細敏感，非常在意別人怎麼看待作品的作家。

杉本使用假名，透過綠淵國中和美作聯絡。他使用的暱稱【Makki】是同名歌手的綽號。在這個企劃裡，絕對不能被發現自己就是責任編輯杉本敬之。所以杉本在和美作聯絡之前，隨意組合了當地新聞中出現的姓名，自稱是「塚田圭志」。

在企劃書中附上場勘時拍攝的廢校照片，強調這是粉絲自力救濟的企劃。

『我打算按照第五集結束時的狀態，找四名男性、三名女性來模仿故事。希望綠淵國中老成員之一的妳也來參加。』

杉本非常小心、慎重，考量美作里奧的性格小心翼翼地寫下這段文字。他相信只有這個方法能夠改變眼前最糟的狀態，下定決心和美作聯絡。

美作里奧應該也想逃離家庭和整個社會。再者，她應該多多少少對作品中的生活懷抱憧憬才對。

只不過她已經賺到足夠過一輩子的錢了，沒有必要刻意參加窘迫的團體生活，所以就算她忽視邀請信也不奇怪。

雖然杉本已經非常小心翼翼地準備，但是對於美作會不會回覆仍然半信半疑。完全沒料到，不到半天就收到想參加的回覆。

儘管這個計畫是為了拯救她，但絕對不能被發現背後的意圖，同時也要避免杉本自己的身分曝光。為了提升信任度，必須營造參加者都事先確認過身分的假象。

『用圖片檔也沒關係，希望妳稍後能提供身分證明。』

之前上門拜訪的時候，她的父親就已經告知美作里奧的本名。雖然她有交代過不能透露，但得知事態嚴重的父親，把年齡和姓名都告訴杉本了。

因此，杉本一開始就知道「佐藤友子」並非真名。

美作里奧使用 Photoshop 之類的修圖軟體，製作了一張保險證。

這是很常見的姓氏和名字，這個世界上一定有很多叫作「佐藤友子」的人吧。然而，這不是她真正的名字。雖然知道真相，但杉本沒有追究。

杉本非常了解她是一個極致的保密主義者，既然她希望大家用美作里奧這個名字稱呼她，那只要照辦就好。

確定美作里奧會參加之後，杉本第一個聯絡的人是在論講社任職的山際惠美，對杉本來說山際就像是同期進入公司工作的朋友。

雖然兩個人分別在不同公司工作，但是進公司之後進行的新進員工訓練，都在同一間書店實習。

回到各自的出版社之後，仍然偶爾會互相聯絡，交換業界的資訊。

實習的時候，杉本會和山際意氣相投的理由很單純。一方面是兩個人的年齡相仿，但是最重要的契機是當時剛出版的《Swallowtail Waltz》。

聚餐續攤的時候，兩個人在深夜的家庭餐廳聊作品聊到第一班電車發車。明明才剛出版第一集，山際就變成足以稱為信徒的粉絲了。

『我有工作上的事想跟妳商量。』

杉本發了封信，找山際來到有單獨包廂的居酒屋。年輕男子約年輕女子出來，就算對方誤以為是約會也不奇怪。

「收到你的信我嚇了一跳，我想你現在應該焦頭爛額才對。」

山際跟往常一樣戴著眼鏡出現，一坐下就露出複雜的表情。

「你沒事吧？黑眼圈很深喔，有好好睡覺嗎？」

杉本在一個月前得知她因為健康狀況不佳而停職。

「至少有最低限度的睡眠時間啦。妳身體狀況如何？」

杉本不知道所謂的健康狀況不佳，具體是指什麼。畢竟換作自己停職或轉職也會告訴對方，但兩人的關係並沒有好到可以問個人隱私。

「因為徹底休息了一段時間，現在算是比較穩定了。」

「那有預計什麼時候復職了嗎？」

「這個嘛——還沒有這麼快。當初和上司談的時候，我已經準備離職了。我父母也說如果會搞壞身體，不如離職。不過，我上司是能理解心理疾病的人，他告訴我身體狀況是會改變的，所以建議我不要著急，好好休息。」

杉本之前就料到可能會是這樣，看樣子所謂的健康狀況不佳就是指精神方面有問題。研習的時候近距離觀察過就知道，山際是非常顧慮別人的人，她也曾經因為太過努力，把自己逼到絕境。

半年前見面的時候，山際左手無名指戴著戒指。

本以為她訂婚，杉本說了祝福的話之後，她才自嘲似地笑了。

因為其他部門的長官苦苦追求，為了穩妥地解決這件事，只好開始戴戒指。

戴著戒指會讓她自己遇不到正緣。如果覺得對方的追求造成困擾，就應該說清楚、講明白才對。杉本雖然這麼想，但是心裡也知道她的溫柔和笨拙讓她沒辦法有話直說。

「我想妳也有很多煩惱，而且像妳這樣過度努力的人，應該要在能休息的時候好好休息才對。」

「你才需要休息吧？美作老師發生那種事，受傷害的應該不只家屬。」

「其實我找妳來就是要商量這件事。這不知道該說是商量還是提議，雖然有點古怪，但我想讓妳聽聽看，就算妳一笑置之也無妨。在公司之外我能相信的人只有妳了。」

「你太看得起我了。我就是太一板一眼，不懂得圓融處世。」

「正因為妳一板一眼，我才想拜託妳啊。」

「嗯，說來聽聽看吧，雖然我沒什麼自信能幫上忙就是了。」

山際一邊說一邊露出微笑。聽完這個計畫，她會露出什麼表情呢？用一般常識思考的話，反對這個計畫也很正常……

「原來如此。需要和其他公司的編輯商量，表示美作老師是女性囉？」

杉本一說完，山際馬上接話。

「畢竟團體生活發生任何事都不稀奇。如果沒有和美作老師同性又能理解一切的編輯，企劃就無法執行。你是這樣想的吧？」

「妳說的一點也沒錯。」

「順帶一提，除了你以外還有其他的編輯在名單裡嗎？」

「不，只有我。目前確定的人選有美作老師、山際小姐，還有一個我非常想邀請的女孩，剩下的成員接下來才要開始篩選。」

「你非常想邀請的女孩是誰？」

聽到試圖追隨老師自殺的少女中里純戀的相關事件之後，山際露出和剛才截然不同的心痛神情。

「你還真是溫柔善良。」

「我知道我是不知天高地厚，只顧追求理想。不過，我是因為想讓小說家和讀者都幸福才當編輯的。既然知道這件事，我就不能不管中里的事情。希望妳能幫幫我。」

「我體力很差喔。」

「我知道這不是能馬上回答的提案，接下來我還要去找其他參加者，妳不用馬上回覆也沒關係。」

山際搖了搖頭。

「既然已經聯絡美作老師，最好盡快下決定，應該要趁她還沒改變心意之前行動。照目前的情形，美作老師和那個女孩都無法擺脫現狀。而且，我也知道除了我之外，沒有其他人更適合當助手。純戀妹妹和【瑪麗亞】一樣都是十六歲對吧？美作老師二十三歲符合【克萊爾】的年齡，我二十六歲可對得上【諾諾】。我想光是這樣就能增加企劃的說服力。」

「原來如此，這是個不錯的想法。那看來我就是【烏鴉】了啊。」

「年齡和角色不都剛剛好嗎？」

「為了營造真實感，參與的成員要盡量貼近作品中最後剩下的七個人。所以，我再拜託妳一次，我還是希望妳能參加。真的非常抱歉，把妳捲進這麼麻煩的事情之中。」

「沒關係，我也想為美作老師盡一份心力。得知老師的死訊，我真的絕望到頭暈目眩。」

七名參加者之中有三名女性。

佐藤友子、山際惠美、中里純戀，雖然最後一位還不確定，但三位女性的名單大致就是這樣了。

「我有問題。你會向中里和接下來召集的三名男性成員說明狀況嗎？」

「狀況？」

「美作老師也在成員之中的事。」

「……這個啊，我還在猶豫。光憑一個人的成長經歷或社會地位無法判斷會不會說漏嘴，要是美作老師知道所有人都發現自己的真實身分，不要說重新振作了，她應該會更鬱悶。因為她是一個很笨拙又不習慣接受別人善意的人，我想她光是察覺到背後的意圖就會強烈反抗。」

「老師是這樣的人啊？」

「她真的是很難相處的惡鬼。動機什麼的，根本無所謂。要是知道被大家擺了一道……」

「應該會暴怒吧？」

杉本肯定地點頭。

「我想也可以開始團體生活之後，觀察一下成員的秉性，看狀況說明事情原委，請大家幫忙。不過，在招募成員的時候，還是先保密好了。」

「我知道了，我也覺得這樣比較好。中里什麼時候會出院呢？」

「她好像是墜落在樹上，所以只有肩膀和手臂龜裂骨折。」
「龜裂骨折是骨頭裂開嗎？」
「嗯。不需要動手術，大概一個月就能復元，所以企劃開始的時候應該已經康復了。畢竟她是自殺，所以好像會住院住到狀況穩定為止。不過我想她應該不久就會出院。要是她趁父母不注意的時候，又再度自殺就糟了。既然妳已經同意幫忙，那我就馬上跟中里聯絡。」
「剩下的三個人呢？」
「剩下【陽斗】、【假面】、【代豈】，所以要找一名高中生和兩名大學生。如果已經退學還好說，應該沒辦法邀請現役高中生吧。」
「說得也是，這就只能用演的了。」
「我是有做一份候補清單，妳可以幫我看看嗎？第一位是擁有童軍活動經驗的研究生稻垣琢磨……」

4

當初感覺很荒唐的企劃，在獲得山際協助後加速進行。在預想實際生活情景的時候，最令人擔心的就是美作里奧和中里純戀的精神狀態。然而——
「我會照顧她們的。」

山際這樣說之後，杉本才終於能專心推動這個計畫。

在詢問參加意願的時候，中里純戀不到三十分鐘就回信了。信中寫道「務必讓我參加」，她積極正面的回答令杉本意外。

這名少女只是得知作品不會出版續集就從公寓跳樓自殺。光是這短短的一句話，也能令人深切感受到她對作品近乎病態的愛。

『在執行計畫途中，如果發生需要動員警察的問題，作品一定會成為眾矢之的。因此，妳長期外出這件事一定要徵得父母同意。』

對少女的說明這樣就足夠了。純戀好像是對父母說，為了沉澱心情，想要暫時到年長的朋友家住一段時間。山際則是直接到家裡接她，也藉此順利說服了純戀的父母。

沉醉於同一本書的成年女性，出手拯救連父母的話都不聽、把自己關在家裡的危險少女。對她的父母來說，這說不定只是順水推舟。

以主角【陽斗】為藍本的邀請對象，是十九歲的清野恭平，他目前是個獨居的打工族。

在確認他有參加意願之後，杉本拜託他謊報年齡，自稱自己是高中生。第五集結束的時候，留在廢校裡的男子有社會人士一名、大學生兩名、高中生一名。只要他自稱自己是高中生，那男性成員就可以湊齊四個角色。

雖然抱著可能會被拒絕的心理準備，但是清野意外地感興趣。

『我知道了，那就讓我當高中生吧。既然要參加，那就要認真重現故事的場景。能夠拿到主角的角色是我的榮幸，俗話說，說謊也是權宜之計，在作品中很少有人一開始就說實話。我會想想看高中生參加企劃的理由。』

在集合的第一天，清野說他是逃離育幼院到這裡來的。杉本不知道那是他一年前真正發生的事，還是完全虛構的情節。因為杉本認為，等到一切都結束再來追究真相就好。

有玩心又能言善道的清野，應該能和山際一樣成為團體裡的潤滑劑。

選定擁有童軍活動經驗的研究生稻垣琢磨扮演【假面】，由大二生廣瀨優也扮演【代亞】，召集七名成員。

美作里奧在社群媒體上面公布令人震撼的發文大約一個月後。

終於迎來執行企劃的那天。

在之前造訪美作家的時候，自己的長相有可能透過窗戶被看到。

因此，杉本準備了拋棄式隱形眼鏡，到理髮店把長髮剪短並染黑。如此一來，至少光看外表不會被發現。

知道內情的只有杉本和山際兩個人。

要是在團體生活的過程中，發生需要警察或消防人員介入的事件或事故，被當成藍本的作品一定會成為眾矢之的。身為成員之中的年長者，必須確實領導所有成員才行。

這個企劃的目標只有一個，那就是透過團體生活，讓小說家找回活力。希望能讓她知道，有這麼多人由衷熱愛《Swallowtail Waltz》這部作品和美作里奧這位小說家。然而，從這個想法出發的企劃，馬上就遇到出乎意料的開端。

原本想拯救的佐藤友子，心靈打從一開始就完全崩壞了。

5

杉本知道她是個難相處的人。

怕生、不喜歡融入人群，這些都能事先料到。

話雖如此，杉本也沒有想到她如此充滿攻擊性，一開始就放棄與他人溝通。

令人討厭的問題製造機。

從相遇的那天開始，佐藤一直都是這種女人。

雖然有透過身分證明確認過所有成員的身分，但是杉本告訴所有人，在廢校使用的名字可以自由編造。

作品中有用本名的角色只有【陽斗】、【代亞】、【瑪麗亞】三個人。除此之外的成員都使用完全不像日本人的綽號，也有不少角色捏造假身分。

譬如【克萊爾】自稱是「匯款詐欺」的主謀，雖然沒有實際犯案但遭到逮捕，但其實她偽裝成被害者，根本沒有被逮捕過。

關於登場人物說的謊，根本數之不盡。既然要模仿這個故事，成員若想演出不同的人格，那麼讓大家自由發揮也無所謂。杉本事前就告訴大家，自己就算知道也不會說什麼。

然而，實際上捏造本名的只有杉本和佐藤兩個人。除了已經被知道本名的責任編輯和美作里奧自己之外，所有成員都老實使用真名。

面對不知道能否信賴的陌生人，參加者都坦承自己的身分，應該是因為大家都真心愛著這部作品的故事吧。因為愛，所以無法說謊。連一個用暱稱的人都沒有，大家紛紛說出自己的本名。

在中里純戀說出自己的名字時，佐藤應該就發現她就是每週都寫長文粉絲信的少女。

『如果有粉絲信，一定要馬上轉送我。』

美作里奧特別交代編輯部這件事，杉本認為是因為美作特別期待收到少女的信。純戀狂熱又盲目的粉絲信，對小說家來說的確是一種救贖。

儘管如此，佐藤唯獨對熱愛《Swallowtail Waltz》的少女特別狠毒。不斷侮辱純戀重視的東西和她依賴作品的情感。像是在測試她的愛一樣，持續用冰冷的語言刺傷她的心。

山際能參加企劃，真的是太好了。如果沒有她，這個計畫應該早就完蛋了。團體生活開始的第二天，杉本就有這種感覺。

如果沒有完全了解事情始末、靈活應對的山際，女性成員之間的相處真的會慘不忍睹。

尊敬美作里奧的山際，無論佐藤的言行再怎麼過分都沒有放棄。露出苦笑的同時，仍持續守護純戀，依然對佐藤溫柔搭話。

不過，正因為山際這種善解人意的個性，才會發生後來的問題，這一點還真是諷刺。

佐藤一開始應該對這個團體生活毫無期待。

根本不信任粉絲，對企劃也抱著憤怒和怨恨等複雜的情緒。

沒錯，佐藤一定是想摧毀這個企劃。

她想要攪亂團體生活，讓這個企劃終止。然而，她的自我防衛並沒有引來反彈。因為原本就知道佐藤真實身分的杉本和山際，絕對不會放棄她。無論態度多麼惡劣，這兩個人都沒有孤立佐藤，持續努力讓她融入其中。

而佐藤不只古怪到超乎想像的地步，就連第六感都非常強。

明明言行舉止都很冷酷，這些人卻始終不放棄自己。難道是因為他們知道，我就是美作里奧？會不會其實自己已經被騙了？她很快就想到了這一點。

美作里奧的推理半對半錯。

她並不知道，只有杉本和山際兩個人知道佐藤友子的真實身分。可能是出於疑心，佐藤開始試探每個人。

其中，佐藤最懷疑的人就是山際。山際本來就是負擔最重的人，複雜的煩惱更引出她的心病。

到時候是自己的身分先被看穿，還是山際先倒下呢？無論如何，這兩件事都不能發生。因此，在團體生活開始一週後的晚上，杉本出了新招。

在聯誼會上，謊稱表哥是責任編輯，而且聽說「美作里奧是男性」。

杉本想讓美作知道，就連主辦人都不知道作家的性別。參加企劃的成員，頂多也就是這種程度的人物而已。因為杉本想讓她安心。

和山際商量之後使用的戰術，當下看起來似乎成功了。

然而，隔天早上，情況急轉直下。

未發表的完結篇原稿，出現在廚房前的走廊。

那是連責任編輯杉本都沒看過的原稿。雖然知道在被輿論攻擊前，完結篇的開頭就已經寫好了，但是完全沒想到她會把原稿帶來，還在所有人面前公開。

這是自己最喜歡的故事，能讀到原稿真的很開心。和跨媒體合作時為了確認劇情，稍微知道完結篇的開頭，但這份原稿令人感動到彷彿連靈魂都在顫抖。【吉娜之死的真相，尤其震撼人心。

然而，杉本也同時產生一種幾近恐懼的混亂感。

為什麼？她是出於什麼目的？想要追求什麼？才會把原稿公開呢？稀世天才美作里奧到底在想什麼？杉本完全無法理解。

6

穿越池袋車站JR東側剪票口，走上階梯之後，撐著洋傘的山際惠美朝我揮手。明明回到家裡之後身體狀況還是沒有好轉，又開始去醫院報到，但她今天還是早就到約定的地方等我。

明明可以活得輕鬆一點的。因為她總是體貼別人，心才會生病。我雖然這麼想，但我自己也是過度依賴她溫柔善良的人之一。

「好久不見，謝謝妳撥空出來。」

「不用客氣，畢竟我是所有人之中數一數二的閒人。」

「現在山際小姐的工作就是讓身體好好休息吧。都是因為我要妳參加企劃，才會導致身體狀況惡化，我覺得我有責任。」

「不用在意，這是我自己想要做的事。今天其他人也會來嗎？」

「稻垣會準時到，清野打工結束後就會來。」

「廣瀨呢？」

「他會不會來我就不知道了，因為他回我『會考慮』。」

「這樣啊。當時是我先退出的，要是能和廣瀨聊聊就好了。」

山際今天是第一次和脫離團體生活的成員還有杉本見面。

「去咖啡廳之前，我能先確認一件事嗎？我得向你道歉才行。現在佐藤小姐和純戀妹妹都還留在校舍吧？」

「沒錯，應該都還在。我有交代純戀，如果離開校舍一定要通知我。」

雖然是在廢村執行的企劃，但結束後還是要清理場地，這是我分內的工作。

「妳要向我道什麼歉？」

「我實在很擔心。」

「擔心美作老師嗎？」

山際搖搖頭。

「雖然我也很在意老師的狀況，但我更擔心純戀妹妹。」

「我走之前有確實告訴她，絕對不要逞強。」

「我覺得你的建議沒什麼意義，因為純戀妹妹很不懂得珍惜自己。」

山際說得沒錯，如果她能用理性控制情感，那就不會做這種追隨作者自殺的事了。

「雖然覺得非常抱歉，但是我怕再繼續下去會病倒，所以待了三個禮拜就先走了。」

「妳不需要為了退出道歉。要是妳不在的話，這個企劃會更早崩壞。」

「不是啦，不是這樣的。我不是想為自己的耐受度道歉，而是純戀妹妹的事情。對不起，我當初也覺得應該要跟你商量才對，但我其實……」

穿越西武池袋總店前的斑馬線，在人潮之中走了五分鐘。我們明明提早到十分鐘，但事前預約好的咖啡店裡已經出現稻垣琢磨的身影。杉本和山際一走入店內，稻垣馬上以平靜的眼神低頭致意。

他手邊都是參考書和筆記本。

「明明是我找你來卻讓你等，真是抱歉。」

「不不，是我提早到了，請不要跟我道歉。」

二十四歲的稻垣雖然還是學生，但是在國際舞台上一路奮鬥的他，總是散發出超齡的穩重。

回顧團體生活，有幾件事直到現在我才明白。

第八天早上，佐藤會拿出完結篇的原稿，是因為前一天大家都得知「美作里奧是男性」這個錯誤資訊。

雖然找到未發表的原稿，但這個時間點還沒有人認為社群媒體上的發文是假的。佐藤堅持主張美作里奧就在七個人之中，但是沒有人當真。

只不過，因為佐藤大聲疾呼，導致埋下疑心的種子。大家心裡都萌生「或許美作里奧真的在七個人之中」的想法。

即便如此，佐藤因為是女性，所以被排除嫌疑。因此，她開始為所欲為。一開始就把矛頭指向廣瀨，露骨地指出他就是作家本人並強烈指責。一臉開心的樣子，批評廣瀨是最差勁的傢伙。

她到底在想什麼？才會不斷反覆做這麼令人難過的事情呢。

杉本認為，佐藤就是自己在折磨自己。

她假裝傷害別人，但其實受傷的是自己。

她看起來甚至像是透過受傷、傷害自己，才能維持自己的精神狀況。她心靈深處的想法，不是自己這種凡人能懂的。

就連知道佐藤真實身分的杉本和山際都這樣了，更何況是不知道內情的其他四個人，一定感到非常困惑。他們對佐藤的態度感到火大也很正常。

佐藤懷疑所有人，一直說一些近似語言暴力的話。稻垣對這件事比任何人都憤怒。他的憤怒與日俱增，隨時都有可能爆發。

再這樣下去，不久之後一定會出現無可挽回的衝突。杉本想到了這一點，和山際商量之後，便決定把真相告訴稻垣。因為杉本認為，胸襟廣闊的他一定可以接受。

事實上，杉本的預料可以說是非常正確。

得知真相的稻垣，對自己景仰的小說家如此特異獨行感到既震驚又目瞪口呆，但是最後還是非常寬容地表示能夠理解。

「其實我並不想相信。但是，我能理解。如果佐藤小姐就是美作里奧，她的精神狀態會變成那樣也是沒辦法的事。連身為粉絲的我，都覺得那些批評和毀謗令人沮喪。雖然我覺得她真的是無可救藥的惡鬼，但也不是不能理解她的心情。畢竟這個世界上還是有比被刀刺更痛的事情。」

得知一切的那天晚上，稻垣撐著臉頰嘆息。

「我們全部都是放棄社會生活來到這裡的粉絲。佐藤小姐罵純戀妹妹是狂熱分子，但要我說的話，這裡的每個人都半斤八兩。在這裡的生活，應該能讓她理解那部小說到底有多受大家喜愛吧。」

「儘管如此，老師還是不相信其他人，也不認同自己被愛。」

「她應該天生就是這樣的人吧。」

「這麼重要的事情，我們一直瞞到今天，真的很抱歉。」

杉本和山際兩個人向稻垣低頭致歉。

「別這麼說，沒關係的。我知道你們兩位很辛苦，也能理解你們想做的事。雖然不知道有沒有幫上忙，但是能成為一分子我很高興。」

「要是沒有你在，這裡的生活就沒辦法過下去，真的非常感謝你。」

「這件事其他三個人都還不知道嗎？」

「其實我很猶豫，要是老師知道所有人都在騙她……」

「應該會暴怒吧。」

因為她是一個無法坦率接受溫柔善意的人。

「而且，先不說廣瀨和清野，純戀妹妹應該沒辦法隱瞞到底。」

「我沒有懷疑過塚田先生的動機，也不打算批評或否定兩位做的事情，對接下來要怎麼做也沒有意見。但是，很抱歉，既然知道真相，我想我應該沒辦法繼續下去了。原本是因為那本小說讓我如癡如醉，卻無法看到結局，覺得實在無法接受才會參加，想說就算看到一點結尾也好。」

「我知道。」

「既然美作里奧還活著，那事情就不同了。我無法想像她接下來會怎麼做，也不覺得能把她揪出來。不過，我覺得她沒有完全拋棄這個故事，才會給我們看新作。」

「如果真的是這樣就太好了。」

「要是她真的覺得無所謂，就根本不會把完結篇的原稿印出來帶到這裡。我想她是想著，如果聚集在這裡的成員值得信任，就來聽聽大家的感想。」

因為杉本謊稱美作里奧是男性推了佐藤一把，讓她決定讓成員看那份原稿。這一點可以說是無庸置疑，但把原稿帶到廢校是出於她的個人意志。

「我對塚田先生……啊，你其實是姓杉本對吧。」

「叫我塚田就好了。」

「我相信塚田先生，也相信山際小姐。既然美作里奧還活著，我想是時候結束這裡的生活了。我相信她會寫出完結篇的。」

「我們沒有權利挽留你，畢竟大家都有自己的生活。」

在廢村的生活中，稻垣比任何人都可靠。如果說不想要他留下，就是在說謊。不過，他也有他的生活，既然他想走，那也沒辦法。

「該怎麼做才能讓她敞開心胸呢？」

「我才想要你告訴我呢。」

「說得也是，我想你們兩位真的是在挑戰一件很困難的任務。」

「嗯，但是我也只能繼續做下去了。因為我相信《Swallowtail Waltz》是這個世界上最有趣的小說，而且我就是這本書的責任編輯啊。」

在雙方緊緊握手的三天後，稻垣就離開校舍了。

稻垣堅信以後美作的心一定會康復，就這樣成為第一個退出的人。

稻垣並不是因為憤怒或沮喪離開，杉本非常確定這一點。

因為他臨走前，刻意看著廣瀨說出想對美作里奧說的話，那應該是稻垣獨特的餞別方式，也是他的溫柔。

既然把希望寄託在剩下的夥伴身上，就不能被發現，自己已經知道美作里奧的真實身分。為了讓佐藤放心地繼續過團體生活，於是稻垣刻意裝作懷疑廣瀨的樣子。

7

杉本和山際早就做好心理準備，預料得知真相的參加者或許會選擇離開。不過，兩人的目的並非尋找故事的結局，而是讓美作里奧重新振作起來，還有拯救被故事束縛、感到絕望的少女。

得知真相的稻垣選擇離開是可以預料到的事情。

然而，在那之後山際的身體狀況變差，真的是令人悔恨至極。她的病是心病。在不穩定的環境下，連續幾天的陌生團體生活與隨時顧慮他人的個性，導致身體開始出現異常。

佐藤毒辣的話語，把她逼到絕境。

山際了解佐藤的心痛與苦惱，發自內心想要幫忙，但是惡毒的語言就像沙漏一樣逐漸累積，對心靈造成負擔。

雖然山際說不能把純戀留在這裡，自己一個人退出。

但是，杉本認為不能再讓她苦撐下去了。

緊接著在稻垣之後，一直維持女性成員之間關係的山際退出，對團體生活產生巨大的不良影響。

山際擅長各種家務，還擁有緩和氣氛的能力，她的重要性比杉本想得還要高很多。

山際離開之後，就沒有能夠保護純戀的人。雖然這是最令人擔心的一點，但佐藤攻擊的目標現在已經轉到男性成員身上，因為杉本斷言美作里奧是男性，所以佐藤緊揪住男性成員不放。

其中最讓她執著的目標就是廣瀨優也。因為考量年齡和身分地位，廣瀨最有嫌疑。佐藤一直堅持這一點。

杉本很早就把真相告訴廣瀨，因為他在外出採買的時候，發現山際是編輯。廣瀨知道一直敵視自己的佐藤就是美作里奧，也能理解她在害怕、憤怒什麼，還有出於什麼動機說這些話。

因此，無論她對自己說多麼毒辣的話，廣瀨都沒有受影響。廣瀨沒有受傷，對杉本來說是為數不多的救贖之一。

杉本在廢校的三十五天，佐藤幾乎每天都在罵人，無論對誰都充滿敵意，而且不斷批評美作里奧。

她想藉由惡言惡語，試探集結在廢校的粉絲的真心。

如果可以的話，杉本原本是希望她能夠單純地享受和成員一起度過的團體生活，但這個願望未能實現。

緊接著在稻垣和廣瀨之後，杉本也把真相告訴清野，清野得知真相也馬上就退出了。杉本甚至沒能和清野告別。

想必清野對言行差勁的佐藤和隱瞞真相的自己，都感到目瞪口呆吧。

杉本打算趁今天跟他道歉。

清野離開之後，杉本自然而然開始思考是否該宣告結束。

在超過一個月的團體生活中，持續觀察佐藤的杉本，比任何人都還要更快發現她細微的變化。

佐藤從第一天開始就對純戀很惡毒，明知純戀就是每週寄長文粉絲信的少女，卻還是不斷出言傷害她。

佐藤應該有所懷疑吧。會不會其實就連少女都覺得第五集的故事很令人傻眼？因為這個想法，讓佐藤覺得害怕。

不過，純戀相信小說相信到頑固的程度，無論被批評是狂熱分子多少次，都堅決支持這個故事。

而少女的想法，讓佐藤慢慢轉變。

經過三個禮拜之後，佐藤看純戀的眼神開始變得平靜，表情也沒有那麼充滿敵意。

面對面的時候，佐藤還是會說出冷酷的話，但遠遠看著純戀的時候，眼神中總是帶著希望。

和純戀面對面的時候，佐藤反射性地說出冷酷的話，其實是一種自我防衛的行為。因為不想受傷，不想被崇拜自己的少女放棄，所以只能這樣做。

她想透過窮追不捨，來確認少女對自己的愛。

累積發行超過四百萬冊小說的天才作家，唯一依賴的不是父母也不是編輯，而是熱愛自己小說的少女。

因此，杉本做了決定。

只有對故事的愛，才能夠拯救美作里奧。而且，最愛這個故事的，毫無疑問就是中里純戀。

自己和其他參加者都很喜歡《Swallowtail Waltz》。

但是，沒人比得上純戀。那孩子深信自己是為了讀這本小說而生的。

一切希望都寄託在十六歲少女身上。

這個世界上最熱愛這個故事的少女，可以拯救一個小說家。

那天的決定到底正不正確，現在還不知道答案。

身為企劃的主辦人要決定放棄，其實也很糾結。然而，直到現在杉本也相信當時只剩下這個辦法了。

聽到杉本的想法，廣瀨並沒有馬上點頭。

留下佐藤和純戀獨處，不知道會發生什麼事。純戀有可能會比之前遭受更多迫害，如果佐藤跟著大家一起離開，那就什麼問題都沒能解決。而且，要是佐藤真的離開了，純戀就得一個人在那裡生活。這樣她會非常寂寞，而且要是出了什麼意外也不會有人發現。

廣瀨聽到杉本的決定之後，煩惱了很久。
這樣的他，在短短一天之內就決定退出，就是因為在「塚田圭志」離開後，再度出現新作的原稿。
佐藤友子並沒有完全放棄寫小說這件事，也沒有放棄那個故事。發現這一點之後，廣瀨決定接受杉本的提議。
自己沒辦法拯救美作里奧的心。除了杉本之外，廣瀨也開始相信，只有深愛故事的少女能夠解救佐藤了。

8

晚上六點，退出團體生活的五個人聚集在咖啡店裡。
在校舍自稱是塚田圭志的編輯，杉本敬之。
在美作里奧和中里純戀之間維持平衡的編輯，山際惠美。
以自己的知識和經驗，幫助大家在山中野外求生的稻垣琢磨。
出乎杉本預料，帶著沒有恨意的爽朗笑容現身的十九歲少年，清野恭平。
還有最後一個，一直忍受小說家的憤怒，被當成替罪羔羊也沒有退縮的廣瀨優也。
原本以為回答「會考慮」的廣瀨應該不會出現。

杉本以為被佐藤傷得最深的他，可能不想再管這件事了。然而──

「我很擔心那兩個人，每天都睡不好。」

雖然說著這樣的話，但他今天還是來了。

「今天是第一學期考試的最後一天。我想再努力看看，雖然暌違一年，不過現在又開始去大學上課了。」

廣瀨一臉難為情的樣子說著自己的近況。

大家的身分、對作品的想法、熱愛的程度、思想都各有不同。

但是，這五個人無庸置疑都深愛著《Swallowtail Waltz》。

「純戀妹妹現在還是和佐藤小姐一起生活對吧。真是令人擔心，畢竟她們兩個人都很危險啊。」

得知目前狀況的廣瀨，沒有隱藏自己的驚訝。

美作里奧是極度難相處的二十三歲女性。另一方面，中里純戀只是熱愛故事的十六歲少女。

而且兩個人都沒什麼體力，也沒有野外求生的技術。甚至沒辦法做出像樣的菜。不要說彼此互相信任了，連相處都有問題。

即便如此，包含杉本在內的五個成員，還是把所有希望寄託在純戀身上。

如果說有誰能改變美作里奧，那個人絕對是純戀。

因為深信這一點，杉本告訴純戀以外的所有成員事情的真相，刻意讓企劃陷入困境。

把賭注都放在二人獨處的生活上。

杉本一直在思考拯救受傷小說家的方法。

現在找到的答案，不知道正不正確。

但是，在團體生活中，杉本體悟到能拯救美作里奧的並不是讀者對她自己的愛。

答案也不是溫柔，不是體貼。

唯一能夠拯救她的，就是對故事的愛。

只有少女相信故事、對故事的愛才能拯救這個世界。

◆最終話◆

就算愛是一切

Chapter.07

1

佐藤友子和中里純戀兩個人獨處的生活，已經過了三個禮拜。

現在是一年之中最熱的時期。盛夏的晚上雖然不及白天熱，但是真的很難睡。溫度、蟲鳴，都讓人覺得煩躁。廣瀨優也離開廢校之後，佐藤就再也沒吃過魚、蔬菜和水果了，只是機械性地把純戀從鎮上買來的東西塞進嘴裡而已。純戀的飲食生活也差不多就是這樣。

煮沸的河水、燙過的乾麵、煮熟的白米。無視營養均衡，只吃這些東西，當然不可能健康。一直過著這種生活，早晚都會到達極限。雖然明白這一點，但是自己早就已經不知道該怎麼辦了。

純戀打從第一天就很害怕言行粗暴的自己。

在持續嚇唬、輕視笨拙少女的情況下過了兩個月。

清野離開的時候，還有塚田和廣瀨接連退出的時候，佐藤都以為到這裡就結束了。純戀不可能有辦法忍受和自己一起生活。這個少女應該早晚都會離開。

反正自己沒有能回去的地方，活著也毫無目標。

等到剩下自己一個人的時候，再來思考該怎麼死。然後找個符合自己這種廢物的死亡地點。雖然佐藤這麼想，純戀都沒有想要離開。

她一直頑固地堅持「我要死在這裡」的愚蠢主張。那個少女，可能比自己更有病。

《Swallowtail Waltz》只不過是一個編造出來的故事。就是幾近廢物的自己編織出來的妄想，也是被大眾攻擊、污衊的三流小說。
雖然一起相處了兩個月，但是佐藤到現在依然不懂純戀的心。
不過，有些事情可以大致推測得出來。
手上有割腕痕跡的少女並非一時固執，而是真心不打算離開。就算自己離開，她應該也會自己一個人留在這裡。
她打算在沒有電力、燈油的地方，無所事事、什麼都不做地度過秋季和冬季。山際整理好的菜園，因為接連幾天的烈日，已經完全枯萎。
因為沒吃什麼正常的食物，所以兩個人都漸漸消瘦。佐藤之所以毫不在意亂七八糟的飲食，是因為本來就不知道該怎麼過日子。
已經離開的五個人之中，當初也有信誓旦旦地認為沒看到故事結尾就不回去的人，但結果還是比較愛自己，所以選擇離開。
因為自己比故事重要，所以選擇逃走、選擇放棄、選擇保護自己。
然而，純戀不一樣。只有那個少女真的不一樣。
她抱著死在這裡的決心，打算認真完成這個故事。
佐藤表面上從未外出採買過，因為打從一開始她就決定，只有在退出的時候才會離開這裡。而且，這應該是要等到所有誇大對作品之愛的騙子們回去之後才對。
然而，無論再怎麼忍耐，全員離開的日子都遲遲不來。

無論發生了什麼，純戀一定會獨自留到最後。

先放棄的人是佐藤。

感覺自己再也撐不下去了，沒辦法再繼續愚蠢地意氣用事下去了。話雖如此，佐藤也不想把純戀單獨留在這裡。

因為中里純戀這個少女直到最後都相信自己寫的故事。

開始團體生活的第六十七天。

兩個人單獨生活了一個月的那天晚上。

到廚房的時候，純戀像往常一樣，食不知味地吃著飯。

手邊放著在廢校發現的完結篇原稿，似乎直到現在她都還是每天讀著原稿。

少女沉重的愛，令人心痛也覺得焦躁。

發現佐藤的純戀馬上就移開視線。

「我有話跟妳說。」

佐藤低聲這樣說，純戀放下筷子望向她。

兩人已經很久沒有這樣面對面了。

少女比前幾次兩人爭論的那天變得更瘦。

「妳差不多想回家了吧？」

純戀用輕聲的嘆息代替回答。

少女的心至今仍沒有動搖。
佐藤這幾天一直在思考讓純戀回家的方法。
無論怎麼想，能夠想到的答案只有一個。
「除了我們以外的人消失之後，發現了第三份原稿，這妳知道吧？」
純戀勉強地點點頭。
「這樣一來，妳應該就知道我和妳之中，一定有一個人是美作里奧吧？」
這次她用含糊的眼神，搖了搖頭。
「回答我，妳到底知不知道？」
「……這我知道。」
雖然感覺只是逼她說出來，但佐藤還是決定直指核心。
「我敗給妳的頑強了，我會告訴妳真相，妳就回去吧。」
佐藤無法想像，說出真相後，少女會露出什麼表情。
失望、憤怒、混亂。
雖然不知道正確答案，但無論如何少女在景仰的作家面前，應該無法露出笑容。
畢竟自己對這名少女實在太過狠毒了，過去對她的傷害已經到了無法挽回的程度。即便如此，只要能夠終結這種無聊的日常，該說的話還是要說。
「我就是美作里奧。」
佐藤明明說出了關鍵資訊，純戀的表情卻沒有改變。

沒有失望、沒有憤怒、沒有混亂，只是面無表情地看著佐藤。是因為無法理解太過出乎意料的真相嗎？

「我可沒有開玩笑。雖然塚田先生說美作里奧是男性，但那是錯的。從他表哥那裡聽到消息這件事，本身應該就是假的。我就是美作里奧。如果妳不相信，我也可以給妳看看那份原稿的後續。」

一提到望眼欲穿的原稿後續，少女的表情一瞬間就亮了起來。

然而，她的笑容很快就消失了。

「妳懂了嗎？這種生活毫無意義。妳就算在這裡撐到死，也不會找到故事的結局。因為妳不是小說裡的登場人物。」

純戀沒有開口，一動也不動。

「妳有在聽嗎？我叫妳趕快回家！」

「我不回去。」

「什麼？」

純戀再度把手伸向筷子，打算繼續吃飯。佐藤一把奪過筷子，丟在骯髒的地上。

「別人正在認真說話，妳不要擅自結束對話。妳不相信我說的話嗎？如果不相信的話，我可以把原稿拿給妳看。我可以用原稿證明，我就是美作里奧……」

「這點小事我早就知道了，因為自從在這裡生活之後，我就一直有所懷疑。」

佐藤無法理解少女的語言，因為這絕對不可能。

絕對不可能有人知道自己的真實身分，因為寄給塚田的身分證明檔案經過人為加工。如果是曾經來家裡的那些編輯部員工，可能聽父母說過自己的本名，但即便如此佐藤友子和美作里奧之間也毫無關聯。更不要說和出版社毫無關係的粉絲，更不可能發現自己的真實身分。

「少騙人了。」

「我沒有騙妳，我已經讀過《Swallowtail Waltz》好幾百次，妳說話的方式，讓我馬上發現妳就是美作里奧。」

她是認真的嗎？這傢伙真的……

「那妳為什麼還要堅持待在這裡啊？既然知道我的真實身分，應該就知道這種生活、我誣賴廣瀨和妳是美作里奧的事情，全部都是在耍猴戲。而妳卻什麼都沒說，從來沒有反駁過。因為妳根本就沒發現，所以不要說那種無聊的謊話！」

「因為很有趣！在這裡讀到的原稿，每一篇都很有趣！」

少女的口中發出近似於悲鳴的想法。

「真的非常有趣，但是妳卻不打算寫續集。一定是因為有什麼讓妳猶豫的事情吧？因為很害怕吧？所以才沒辦法寫下去對吧？既然如此，我想繼續在這裡生活，成為妳寫作的動力。因為我除了讀那本小說的續集之外，活著沒有別的目的了。」

「我不是寫不出來，而是覺得寫了也沒有意義，才選擇不寫。」

「不要再說謊了。」

「我沒有說謊。妳不要擅自決定我的心情。只不過是看穿我的真面目，少在那裡臭美。我可是親切地把真相告訴妳了。因為我想讓妳知道這是多麼浪費時間的事情，然後讓妳從這裡的生活中得到解脫。」
「如果寫得出來，為什麼不寫？」少女用帶著憤怒的眼神問。
「因為寫了也沒有意義。美作里奧已經死了，大家都這麼認為。」
「大家是指誰？」
「除了編輯部的人以外，所有人都認為我已經死了，大家都相信我已經死了。所以，繼續寫下去也沒有意義。因為已經無法出版了。」
「妳果然只是寫不出來而已啊。」
「什麼？我就叫妳不要擅自決定我的心情……」
「只要說找到遺稿不就好了。沒辦法出版就是個藉口，妳只是寫不出來而已吧？」
「妳真的是很煩。算了，妳滾吧。」
「我不回去，因為我回去的話，《Swallowtail Waltz》就結束了。」
「故事早就結束了！全世界只有妳一個人覺得還沒結束！」
佐藤明明已經全盤托出，少女卻露出一副了然於心的表情笑了出來。
「至少，這裡的成員都知道喔。」
純戀用憐憫的口吻，說出這件事。

「如妳所說，我可能是腦袋有問題的粉絲。因為大家好像都這麼想，所以原本打算瞞著我，但是最後山際小姐告訴我真相了。在她離開這裡回家之前，因為擔心我，告訴我如果太痛苦就退出，也讓我知道妳就是美作里奧。」

佐藤沉著臉。

這絕對不可能。實在令人難以置信。山際為什麼會知道。姑且不論身邊有責任編輯的塚田，只會裝好人的那個女人，為什麼會……

「她說其實大家都知道，知道妳是美作里奧，希望妳振作起來，所以才假裝什麼都不知道。」

「少騙人了！」

「什麼都不懂的人應該是妳。妳說大家都覺得美作里奧已經死了，大家是指誰？我認識的大家都沒有放棄，大家都希望妳能重新振作，所以一直忍耐。山際小姐有說過，如果是妳的話，被罵成什麼樣子都無所謂。畢竟那也是沒辦法的事。因為美作里奧被這個世界傷害了。受了這麼多傷，忍受這麼多苦楚與心痛，會變成這樣也是沒辦法的事情。如果宣洩憤怒，就能讓妳重新站起來，那無論妳說什麼她都能承受。」

佐藤回過神來的時候，自己正抱著頭。

難道自己打從一開始就是個小丑？

「原來狂熱分子不只妳一個。」

「我不知道其他人怎麼想，但是我知道大家都愛著《Swallowtail Waltz》，我也知道大家不想放棄的心情。」

「你們說的話怎麼能信！」

這不是逞強，也不是諷刺，而是佐藤的真實想法。

「你們大力稱讚我留下的完結篇原稿，但那是因為你們是外行人。那些原稿明明就沒有經過反覆琢磨，到底哪裡好？因為這裡都是粉絲，就算只是堆疊一些華麗的詞藻，大家也不會潑冷水。那種作品就是垃圾！一點也不有趣……」

在佐藤把話說完之前，純戀用雙拳敲擊流理台上。

台面發出沉重的響聲，裡面還留有飯菜的餐具掉落到地上。純戀沒有撿起來整理，而是站起身快步走出廚房。

說什麼都沒有意義。她終於理解到這一點了吧？

總算想要離開這裡了吧？

兩分鐘後回來的純戀，懷裡抱著背包。她不知道從背包裡拿出什麼東西，丟在佐藤面前。眼前出現的是熟悉字跡寫的信。

「我寫了粉絲信。讀到完結篇當天，我把自己想到、感受到的東西寫下來，一直寫到早上。因為我想讓美作里奧讀這封信。想讓她知道，想告訴她，我有多麼感動和興奮。」

中里純戀是每週都寫長文粉絲信寄到編輯部的少女。

即便超過一年都沒有發表新作，這段期間也從未間斷。

從少女那裡收到的純粹又透明的訊息，拯救了美作好幾次。

為了讓自己有活下去的動力，美作非常依賴這些粉絲信，所以才會拜託編輯部，一定要馬上把粉絲信轉送給自己。

「妳讀讀看啊。如果妳覺得那些原稿一點也不有趣的話，妳就讀讀看啊！因為完全不是妳說的那樣！故事真的很有趣！新的原稿永遠都是最有趣的！」

當目光落在信紙上的時候，發現上面的文字非常凌亂，不知道是不是因為讀到新作很興奮，開頭就寫著情緒激烈的感想。

「妳是狂熱分子，妳的感想根本就不準。」

「我也沒辦法啊。看到這麼有趣的小說之後，頭腦就變得很奇怪，根本就沒辦法好好整理感想。妳也看看這個吧。」

接著，純戀從背包裡拿出另一封信。

「隔天我又寫了一封。畢竟，小說那麼有趣，不可能一天就寫得完想說的話。」

「……搞什麼啊！妳其實是眼睛有問題吧？」

少女瞪著不打算伸手拿信的佐藤，雙手插進背包裡，從裡面拿出來的是整疊快要滿出來的信。

「我每天都寫，讀完發現的原稿，每天都寫下自己的感動！」

「妳到底是為什麼要做這種事啊！妳就那麼喜歡……」

「我討厭妳！」

純戀用悲愴的聲音大喊。

「一直給大家添麻煩，一直說謊，我真的很討厭妳！但是沒有妳的小說不行！」

少女的悲鳴穿透校舍。

「快寫吧！妳明明就能寫出這麼有趣的小說！只有妳能寫得出來！為什麼不寫？為什麼要逃避？既然都寫出來了，就寫到最後啊！既然是妳讓沒有歸屬、活著也沒有意義的我，有了不想死的念頭，那就給我負起責任啊！讓我讀完妳的小說再死啊！」

純戀任眼淚直流，把話說完之後低下頭，肩膀隨著喘息起伏。

佐藤的父親，根本就不覺得寫小說是正當的工作。

明明不是沒有工作，明明拚命編織故事，父親卻一直批評自己這種近似繭居族的生活。

不只父親會說嘲諷的話，繼母也一樣。

從小就被繼母當成包袱，想要佐藤早點離開家裡，不然消逝在視線範圍裡面也好。佐藤一直在這種被疏離的環境下一路長大。

她從以前就很擅長惹人討厭。

被罵、被質問、被輕蔑都不是第一次了。

明明就不是第一次，為什麼還會這樣呢？

這是第一次，有生以來第一次，覺得自己真的被罵。

2

獲得評審一致認同的新人獎，確定出道之後，編輯山崎義昭認為我想貫徹的保密主義，已經到了「異常」的程度。

只用電子郵件，討論事情會很慢。雖然能理解他的想法，但是我不打算改變自己的態度。

當時的目標是用小說家的身分，賺到能夠一個人獨自生活的收入。除此之外我並沒有任何奢求。

雖然小說創下意料之外的銷售紀錄，自己也獲得了不可置信的版稅，但那並沒有成為幸福的開端。分母越大，不必要的意見就越多。就算不願意，那些一點也不想聽、毫無道理的批評都會傳到耳裡。

成為作家之後，痛苦的時間變得更長。

話雖如此，也不是一點好事也沒有。雖然要求毫無品味的腳本修正幾十次，但對於作品能改編成電影和電視劇這件事還是很開心。看到【陽斗】和【吉娜】在動畫裡面動起來也覺得很高興。

然而，那些喜悅真的只有一瞬間。

成為小說家之後，我在自己的房間裡，度過無數個流著淚又很想死的夜晚。

因為那些數之不盡的粉絲信，才讓自己能夠度過孤獨又空洞的夜晚和痛苦的時間。只要看到那些信，就能確信還是有人愛著自己的故事。

覺得痛苦的時候，都是靠讀者的感想得到救贖。

雖然小說不是為了別人而寫，但每次拯救自己的都是那些不知道長相的陌生人。

不過，讓一切都變調的，果然還是那一天吧。

【吉娜】死亡的第五集出版的那天。

包含之前已經完成跨媒體製作的作品在內，所有作品都遭受輿論攻擊。

雖然早就做好被批評的心理準備，但讀者的抗拒超乎預料。

最讓人震驚的是，就連原本給予作品高度評價，打算繼續製作動畫的自己人都打算斷尾。對故事裡的主要角色死亡，最有意見的人就是播映中的動畫的製作人。

「主要人物會那樣慘死的作品，根本沒辦法製作續集。」製作人說了這句話，便斷然違背當初說會製作動畫直到故事結束的諾言。

一開始就設定好【吉娜】會死的情節，她的死有明確的意義。然而，輿論對作品的攻擊已經到了什麼都不做也會被罵的境界。

會不會是自己當初的決定真的錯了呢？

是不是因為殺死【吉娜】，導致整部作品都被自己扼殺了呢？

脆弱的心開始動搖，我第一次主動在網路上搜尋自己。

明知不能瀏覽綠淵國中以外的網站，編輯明明強烈制止，還是無法控制自己的心情。

搜尋之後映入眼簾的都是令人心寒的謾罵。

——讓主要人物死掉的話，還不如作者自己去死一死。

這些詆毀的話不只針對作品，也波及美作里奧和出版社，社群媒體上甚至出現上傳燒書影片的人。

店商網站、書評網站都充斥著毒辣的話語。

就連粉絲專頁都有人出言批評。

開始出現一些人說「早知道第五集是那種劇情，還不如我自己寫」，然後擅自發表新版第五集和完結篇。

這件事就連新聞媒體也有報導，擔心作家心理狀態的第二任責任編輯，就算沒人要求他，他還是寄來冗長的慰問信。

在網路上不斷批判、煽動輿論的是一些偏執的黑粉。那是少數的激進分子，絕對不能把他們放在心上。不能因為那些看到別人家起火就開心在外圍觀的閒雜人等而動搖。

事情明明就鬧得那麼大，播映中的動畫甚至決定中止第二季的製作，責任編輯杉本敬之似乎還不認為第五集是失敗作。

實際上，冷靜看書評網站，批評的聲音大概占三成。

並不是所有人都在批評作品，就算對第五集的故事失望，大家還是很期待看到完結篇。留言裡也有很多這樣的意見。
高聲批評的人只占少數。
只有一部分的人在享受詆毀作品的樂趣。
這些我都知道，也能理解，但就是沒辦法不在意。
無論別人再怎麼鼓勵都沒有用。
即便讀了肯定、熱愛作品的讀者留言也沒有用。
破碎的心持續發出悲鳴。
沒錯，我從以前就是這種人。
即便有九十九個人讚賞，也忘不了一個人的批評。
無論那些批評有多麼無理、充滿私怨也一樣。
我之所以貫徹保密主義、對編輯部的人也隱瞞真實身分，說穿了只是因為自己很脆弱。

心很容易死，人也很容易生病。
無法喘息，呼吸困難，吃什麼都無法滿足。
全身都很痛，一直有種被人毆打的感覺。
直到開始出現持續腹痛、呼吸困難、無法外出、夜不成眠等症狀的時候，我才發現了一件事。

是不是有人像現在痛苦的自己一樣，因為故事不如所願而感到受傷？

小說會不會本來就不屬於作者？

什麼都搞不清楚之後，我也寫不出故事了。

原本已經開始寫完結篇，但因為太害怕，一個字都寫不出來了。

如果繼續寫的話，一定又會被攻擊。

一定又會有人受傷。

我不想傷害別人，自己也不想再受傷害。

已經夠了，我什麼都不想寫，也寫不出來了。

可是，純戀要我寫。

純戀大聲喊著：我討厭妳，但妳要把故事寫完！

「妳之前說我很天真對吧。」

大哭過後，少女用紅腫的眼睛瞪著我。

「妳說我明明就是還要靠父母扶養的屁孩，竟然沒發現自己還在父母的羽翼之下，退學躲在自己的世界裡，未免也太天真了，根本就太小看人生。但妳不也一樣天真嗎？妳根本就什麼都沒發現。」

我沒辦法回嘴。宛如小兔子的脆弱少女，說出的話令人無法反駁。

「山際小姐說過。說我可以回家沒關係，逃走也沒關係。她違背和大家的約定，把秘密告訴我。但是，我絕對不會走。因為沒辦法讀到妳寫的小說，跟死也差不多。」

「但那也只有妳這麼想……」

「妳真的什麼都不知道。雖然妳一直說我不了解社會，把我當成笨蛋，但妳自己不也什麼都不懂嗎？只有我想讀妳的小說？不要說這種蠢話！這怎麼可能！大家都一樣，至少在這裡的每個人都這麼想。大家都好喜歡《Swallowtail Waltz》，因為想要讀到續集，所以才選擇離開，並不是因為被妳嚇跑。大家是因為知道妳還活著，發現或許能讀到續集才離開的。」

「事到如今，誰還會相信狂熱分子的話……」

「膽小鬼！妳就只是一個膽小鬼！」

「妳根本就不懂我！」

「我懂！因為我喜歡《Swallowtail Waltz》，所以我比妳更了解小說被輿論攻擊的事情。妳一定覺得讀者對妳很失望吧？妳是笨蛋嗎？怎麼可能？如果沒有興趣的話，根本就不會生氣。輿論攻擊只是愛情的另一面，如果不是真心喜歡，根本就不會刻意發聲啊！沒有人會對不感興趣的小說發怒。」

我腦海裡浮現離開的五名成員，回想起他們的事情時，也對自己的愚蠢感到頭暈目眩。

無論說出多麼諷刺的話，大家都沒有放棄我。

雖然覺得我無可救藥，卻沒有拋下我不管。

眼前的少女也一樣。

說出「我討厭妳」的那張嘴，也說出自己的懇求。
「拜託妳趕快發現吧！不是妳寫就不行，讓我讀完妳的小說再死吧！」
純戀的情感已經滿溢，全身的力氣都用盡了。
少女屈膝頹然坐下的同時，雙眼也流出眼淚。

＊　＊　＊

如果愛就是一切，那這個世界早就沒有自己的棲身之處。
無法愛人，也無法被愛的自己，活著根本就沒有意義。
然而，少女卻說「不是妳寫就不行」。
她完全不打算放棄這樣的自己。
事到如今，發現什麼都為時已晚，但是會不會光是有察覺到，就已經比昨天的自己更好一點了呢？
少女純真的願望，幾乎就是一種詛咒。
今天、明天、後天都一樣。
這個詛咒，一定會讓我破碎的心再度跳動。

尾聲

1

兩個月杳無音訊的女兒突然回家，父親和繼母沒有說什麼。看起來並不像是在顧慮我的心情，只是單純對我沒興趣而已。這兩個月以「佐藤友子」的身分生活，其實從小就知道父母的態度。

我和父母並非家人，只是住在同一個屋簷下而已。

回到自己的家裡，第一件事情就是用過熱的水沖澡。

接著回到房間躺在床上，睡了幾個小時。眼睛一張開，就發現床單上都是汗味。雖然視線望向掛鐘，但昏沉的頭腦仍然搞不清楚現在是早上還是下午。各種感覺都已經麻痺了。

重新出發永遠需要勇氣。如果曾經逃避過一次，就會更艱難。雖然在年齡上已經長大成人，但這一點不會改變。

完結篇的原稿，還停留在給中里純戀看的第二話。坐在書桌前，打開原稿的檔案之後，我發出一陣嗚咽。

這個故事被未曾謀面的大眾鄙棄、厭惡，就連身為作者的我都曾經拋棄它。即便如此，我還是回到這份原稿面前了。

為了引導誕生到這個世界的故事走向結局。

為了把故事傳達給永遠熱愛、相信、持續等待結局的她。

我強忍痛苦，咬牙決定回來繼續把故事寫完。

「只要妳回家，我就寫續集。」

因為佐藤這句話，團體生活終於結束。

明明不擅長給予承諾、期待和誠實待人。

最後卻因為被少女打動，說出那句話。

說出會寫續集那句話的時候，少女的笑容就像烙印在視網膜上一樣令人難以忘懷。

因此，雖然討厭這個家，我還是回來了。

再一次，真的是再一次，我決定回家把故事寫到最後。

胃好痛，呼吸很痛苦，覺得整個人頭暈目眩。

即便如此，我也沒有猶豫。唯獨創作的衝動，絲毫沒有動搖。我專心致志地一直寫，有時甚至在鍵盤上睡著。

不知道是不是因為用這種恐怖的專注力在編織故事的緣故，不到一週，原稿就完成了。之前那麼害怕的小說，甚至覺得不想再看到第二次的故事，竟然完成了。

我啟動電腦，打開電子郵件的應用程式，在聯絡人裡面尋找杉本敬之的名字。他是大樹社的第二任責任編輯。

已經將近一年都無視他寄過來的信了。為了處理我在社群媒體上發出假消息引起的騷動，他曾經來過家裡兩次，但自己從未露臉。不要說打開房門了，就連問題都不回答。

我也知道自己的態度非常差。而且，公布死亡的消息已經超過三個月了，就算對方回答「現在才來找我，已經來不及了」也很正常。佐藤無法想像，對方會多麼目瞪口呆。但是，自己已經不能再逃避了。

明明只要寄出電子郵件就好。從物理現象來看，雖然只需要按下寄件鈕，但是這真的需要莫大的勇氣。

我是一個沒有社會經驗的人。根本不知道出版一本書，需要多少人一起合作。自己很有可能一直在一些完全想像不到的地方，讓對方困擾不已。厚顏無恥又毫無常識的麻煩作家，我就是這樣的人。

現在也沒什麼能辯駁的了，即使被拒絕也很正常，但是——

『我想商討一下完結篇的事情，能不能聽聽我的想法呢？』

寄出電子郵件之後，不到兩分鐘就收到回信。

『當然好，務必讓我聽聽您的想法。不過很抱歉，如果不能直接見面，就沒辦法商討了。我並不是要責備美作老師，而是因為我有事情要跟您道歉。』

他到底想說什麼？自己並沒有要求對方道歉，怎麼想都不覺得自己有權利要求別人道歉。欺騙世人、任性妄為的人，從頭到尾都是自己。

『我覺得很可怕，所以不能和你見面，我也不覺得有什麼事值得你道歉。』

『不，的確有。我無論如何都必須向您道歉。如果沒有讓美作老師打一巴掌，我就沒辦法和您商討下去。』

真的是完全搞不懂。明明說一些任性的話、一直造成對方困擾的人都是自己啊。杉本和編輯部，不是一直都很誠懇地幫我處理事情了嗎？

雖然不知道他為什麼覺得道歉，但我真的不需要道歉。即便在信件裡數度提到這一點，但杉本毫不退讓。

他一直堅持，如果沒有和老師見面，接受老師的處罰，就沒辦法繼續下去。先撐不住的人是我。

雖然不知道要用什麼表情和對方見面，但既然已經決定要前進，那就必須先面對編輯才行。

原本以為會約在某個咖啡店，但杉本說想要再次來家裡拜訪。雖然覺得他的強硬態度令人震驚，但同時也心想，或許這樣才剛好扯平吧。

因為自己逃離討厭的事情，從頭到尾都那麼任性，才會變成現在這樣。

如果要請對方發行完結篇，那就只能聽編輯的話。這次不能再逃跑，一定要面對這個社會。

我原本就知道杉本敬之是二十幾歲的男性。主辦那個企劃的塚田圭志提過表哥的事情，所以我在心裡想像應該是和他很像的人。

然而，狀況出乎預料。

現身的杉本，一打開房門就下跪。

「我騙了老師，真的很抱歉！」

杉本敬之，就是塚田圭志，他們是同一個人。

「……我完全沒發現。」

從團體生活的第一天開始，自己就一直很不合群。完全沒有幫忙的意願，心想著就算被趕出去也是沒辦法的事。

不過，沒有人真的要求我離開。雖然知道有幾個參加者討厭自己，但是很少有人當面批評。

因為他們忍耐度太高，自己才開始懷疑。如果只是聚集一群濫好人也就罷了。但要是他們都知道自己的真實身分，那狀況就不一樣了。譬如說，父母把小時候的照片交給來家裡探視的編輯，而塚田也看過照片的話……

不能完全否定他們事先講好合謀欺騙自己的可能性。

在塚田斷定美作里奧的性別是「男性」之前的幾天時間，我都一直有所懷疑。

沒錯。我數度懷疑，塚田說不定早就知道了。但是，自己從未懷疑過他就是編輯本人。原本以為塚田只是表弟，而編輯杉本是個很容易說溜嘴的傢伙。

在社群媒體上公布假消息的那天晚上和隔天，編輯們都有來家裡拜訪。雖然直到最後都沒有開門，但是有透過窗戶確認他們離開時的狀況。

因為只有看到一名年輕男性，所以馬上就知道，身高很高、霧棕色長髮紮成一束的眼鏡男是杉本敬之。打扮非常有特色的男人拿掉眼鏡、改變髮色和長度的話，真的認不出來。

「我們一個是作家一個是編輯，但都做了一樣的事。」

「一樣的事？」

「我有想到父親可能把我的照片拿給編輯看了。所以在參加企劃之前，把頭髮漂白脫色，也第一次用了隱形眼鏡。」

「原來如此，老師平常也都是戴眼鏡啊。」

「杉本先生之前來的時候，頭髮顏色不一樣對吧？長度也不一樣。」

「您說得沒錯。陪同其他作家訪談的時候，有一起被拍到的照片，現在搜尋也能找到。我想老師可能會發現，所以偽裝了外表。真的很抱歉。我做的事情，踐踏了老師的心。雖然是出於想鼓勵您才這麼做，但是我擬定策略欺騙老師，讓您回心轉意繼續寫續集。請打我一巴掌吧。如果沒有這麼做，我實在無顏面對老師。」

穿西裝、打領帶的杉本，看起來和在廢校的時候判若兩人。當時他一直保持柔和的微笑。然而，現在戴著眼鏡的樣子，害怕得就像被蛇盯著的青蛙。

「起來吧。」

「不，在老師原諒我之前……」

「我沒有生氣。說實話，雖然我很震驚，但是我做了比你更過分的事情，所以沒有資格責備你。而且，我也不可能打你。如果你還打算跟我談，就起來吧。」

不知道是不是因為說出發自內心的話，杉本終於一臉歉意地緩緩站起來。

「這是完結篇的原稿，你能讀讀看嗎？」

「這是怎麼回事？您其實已經寫完了嗎？」

「一週前回來之後寫的。」

在那所廢校裡，不知道和他對峙過幾次。

為了演出不是自己的某個人，一直露出卑鄙的笑容，說一些諷刺的話。

在廢校裡說的話雖然是真心話，但也是一種自我防衛的虛張聲勢。

因為真正的自己被否定才會受傷；演出的人格就算被討厭，那也是別人；並非自己的本質被否定。我事先準備好這種有利的藉口，旁若無人地演出佐藤友子。

雖然我總是說一些不合情理的話，但塚田卻總是逆來順受。他忍耐度高的原因，現在已經知道了。因為他是編輯，所以無法不管打算放棄作品的小說家。絕對不放棄自暴自棄的作者。

「好，我現在馬上看。那個，我可以在這裡讀嗎？」

「可以，麻煩您了。」

即便如此，即便如此……

他們雖然無條件地相信身為作者的自己，但我根本無法保證自己能夠回應他們的期待。這是逃避一年之後，像是被附身一樣寫下的小說，說不定已經變成一個支離破碎的故事了。

好可怕。參加新人獎的時候、出道之後、發行續集的時候，每次都覺得很害怕。讓別人讀小說的時候，總有一種赤裸裸站在兇器面前的感覺。

這種恐懼永遠都不可能習慣。

「我可以在這裡等到你看完嗎？」

「當然可以。」

我想在這個房間裡，等到他讀完。

雖然是自己說的話，但是害怕得根本無法看杉本的表情。

我伸手抱著放在窗邊的泰迪熊，在有空位的地方坐下。

那是上小學的時候，已經亡故的生母買給自己的禮物。布娃娃的溫暖，可以喚醒對現在已經無法觸及的母親的記憶。

我會在作品中讓【吉娜】帶著泰迪熊，現在想來應該是一種必然。因為在冰冷的家中，泰迪熊是唯一的家人。而當初對泰迪熊說的故事，讓自己成為了小說家。

團體生活能攜帶的物品有限，必須嚴格篩選，而純戀卻刻意帶了泰迪熊。母親送給自己的泰迪熊，療癒了自己的少女時代，會不會也拯救了那孩子孤獨的夜晚呢？

雖然直到最後都沒能問她，但如果對她來說，泰迪熊也是一種救贖的話就太好了。

我單手抱著布娃娃，聽著翻頁聲和杉本的呼吸聲，眼睛一直盯著夏末的天空。

第一次讓別人看小說時的恐懼和同時出現的些微期待，一定到死都不會改變。

被否定其實不會死，但是心靈承受不住。

創作、寫小說，就是這樣。

當斜陽開始灑落的時候，傳來抽抽搭搭的嗚咽，戰戰兢兢地回過頭，發現杉本已經淚流滿面。

「對不起……對不起。」

杉本開口就是道歉，但是不知道他到底為什麼道歉，所以我沒有回話。

把快要被壓扁的面紙盒放在他身邊，然後繼續看著變紅的天空。

擤了鼻涕之後，他還是沒有停止哭泣。

他像在說夢話一樣，不斷說一些不成句的道歉，看樣子杉本已經讀完原稿了。

這個故事並不長。

然而，杉本是在遞給他原稿之後的五個小時才看完。

「我讀完了。」

聽他說感想實在太恐怖了，光是這種程度的恐懼就感覺心臟快要炸開了。

「真的很感謝您，把這個小說寫到最後。」

兩人視線一交會，杉本就馬上這樣說，然後深深低下頭。

「你沒有很失望嗎？」

「怎麼可能。我雖然是責編，但也是這部作品的粉絲，所以我沒有把握自己能客觀地看待。不過，我可以斷言，這就是我想看的《Swallowtail Waltz》完結篇，也是讀者期待已久的故事。」

「很有趣嗎？」

「雖然不想用相對的尺度來衡量娛樂小說，但我可以很有自信地說，我沒有讀過比這本小說更有趣的故事。和之前的五集相比也一樣。這一集就是全世界最有趣的小說。很多讀者都在等這個故事。」

「是嗎？那太好了。」

現在只有一個人。

只要有一個人覺得有趣，就有回報了。

光是這樣就覺得有寫出來、沒有放棄真的太好了。

「美作老師，我能跟您談談這份原稿該怎麼處理嗎？」

「好。無論你做什麼決定，我都會接受。」

誠實說出自己的想法之後，杉本的臉上露出熟悉的溫和微笑。

「無論怎麼選，我都不會用老師不願意的方式發表，所以請您安心。大家都相信美作里奧已經死了。大樹社也已經公布作品未完成。按照現狀，出版這份原稿的方法只有兩種。第一個方案是宣稱在老師的遺物中找到原稿。雖然這樣是對讀者說謊，但用這種形式發表的話，和社群媒體上的發文就不會產生矛盾。不過，這樣做也有問題。」

「什麼問題？」

「這部作品會是最後一個以美作里奧的名義發表的故事。」

不否認作者已死的話，當然就要面對這個結果。

「還有，如果謊言被戳穿，很有可能會造成無法挽回的局面。知道這件事情的，只有公司內部極少數的員工，公司也下了封口令。不過，人的嘴封不住，目前已經接到週刊雜誌的記者上門找線索的報告。我和公司都會盡全力保護老師，但這畢竟是知名的話題作品，我們也不知道誰會在什麼地方做什麼事。」

「我知道了，請告訴我另一個方法。」

「告訴大家社群媒體的發文並非事實，誠實地道歉後再出版。雖然這樣做比較誠實，但是一定會遭受批評。責怪出版社或編輯倒無所謂，如果能保護老師，我們願意成為盾牌擋箭。我個人是希望等待完結篇的粉絲不要被多餘的資訊動搖，純粹地享受這個故事。」

「杉本先生認為哪一種出版方法比較好？」

「我認為是前者，因為我覺得不需要刻意公布真相，再度引燃戰火，我想避免故事之外的東西影響到這部精采的作品。」

我非常能理解杉本的心情，我也不想讓這個故事受到無謂的傷害。

「我希望老師接下來也繼續寫故事。如果選前者，以後就沒辦法再用美作里奧這個名字，但是可以換個筆名。不過，這只是我個人的想法，最後還是要由老師下決定。」

要公布找到遺稿還是說明真相？答案就像杉本說的只能二選一吧。

「我惹了這麼多麻煩，讓我決定好嗎？」

「當然好。我只是一介普通員工，沒有任何決定權。但是，我可以斷言公司一定會尊重老師的意願。」

「為什麼？」

「因為這份原稿非常精采，如果要發行這個故事，大家一定會尊重老師的想法。」

他又說出這種大善人般的話。雖然心裡這麼想，但我也沒有否定。因為我想試著相信，為了鼓勵作者去執行那種企劃的杉本。

「在回答我的選擇之前，有件事想跟你商量。我是為了等待故事續集的人才再次寫了小說，我希望大家能讀這本書，雖然可能又會被攻擊，但我還是希望大家能讀完。不過，有件事情我很擔心。」

「我們會保護老師，出版社能做的事，我們一定會……」

我搖了搖頭。

「我不是擔心我自己。在校舍的時候，她說過『讓我讀完妳的小說再死吧』。」

「純戀妹妹。」

這次我點了個頭。

「故事到這裡就結束了，沒有後續了。雖然那孩子由衷盼望我的小說出版，但是這本書一出版，她真的可能會……」

「我不會讓她死。」

杉本馬上用強烈的語氣回答。

「我怎麼可能會讓她死。我真心覺得小說可以救人，是因為我遇到老師的小說。純戀妹妹懂得閱讀小說的喜悅，怎麼可以讓這樣的孩子去死，我一定會保護她。雖然沒辦法在這裡告訴您具體的方法，但是拿到原稿之後，接下來就是我們的工作了。老師不用擔心任何事，我不會讓您失望。我保證。」

「我真的可以相信你嗎？」

「我不擅長說話，所以聽起來可能很像在騙人，但是我真的會拚命編輯這本書。我會為了小說家和讀者的幸福竭盡全力。」

他總是那麼誇張。不過，至少在現在這個瞬間，他說的是真心話。既然如此，就信他一回吧。

我雖然不擅長相信別人，但他畢竟是如此認同自己的責任編輯。

「我知道了，那就談正事吧。我要決定該用什麼方式發表這本書對吧？」

人生就是一連串的選擇，有時候問題並沒有正確答案。無論選擇哪一邊，或者是都不選，也一定會有後悔的地方。

「如果你願意聽我任性的想法，那我……」

2

坐在十二號館騎樓的長椅上，不自覺地發出嘆息。

今天的天空還是那麼高那麼藍，但我的心總是無法放晴。

「我知道廣瀨你有認真上課，想要努力挽回。不過，去年的學分真的太少，所以一定會留級。大學生除了讀書以外還有其他更重要的事。我想支持你，也想幫助你。不過，去年的成績已經無法挽回。如果你當初有拿到必修科目的學分，事情可能會不一樣。」

暑假結束之後，我和負責課程的教授商量留級的事，而教授表情複雜地這樣回答我。

我所屬的科系，說得誇張一點，就算什麼也不做、一個學分也沒拿到，還是可以順利升上二年級。然而，如果沒有符合條件，就不能升上三年級。必須取得包含必修科目在內的規定學分，才能升上三年級，而入學沒多久就不去上課的我，學分根本不夠。

教授欣然同意和我商量這件事，也沒有責怪我之前怠惰的生活。不過，這個世界上還是有沒辦法解決、無法挽回的事情。對我來說，自暴自棄的那一年，我會選擇那麼做也沒有錯。

我們家有四個兄弟，我是老三。

不知道是不是因為從小就一直在這種不上不下的位置，父母對我沒有什麼期許，也不會特別擔心我。我是兄弟當中唯一重考過的人，也不像哥哥們那樣考進國立大學。

要是父母知道我留級，應該會不分青紅皂白就叫我退學。

「像你這種人，只是在浪費金錢和時間而已。」

我輕輕鬆鬆就能想像到他們應該會說這種輕蔑的話。

我想改頭換面，努力看看。雖然我是真的這麼想，但是無論我怎麼哀求，光是口頭講講父母應該都不會當一回事。因為我以前過著讓他們這樣對我也活該的無用人生，事到如今已經無法挽回了。

重考的時候選擇理工學院，是因為比較容易疏離女學生，而且比較好考。選擇建築系也沒有什麼特別的理由。

然而，在經過那段無法隨心所欲的團體生活之後，我就變得很喜歡聽課，這點連我自己都很驚訝。我也想從工學的角度多學習和生活直接相關的建築物知識。

這是我第一次覺得學習很有趣，有生以來第一次想認真努力，可是以前的人生、以前的過錯，踐踏了我的願望和想法。

要是確定留級，演變到要退學的話，我該怎麼辦？沒有證照、學歷、才能和毅力的我，到底能做什麼呢？感覺一不小心就會輸得一塌糊塗。好像只要再退一步，就會再次墜落懸崖。

好弱，我真的好弱。我犯過很多錯，累積無法挽回的後悔，即便如此，這次我真的想要往前走。雖然可能無法成為會得到稱讚的人，但至少我想當個自己能認同的人。

在經歷留級、退學之後，我還能繼續保持在團體生活之後得到的強烈感受嗎？

……我沒有自信。好可怕。

相信自己，貫徹自己要做的事，比逃走還需要百倍的勇氣。

集結七名成員的團體生活，如果沒有美作里奧參與，會變成什麼樣子呢？我直到現在也時不時會想到這件事。

和清野、純戀三個人一起去釣魚的時候，曾經聊到「香魚的友釣法」。當時沒有人知道詳細的方法，所以我們推測應該是利用友情釣魚的方法。

不過回家查詢之後，發現這個方法和我們想的相反。

友釣法是利用香魚的領地習性在釣魚。利用的不是「友情」，而是「憤怒」。在野生香魚的領地裡，投入帶有魚鉤的誘餌香魚，就可以誘使野生香魚為了驅趕入侵者而主動攻擊。

如果鬱悶的美作里奧是野生香魚，為了把她引到外面世界而投擲的誘餌就是純戀了吧。我和清野也是其中一個誘餌嗎？塚田先生描繪的藍圖，直到一切都結束的現在，我仍然搞不懂。

小五歲的少女純戀，無論在廢校發生什麼事都不打算回家。

因為熱愛作品，因為《Swallowtail Waltz》是人生的一切。

對於高中退學、在家裡和社會上都無處可去的她來說，只有那所廢校是自己的家。那是唯一一個不會否定自己，彷彿是救贖的避風港。

所以少女才會堅持自己絕對不離開。

我當時可能被少女的堅強意志拯救了。我也無處可去，沒有人願意接受廢柴般的自己。對於一直抱著這種想法活過來的我而言，那個團體就是明確的歸處。

我不覺得這是依戀或是愛情。然而，我的確被那女孩的強烈心情拯救。

純戀現在在哪裡？在做什麼？她在想什麼呢？

雖然我從口袋裡拿出手機，但也不能做什麼。因為我沒有她的聯絡方式。問塚田先生或山際小姐，他們可能會告訴我。但是，我很猶豫。

經過那段團體生活，我的心改變了。我相信自己已經改變了。但是，我的人生還沒有邁出新的一步。沒有後退，但也沒辦法前進。而且，最後的最後，選擇把一切丟給少女，這件事讓我覺得很內疚。

聽塚田先生說出美作里奧的真實身分之後，我認為自己應該能做點什麼，所以繼續留在廢校。既然佐藤想讓人家覺得我就是作者，自己景仰的小說家想這麼做的話，那就接受好了。因為我認為，什麼才能也沒有的自己，能做的事情也就只有這樣了。

然而，做什麼都半吊子的我，沒辦法貫徹這個決定。

如果說真的有什麼東西能拯救美作里奧，應該只有比任何人都相信故事的少女的愛了吧。

最後我還是聽從塚田先生的建議，把一切都推給純戀，自己逃走了。

離開校舍之後，我坦承一切，但杉本先生對我的離開持肯定態度。不過，那個選擇對我來說只是逃跑。就算能拯救美作里奧的人只有純戀，我留在校舍裡，應該還是能為她們兩個人做點什麼才對。

我至今仍不認為那個最後的選擇是正確的。

我一定會為那天逃跑的事情終生後悔。

想著看不見的未來，雙腿開始顫抖的時候，手機發出來電的鈴聲。

畫面上出現「清野恭平」這個名字。

他自我介紹的時候說他是從育幼院逃出來的高中生。不過，實際上他是高中畢業之後離開育幼院的十九歲打工族。

我和清野只有在池袋的時候見過一次。到底有什麼事呢？

『廣瀨！你看到人樹社的網頁了嗎？』

我一接電話，他就邊咳邊問。

「沒有，怎麼了？」

『公布了！下個月會出版完結篇！』

三個月前，留到最後的兩個人，佐藤友子和中里純戀離開了校舍。

雖然不知道究竟是怎麼了結的，不過塚田先生說，企劃平穩地結束了。

聽說完結篇要出版的消息，最初湧現的情緒並不是能夠讀到續集的喜悅，而是驚訝於那個佐藤友子竟然決定面對一切了。

被佐藤斷定是美作里奧，我每天都一直受到她的言語霸凌。

聽她說了很多過分的話。

即便如此我也沒有討厭她，那是因為我知道她罵的其實不是我。佐藤友子罵的其實是她自己。

雖然我很崇拜美作里奧，但同時又羨慕、嫉妒她的才能。我一直認為，有才能的人一定會無條件被愛、被需要，肯定會過著成功又精采的人生。

然而，那只是凡人自己的錯覺。

美作里奧因為這份才能而受傷，也因此苦苦掙扎。超乎常人的纖細敏感，讓她認真對待所有敵意，導致心靈受到無法修復的重創。我遇到的美作里奧，絕對不是什麼幸福的人。

雖然才能和存在價值都差很多，但我和她之間也有相似的地方。我們都討厭自己。打從心底憎恨無可救藥的自己。

團體生活的時候，越接收到尖銳的語言，我越能理解佐藤。她的痛楚和苦惱，我都能感受到。

所以聽到要出版完結篇的時候，我打從心底感到震驚。如果出版新書，大家發現當初社群媒體上的發文是在說謊，她不知道會被攻擊到什麼程度，有可能會被攻擊到無法重新站起來。她明明比任何人都明白這一點，卻還是寫出了續集。

為了粉絲，寫完了續集。

啊，原來如此。所謂的勇氣，好像就是這樣的東西。

愚蠢的人生不可能會變好，沒出息的現況也沒有改變。留級甚至退學，可能都無法避免。

但是，我產生一股念頭，懇切地祈求——

我也想像她一樣努力。

無論被誰說了什麼，我都想試著相信自己，就這樣活一次看看。

3

那對中里純戀來說是十六歲的最後一天。

幾乎沒睡就天亮了，早餐也食不下嚥。

總覺得自己每隔五分鐘就看一次時鐘。
附近最早開的就是隔壁鎮上車站的書店。
就算再怎麼早到，開店之前也買不到。明知道這一點，純戀還是提早兩個小時離開家門。
距離開店還有一個半小時。一如所料，鐵捲門還關著。
純戀走進書店前的咖啡廳，一邊看著緊閉的鐵捲門，一邊等待開門的時間。
目光一落到自己帶過來的小說舊集數上，自然而然地就想起半年前的回憶。一開始七個人，最後剩下兩個人的廢校團體生活。
「妳回家的話，我就寫續集。」
在佐藤友子說出這句話之後，冷不防地結束了。
死在廢校也無所謂。純戀抱著這種決心參加，就算只剩下一個人也不打算離開。不過，如果美作里奧願意寫續集，那一切就不一樣了。
純戀只是想知道故事的後續，想要讀到這個故事的結尾。
在團體生活結束後四個月的今天，完結篇終於按照約定出版了。
一個月前突然公告要發行完結篇，讓粉絲們興奮不已。
雖然沒有懷疑佐藤說的話，但是得知正式公告的時候，純戀開心到身體都在顫抖。感動到哭了出來。
大樹社直到今天都沒有說明出版的來龍去脈。

很多媒體都向編輯部提出要採訪，但是大樹社除了公告確定出版新作之外就沒有發表其他聲明了。

第五集出版後的輿論攻擊。

一年後宣告作者已死。

後來又經過半年，在毫無說明的情況下出版完結篇。

坊間充斥各種臆測，但是無論什麼流言都和純戀無關。

現在可以用最完美的形式閱讀完結篇了，這次真的可以享受故事直到最後。對純戀來說，這就是一切。

從廢校回來之後，純戀只見過山際。塚田也說過想見面，但純戀拒絕了。

他是責任編輯。自己的事情怎麼樣都無所謂，但純戀希望他能專心把書做好。

在電話中這樣告訴塚田之後——

『我知道了。但我希望妳答應我一件事。我一定會幫助老師，發行完結篇。所以，等完結篇出版，妳一定要讀到最後。』

塚田這樣回應。

不用他交代，就算有人阻止，自己也一定會去看完結篇。純戀心想，那就相信他說一定會發行完結篇這件事，耐心等到新書出來吧。

另一個編輯山際，現在仍然停職中。

山際一見到純戀，就緊緊擁抱她說：「這段時間，辛苦妳了。」

然而，純戀並不覺得自己做了什麼值得誇獎的事，自己只是模仿作品中的世界而已。

什麼是真、什麼是假，都無所謂。

接下來可以讀到最喜歡的小說。那就是一切。

手裡拿著一開店就買到的新作，純戀再度進入咖啡店。

因為等不及回到家裡再讀了。

就算快一秒也好，純戀都想趕快投入故事之中。

每個字都仔細咀嚼，純戀一邊擦拭眼淚一邊閱讀故事情節，讀完最後一行的時候終於放心了。

從序章到第二話的內容明明已經讀過幾百次，但這次還是讀了七個小時左右。

純戀讀得熱淚盈眶，身體和大腦深處都感到亢奮。

雖然不希望這個故事結束，還想再繼續讀下去，但是純戀也知道這個故事就到這結束了。

她可以毫不猶豫地斷定，這是最棒的完結篇。

得知【猶大】的真實身分就是【烏鴉】的時候，純戀驚訝到整個人都僵住了。

因為太過不可置信，所以還再度確認了帶來的舊集數中描述烏鴉的行為，一眨眼一個小時就過去了。

【猶大】的真面目對純戀來說非常震驚。

然而，在那之後當猶大說出令人戰慄不已的動機時，一切都說得通了。

【露娜】之死的真相連結到【吉娜】的遺志，在故事的最後變成一道光。和當初大家一起模仿的故事不同，新作裡剩下的六個人心中都懷抱著希望，回到外面的世界。

那是一個超越期待和預料，最棒的故事。

深愛的故事直到最後的一行，都沒有背叛自己。

純戀把放在旁邊座位的泰迪熊收進背包，付完錢走出咖啡店之後，這個世界的顏色就改變了。

自己是為了讀這本書而誕生，因為確信這一點，才會在聽聞美作里奧的死訊後，從公寓的陽台一躍而下。

現在打從心底認為，那天有活下來真是太好了。要是當時死了，就沒辦法讀到這個完結篇了。無法讀到完結篇的人生，光想像就覺得恐怖。

相信美作里奧真是太好了。相信她說會寫續集的那句話，忍著沒死真是太好了。

以前一直覺得自己永遠不可能幸福，也無法讓別人幸福，不過「自己不可能幸福」的想法錯了。

因為遇到這本小說，自己變得很幸福。
因為能讀這本小說，讓純戀覺得誕生在這個世界真是太好了。
不過，正因為如此她也明確知道。
讀完這本書的現在，繼續活著真的沒有意義了。
一切都結束了。
去死吧。這次絕對要用不會失敗的方法去死。
半年前決心求死的時候，從家裡的陽台跳樓自殺失敗。
四樓不夠高，應該要選更高的建築物才對。
昏迷時被救護車送過去的醫院有十二層樓高。住院時，護士曾經帶純戀上頂樓散心。雖然有高高的柵欄，但是只要把長椅拉到柵欄旁邊，也不是翻不過去。
抵達醫院開放式的屋頂後，有幾個住院患者在那裡看夕陽。為了自殺成功，應該要等到人都走光比較好。
純戀坐在長椅上，再度打開新書。
好想一直重複閱讀這個故事。雖然有這種想法，但是再也沒有其他日子，像得知故事結局的今天這樣適合赴死了。
如果要像故事一樣結束自己的人生，今天絕對是最好的日子。
住院患者陸續離開，終於只剩下純戀一個人。她把長椅拖到柵欄旁邊。

一如預料，只要把腳踩在椅背上，就能跨越柵欄。

她毫不恐懼，也毫不猶豫。純戀覺得自己非常幸福。因為能夠遇到這麼精采的小說，在故事填滿自己的心之後再死。

純戀希望人生最後看到的是這本書的最後一頁。

為了完成人生中最後一次閱讀，她翻開書本，出乎意料的一頁映入眼簾。美作里奧的書中，從未出現過後記。然而，在翻到最後一頁時，出現簡短的訊息。

後記

我這輩子一直都在說謊。

成為職業小說家之後，寫小說並不快樂。

我不想一直活在痛苦、恐懼、被攻擊之下，也不想再被任何人討厭。

我一直覺得，與其過這種日子，還不如去死。

我非常討厭自己。

從以前到現在，都非常討厭自己。

但是為什麼呢？

我沒學乖，又開始寫起小說了。

我想問問知道我是個差勁騙子的你。這本書怎麼樣？

讀完這本書之後，你還會想要讀我寫的書嗎？

我可以繼續寫小說嗎？

我本來打算寫完這本書就去死。

結果，我今天還是悠哉地活著。

明明已經寫完，工作已經結束，我卻沒有去死。
我想原因只有一個。
那就是我想再繼續寫小說。我沒辦法扼殺想寫作的心情。
如果你還想讀我寫的小說，請你務必活下去。
不要再說想死這種話。

因為有你，我才會繼續寫小說。

＊編按：故事中的小說家「美作里奧」原文為「ミマサカリオリ」（Mimasaka Riori），「Riori」普遍可用漢字「理織」來對應。因考量原文使用片假名來表現，有隱藏性別之意，或試圖營造出有如外國人的感覺，故譯者將「ミマサカリオリ」（Mimasaka Riori）譯作「美作里奧」，以期符合書中人物的性格與人設。

國家圖書館出版品預行編目資料

獻給想死的你／綾崎隼著；涂紋凰譯. -- 初版. -- 臺北市：皇冠, 2023.3　面；公分. --(皇冠叢書；第5079種)(大賞；145)

譯自：死にたがりの君に贈る物語
ISBN 978-957-33-3990-8 (平裝)

861.57　　112000916

皇冠叢書第5079種
大賞｜145

獻給想死的你

死にたがりの君に贈る物語

作　　者—綾崎隼
譯　　者—涂紋凰
發 行 人—平　雲
出版發行—皇冠文化出版有限公司
台北市敦化北路120巷50號
電話◎02-27168888
郵撥帳號◎15261516號
皇冠出版社(香港)有限公司
香港銅鑼灣道180號百樂商業中心
19字樓1903室
電話◎2529-1778　傳真◎2527-0904
總 編 輯—許婷婷
責任編輯—蔡維鋼
行銷企劃—蕭采芹
美術設計—單　宇
著作完成日期—2021年
初版一刷日期—2023年3月
初版四刷日期—2024年9月
法律顧問—王惠光律師

讀者服務傳真專線◎02-27150507
電腦編號◎506145
ISBN◎978-957-33-3990-8
Printed in Taiwan
本書定價◎新台幣420元/港幣140元